傷口はきみの姿をしている

九条時雨

プロローグ

「終わりは始まり」と言うけれど、だったら僕のそれは、いまから約二年前——中学三年の冬のことだろうと思う。

　そもそも、その『終わりを迎えた事柄』は何が始まりだったかと考えると、なかなか結論が出せない。しかしその『終わり』は明確に終わりであって、同時に新たな始まりだったと断言できる。

　有り体《てい》に言えば、その『終わり』によって僕たちは——僕たちの人生は、完全に壊れてしまった。


　僕たちの壊れた世界の始まりだった。

『終わり』が起きた原因は、きっと誰《だれ》にもない。

ただの不運だったと頭ではわかっているのに、実は自分のせいなんじゃないかと考えてしまうことがある。理由は明白だ。

　僕は、彼女を利用していた。

それは合意の上でのことで、もっと言えば、彼女から提案してきたことだった。だから彼女を利用している間、僕は何の罪悪感も抱かず、むしろ持ちつ持たれつだと思っていた。

けれど真実、僕たちの関係はこの上なく不純かつ不誠実で、僕は彼女よりずっと最低なやつだった。

それを自覚したのは『終わり』を迎えた後のこと。

あれだけ彼女を利用しておきながら、僕は。

僕にとって彼女が何の利用価値もなかったことを悟って失望し、そんな自分に絶望したのである。

第一章

インターフォンを押して、応答を待たずにドアノブに手をかける。鍵《かぎ》は開いていて、僕はいつものように躊躇《ためら》いなく中へと入った。

足元に視線を落とせば、革靴《ローファー》は二足あった。つまり僕のいとこたちは、誰もまだ家を出ていない。

時刻は午前七時三十二分。徒歩通学の僕たちはまだ余裕があるけれど、バスのほうはそろそろ出発しないと間に合わない。狙《ねら》ったとおりの時間だ。

これまたいつものように無言で上がり込み、廊下を進む。

キッチンを覗《のぞ》くと、少し焦《あせ》った様子でエプロンを脱いでいる最中の背中が目に入った。身支度《みじたく》はすでに済んでいるらしい。桜庭《さくらば》女子高校の制服を着ているし、セミロングの黒髪もちゃんと整えてある。

「ゆか姉《ねえ》、おはよう」

僕の本日における第一声に、彼女――綾坂紫理《あやさかゆかり》はすぐに振り返り、脱いだエプロンをフックに引っかけつつ笑顔を返した。

「おはよう、ハルちゃん。七桜《なお》ちゃんは――」

「ああ、うん、起こしてくるよ。ゆか姉はそろそろ出ないとマズいでしょ。後は僕がやっとくから」

すると、紫理は申し訳なさそうな、少し切なそうな顔になった。

「いつもごめんね。七桜ちゃん……もう高校生になったんだから、そろそろ朝ごはんも一緒に食べられるようになってくれたらいいのに」

「あいつの寝起きの悪さは筋金入りだからね。諦《あきら》めたほうがいいかも」

苦笑してみせれば、紫理も仕方ないなぁと言いたげに笑う。

それから彼女は、カウンターに三つ並べてあったランチバッグのひとつを取った。

「じゃあ、行ってきます。夕飯、何かリクエストあったらメッセージ送って」

「了解。お弁当、今日もありがとう」

紫理は綾坂家の炊事《すいじ》を一手に担《にな》っているのだけれど、両親が仕事で滅多に帰ってこない僕の分の弁当、さらに夕食まで、毎日つくってくれている。僕も料理はそれなりにできるものの、彼女の腕のほうがずっと上だ。

紫理は僕の言葉に微笑を返して、くるりと踵《きびす》を返す。しかし部屋から出る直前、不意にまたこちらを振り返って、きらりと瞳《ひとみ》を輝かせた。

「あ、でも、もし七桜ちゃんと外で食べるなら遠慮《えんりょ》なく――」

「ないよ。いいから、もう行きなよ。遅刻するよ」

顔に苦いものが滲《にじ》みそうになるのを堪《こら》えながら言うと、紫理はやっと満足した様子で出ていった。

ドアが閉まる音と同時に、キープしていた微笑を解く。

……早々にカロリーを消費してしまった。

あいつが寝起きの悪いフリをしている理由はいくつか思い当たるけれど、そのうちのひとつはこれだろうと、僕は密《ひそ》かに思っている。

「ユウ。起きろ」

ノックを省略して部屋に入り、こんもりしている布団《ふとん》を全部一気にめくる。

現れたのは、窓から差し込む朝日に目を細めているものの、すでに頭は完全に覚醒《かくせい》している様子の従弟《いとこ》――綾坂悠一郎《ゆういちろう》である。

高校一年生にしてはやや幼い印象の、甘やかでかわいらしい顔立ち。やや長めの髪は布団に潜っていたせいでひどく乱れているけれど、軽く梳《す》けばすぐに整うくらいにサラサラだ。体格は華奢《きゃしゃ》で小柄。中一の頃から着ているパジャマはともかく、真新しい制服はまだ全体的にぶかぶかしている。

悠一郎は渋る素振りもなく起き上がると、ちょっと高めの少年らしい声で「おはよう」と言って、それから少しだけ警戒するような目つきになった。

「姉さんはもう行った？」

「行ったよ。そろそろ朝ごはんを一緒に食べたいって」

「うん、少し前に部屋に来たときも言ってた。まぁ無理だけどね。朝から疲れるのは嫌だし」

淡泊に一蹴《いっしゅう》して、悠一郎はもぞもぞと制服に着替えはじめる。

今日は平日。当然ながらこれから向かうのは学校なので、悠一郎の身支度は、ものの五分ほどでほぼ完了した。

いつだったか「学校行ってる間は化粧をしなくていいのが何よりラク」と言っていたのを思い

出す。と同時に、僕は悠一郎に渡すものがあったことに気がついた。

部屋から出ていこうとする悠一郎に待ったをかけ、バッグから、金のリボンで口を縛《しば》ったピンク色の袋を取り出す。中に入っているのはお遣いを頼まれていた、とあるブランドのリップクリームと香水だ。

中身を確認した悠一郎は、それを机の上に置いて、今度こそ部屋を出た。僕もその後に続く。

「ありがとうハル兄《にい》。両方とも、そろそろ切れそうだったんだ。……使うのはオレなんだから、オレが自分で買いに行くべきなんだけど」

僕を使いっ走りにするのは申し訳ないと思っているけれど、ただでさえ嫌々、仕方なしに使っているものを自分の足で買いに行くのはどうしても気が進まない――という本音を表情に滲ませる悠一郎に、僕は軽く手を振った。

「気にしなくていいよ。べつに苦じゃないし」

嘘《うそ》ではない。女性向けの店に男ひとりで入ることも、そこで化粧品を買うことも、とくに抵抗は感じない。

ただ――この期《ご》に及んであんなものを買う必要がある理由を思うと、胃がひっくり返ったような気持ちの悪さに襲われるだけだ。

そんな僕の複雑な心境を知ってか知らずか、悠一郎は階段を下りながら、少しからかうような口調で言った。

「あの袋。プレゼント用って言ったの？」

「……言ってはいないけど、そう訊《き》かれたから」

なかった。

「否定しなかったんだ」

「まぁ、間違ってはいないし」

「でも絶対、恋人《カノジョ》にって思われただろうね」

悠一郎の口調に咎《とが》めるような響きはない。袋がピンクだったことについても、とくに何も言わなかった。

僕たちにとってピンクは、七桜を象徴する色だ。

だから悠一郎は、ピンクをひどく嫌っている。

しかし『妹』でいる間は、大嫌いなその色を身につけなくてはいけない。

僕はそんな境遇にある従弟《いとこ》を不憫《ふびん》に思う反面、密かに魅せられていた。

——僕は、女子が苦手だ。

具体的にどこが苦手かと言うと、女子特有の振る舞いや気質、思考回路など。とくに受けつけないのは、女子が醸《かも》し出す『恋をしている気配』だ。

女子ひとりひとりを嫌悪《けんお》しているわけではないし、性別だけで大勢をひと括《くく》りにして嫌うのは良くないことだとわかっているけれど、理由《わけ》あって、どうにも直せずにいる。

ただその一方で、『特別』に思える相手がほしいと、いつの頃からか——女子が苦手になる前から望んでいる。

『特別』。

誰より大切だと心から思えて、信頼できて、一緒にいると心が安らぐような、かけがえのないひと。強《し》いてひと言で言うなら、恋人とか、相方とか、パートナーとか……そんな存在だ。

……以前は「それはきっと女の子だろう」と、漠然《ばくぜん》と、そして当然のように思っていた。しかし女子が苦手になってしまったことで、その思い込みは改められた。

いまの僕が求めるのは、より中性的で、振る舞いに性別を感じさせないひと。そのうえで『特別』だと思えるのなら、本来の性別は些細《ささい》な問題だ。

そこへいくと、悠一郎はかなりそれに近かった。

大切なのは言うまでもないとして──悠一郎はもとより、一見すると女の子と間違えるような、中性的な容姿をしている。そんな彼が『妹』として女性モノの服を着れば、もはやひと目で男とは看破できない。

けれど声や語調、ふとした瞬間《しゅんかん》に浮かべる表情は、確かに男だ。

つまり、いまの悠一郎の在り方は、僕にとってとても理想的なのである。

──でも、そんな僕の胸の裡《うち》を本人に知られるわけには、絶対にいかない。

「ハル兄、行くよ？」

ハッと我に返る。気づけば僕は玄関の手前まで来ていた。

悠一郎はすでに準備万端の格好で外に出て、ぼんやり突っ立っている僕を待っている。僕は慌てて靴《くつ》を履《は》いた。


東校舎の二階、一年生のフロアに着いたところで悠一郎と別れ、僕は三階にある二年四組の教室に向かう。

中に入ってすぐに「おはよう」と誰に言うでもなく声を張ると、先に登校していたクラスメイトたちがおのおの挨拶《あいさつ》を返してくれる。

その中に暗い響《ひび》きはひとつもなく、今日も平和だと思いつつ自分の席に腰を下ろしたところで、クラスメイトのひとり——去年も同じクラスだった辻本《つじもと》が、いままで話していた友人たちの輪からこちらを振り返った。

「なぁ卯月《うづき》、来るとき、すごい美少女見なかった？」

「美少女？」

唐突な質問に、僕はぽかんとする。

すると、辻本の向かい側に立っていた男子が、詳しい説明をしてくれた。

「辻本がさ、さっき職員室に行ったら、途中ですっげぇ美少女に会ったんだって」

二度目の『美少女』という単語に、この学校でもとくに容姿が整っていることで有名な、同学年の女子三人が咄嗟《とっさ》に思い浮かぶ。

しかしそのうちの誰かなら、具体的な名前が出てくるはずだ。ということは……。

思い直した僕は、興味を引かれた素振りをしつつ返した。

「へぇ。三年生？　それとも新入生かな」

「いやそれが、リボンの色は緑だったんだと。てことは、同じ学年ってことだろ？　なのに、初めて見る顔だったたって言うんだよ」

「二年で、初めて見る美少女……？」

少し引っかかる話だった。

とりあえず、その美少女に心当たりはない。僕が首を傾《かし》げてみせると、どうやらそれが援護になったらしく、こちらの様子を窺《うかが》っていた輪の中の女子たちが、「本当にそんな子いたの?」「カノジョほしすぎて幻覚見たんじゃない?」などと口々に辻本をいじりだす。

「いやいや、マジでいたんだって!」

と彼が主張すれば、またも女子たちが怪訝《けげん》そうな反応を見せた。

「えー。でも二年生なんでしょ? なら、いままで見たことない顔っておかしくない?」

「転校生とか?」

「こんな時期に転校? しかも高校で?」

一層胡乱《うろん》な口調で放たれたそのセリフは、僕の内心を代弁した。

いまは四月の下旬。新年度一発目の自己紹介はもちろん、部活の勧誘期間さえ終わり、新しい環境にみんな馴染《なじ》みはじめた頃である。

そんな時期に転校生が来るというのはなんだか奇妙だし、しかもそれが『すごい美少女』というのは、ますます現実味が薄い。

まさか幻覚だとは思わないけれど、辻本の言葉をすんなり鵜呑《うの》みにする気にはなれなかった。

単に、みんながその存在を把握《はあく》してなかったとか……いやでも、そんなに容姿の整った子なら、噂《うわさ》にさえならないものか? 噂やブームに疎《うと》い僕が知らないのはともかく、辻本やその友人たちまで知らないなんて、ちょっと考えられない。

さっきも頭に浮かんだけれど、この学校で美少女と評される生徒は、現在の二年生に三人いる。

そして彼女たちは全員、ほとんどの生徒に顔を知られている。僕でも知っているくらいだ。というのも、去年の文化祭で開催されたファッションショーに、全員モデルとして出演していたのである。

その三人の誰でもない『美少女』となると——。

「もしかして……」

突然誰かに耳打ちされた。

吐息が耳にかかった瞬間、全身が粟立《あわだ》つ。喉《のど》が引き攣《つ》る。

反射的に体を引きつつ声のした方を見れば、ひとりの女子が目を丸くしていた。名前は確か……牧野《まきの》さん。どうにも昔から、ひとの名前を覚えるのが苦手だ。

「ごめん、びっくりさせちゃった？」

悪びれているようでいて、どこか面白がっているような、恥じらっているようなセリフ。

「あ……いや。こっちこそごめん。いま、なんて？」

内臓がぐるりと回ったような気持ちの悪さに襲われる。それを押し隠して訊き直すと、牧野さんは少し言い出しにくそうにしつつも、小声で言った。

「もしかして、卯月くんもああいう話、興味あるの？」

「ああいうって、どういう？」

「その……美少女とか、そういう」

牧野さんは落ち着かない様子でもじもじと言い淀《よど》んだ後、窺うような目で呟《つぶや》く。

……なるほど。

僕は視線を巡らせ、周囲の男子の様子を確認した。辻本から離れた位置にいる男子たちも、多くは『美少女』という単語に反応しているらしかった。ちらちらと辻本の方を見ているやつや、何人か女優の名前を挙げて「せっかくならそういうタイプがいい」などと期待を口にしているやつもいる。

牧野さんは「卯月くんも」と言った。つまり、どうやら僕も他の男子同様、新たな美少女出現の可能性にそわそわしているものと思われたらしい。

「うーん……」

苦笑してみせる。心外とまでは言わないけれど、あり得ないなと思った。

「どんな子だろうとは思うけど、美少女かどうかはそんなに……かな」

「そうなの？　外見より中身派？」

「………」

意地でも恋愛的な話にしたいのだろうか。正直やめてほしい。

どうにか角が立たず、かつ嘘にはならない無難な返しを考える。しかし、なかなか閃《ひらめ》かない。

上げた口角を保ちつつ頭を悩ませていると、タイミングのいいことに、始業五分前を告げるチャイムが響き渡った。

牧野さんは「どんな子だろうね」という言葉を残して、自分の席に戻っていった。

謎《なぞ》の美少女。その正体は、確かに気になる。

しかし、わざわざ捜し回る気にはならない。せいぜい何かの用事で職員室に行ったついでに、最近転校してきた生徒がいるかどうか訊くくらいだ。いると言われればそこまで。いないと言われたら——まぁ、そのときはそのときだ。

何にせよ、大事《おおごと》になるような話でもないだろう。

そんなふうに考えていると、やがて担任の内田《うちだ》先生が現れた。

本鈴とほぼ同時に『起立・礼・着席』が終わる。教室がしんと静まり返ったところで、先生はまずこう言った。

「今日からこのクラスに新しい生徒が増えます」

直後、始業前以上のざわめきが教室内を満たした。辻本を見れば、「ほらやっぱり」と言いたげな様子で周囲に目配せをしている。

「静かに！」と先生が一喝《いっかつ》する。再び教室に静けさが戻ったものの、雰囲気は一変したままだった。みんなそわそわしているのが肌でわかる。

先生はひとつ咳払《せきばら》いをすると、黒板横のドアに向かって「じゃあ入って」と言った。

ガラッとドアが開く。

すでに完成されつつあるコミュニティに半端《はんぱ》な時期から飛び込むことへの不安や気恥ずかしさといった感情がまったく窺えないその勢いに面食らったのも束《つか》の間。

僕は、物怖《ものお》じしない足取りで黒板の前に立ち、先生に促《うなが》されるよりも早く、低めの声で素っ気ない挨拶をしたその少女に、目を奪われた。

「鷹宮螢《たかみやけい》。……よろしく」

辻本の言葉どおり、容姿は抜群に良かった。おそらく、さっき思い浮かべた三人の美少女よりも整っている。系統で言うなら、『可愛《かわ》い』よりも『美人』なタイプだ。

スレンダーな体型。身長は見たところ百六十センチ後半。腰の位置が高く、スカートからすらりと伸びる黒タイツに包まれた脚が目を引く。髪は腰に届きそうなほどで、真っ直《す》ぐ艶《つや》やかで毛先も揃《そろ》っている。しかし大人《おとな》しそうという感じはしない。

それはたぶん、彼女の目のせいだ。

瞳自体は大きいが、目尻はやや吊り上がり気味で、全体的に鋭さがある。長い睫《まつ》毛《げ》に縁取られていて、それが『目つきがキツい』という印象をより一層強めている気がする。

そして何より――こちらを品定めするような、しかし期待はまるでしていないと言いたげな冷たい視線。

制服は規範どおりの着こなしで、化粧をしている様子もない。筋の通った高い鼻、薄い唇《くちびる》、細く整った眉《まゆ》、シャープな輪郭《りんかく》と白い肌。彼女の容姿を構成するパーツのひとつひとつを見てみれば、それらの大半は間違いなく『控えめ』や『清楚《せいそ》』といったイメージを導き出す。

なのに、目だけがそれを裏切っているのだ。『素《す》』が剝《む》き出しとでも言えばいいのか、なんというか……取り繕《つくろ》う様子がない。冷徹で、無遠慮で、恐れ知らずな性質が透けているような印象。そんな目で凝視《ぎょうし》されているせいか、普通なら沸《わ》き立つはずのクラスメイトたちは、誰も口を開かない。

僕はと言えば、つい、感嘆の声をこぼしてしまいそうになった。

一目惚《ひとめぼ》れとは少し違う。正確に言うなら――期待したのだ。

彼女は、普通の女子とは違うかもしれないと。

「あー……えっと」

クラスは居心地の悪い沈黙に支配されている。それをなんとかしようと思ったのだろう、先生が鷹宮さんに、もう少し何か言うよう促した。

鷹宮さんはちらりと横目で先生を一瞥《いちべつ》し、それから気のない口調で言った。

「……よろしくって言ったけど、ボクは、深く関わる相手は自分で選ぶことにしてる」

周囲の気配がまた変わった。

『ボク』という一人称に反応したひともいれば、たとえ社交辞令でも、ないよりはマシだった歩み寄りの発言をいきなり撤回《てっかい》したことに顔をしかめたひともいる。

このクラスにおいて『鷹宮螢は異分子だ』という認識が早々に固まりつつあることに、本人は気づいているのか否《いな》か。彼女はさらに続けた。

「だから、わざわざ気を遣って話しかけてこなくていいよ。そうじゃないならべつだけど。そういうことで、改めて」

よろしく――と。

先ほどと同じ、しかし意味するところはまるっきり違うセリフで締め括った鷹宮さんは、先生に自分の席を尋ね、さっさとそこに腰を下ろした。

……みんな、彼女を肩越しに見つめている。僕も彼女を見るのをやめられなかった。

胸がドキドキする。

いま、きっと僕以上に、鷹宮さんに好感を抱いているやつはいない。そう思った。

しかし同時に、不安も覚えた。

僕はいままでのこのクラスの雰囲気が気に入っていた。穏やかで、相手によって話す頻度《ひんど》の偏《かたよ》りはあれど派閥《はばつ》はなく、仲間内での敵意や悪意が見られず、全員が全員と分け隔《へだ》てなく交流できる、平和な雰囲気。

進級に伴うクラス替えから一ヶ月ほどしか経《た》っていないので「まだ地金が出ていないだけだ」と言われてしまえばそれまでだけれど、出るにしてももう少し時間がかかる――はずだったのだ。

それが、鷹宮さんが現れたことで確実に早まったように思う。

ひょっとしたら、すでに鍍金《メッキ》は剝《は》がれはじめているかもしれない。

少なくともこのまま放っておけば、鷹宮さんはクラスの穏やかな雰囲気を破壊するだろうという確信めいた予感が僕にはあった。

彼女がクラスメイトたちを相手に何をするのか、あまり具体的な想像はつかないけれど――きっと何気なく、そして躊躇《ちゅうちょ》なく壊す気がする。

何が嫌かと言えば、クラスに険悪なムードが漂うことはもちろんだけれど、鷹宮さんが、たとえ自業自得《じごうじとく》だとしても、大勢の敵意の的にされるのが嫌だった。

みんな仲良くしてほしいとは言わない。けれどせめて、『互いに必要のないときは干渉しない』程度に収まってほしい。

そのために、何か僕にできることはないだろうか――なんて、もっともらしいことを考えてみるけれど。

それもまったくの嘘ではないものの、それ以上に僕は、鷹宮さんと個人的にお近づきになりたいと思っていた。

ある程度親しくなって、彼女が本当に期待どおりの『普通の女子ではない子』なのか確かめたい。……が、あの拒絶宣言めいた自己紹介を聞いた後で『簡単にお近づきになれる』と思えるほど、僕は自分のコミュニケーション能力に自信はない。現時点では会話すらちゃんとしてもらえるか不安なくらいだ。

けれど怖がっていてもどうにもならないし、諦めがつく気もしない。

さっきの鷹宮さんの自己紹介を思い出す。

あれを聞くに、本気で鷹宮さんを知りたいと思って声をかけるのなら、そこまで素気《すげ》なくはされないのではなかろうか。

ただ、当たり障《さわ》りのないことばかり訊いたところで、淡々とした答えをもらって「はい終わり」になりそうな予感もビシバシする。推測するに、『関心には関心で返す』というコミュニケーションにおける一種の作法を、鷹宮さんはおそらくしない。

ならば一発で鷹宮さんが僕に興味を持ってくれるような話題を——と思っても、彼女がどんなことに関心を示すのか、さっぱり見当がつかない。

「少し観察してからのほうが賢明かな……」

あんなことを言われた後で、率先して鷹宮さんに話しかけようというクラスメイトが、僕以外に果たしているだろうか。

……たぶんいる。「馴れ合いを好まないといっても、転入したてのときにクラスメイトからフレンドリーに声をかけられて、いきなり不快になったりはしないだろう」と考えるような、気のいいやつが。

——予想は当たった。

朝のホームルームが終わった直後。鷹宮さんに接近した一番手は、このクラスの中心的な人物のひとり、茅吹《かやぶき》さんだった。

「鷹宮さん。カラオケか、ボウリングって好き？」

クラスメイトたちが密かに好奇の視線を注ぐ中、茅吹さんは名前を名乗った後、そんなことを尋ねた。

カラオケかボウリングと聞いて、少し前に、クラスの親睦会《しんぼくかい》をやろうという話が持ち上がっていたことを僕は思い出す。

計画は茅吹さんと彼女の友だちの女子数人が主になって進めていたもので、二年四組のメンバー全員の参加が前提に考えられていた。いつかの休み時間中に、参加できなさそうなひとは事前に申告してくれと言っていたのを覚えている。

人のいい笑顔で返答を待つ茅吹さん。

しかし鷹宮さんは、彼女を一瞥しただけですぐに興味なさそうに視線を逸《そ》らし、

「興味ないな」

と、投げやりな口調で言った。

話はおしまいとばかりに口を閉ざす彼女に、茅吹さんは一瞬表情を引き攣らせたものの、まるで聞こえなかったかのようにさらりとそれを無視した。

「近いうちにクラスで親睦会をやるの。ゴールデンウィークにみんなでカラオケかボウリングに行くことになってるんだけど、鷹宮さんの歓迎会も兼ねようかって話になって。鷹宮さんだけ仲間外れにするのは悪いし……」

茅吹さんはいったん言葉を切って、ちらりと、自分の様子を遠巻きに見ている友人たちに視線を投げた。茅吹さんの友人たちは、どことなく硬い笑みで浅い頷《うなず》きを返す。実際はあまり乗り気ではないという本心が透けていた。歓迎の心より、『鷹宮さんだけ仲間外れにするのは悪い』という言葉のほうが本当なのだろう。

「それに、こんな微妙な時期に転校してきたんじゃ、クラスに馴染みにくいでしょ？」

茅吹さんが鷹宮さんに向き直る。その瞬間、茅吹さんの顔に笑みが戻った。

「いい機会だしさ、鷹宮さんも頑張ってみんなと打ち解けて――」

「あのさ」

少し不機嫌な響きを含んだ声が、茅吹さんの話を遮《さえぎ》る。

鷹宮さんは先ほどとは違う、どこか圧力を感じさせる目で茅吹さんを見た。

「キミは、ボクが周りに溶け込む手助けをしようとするみたいに振る舞ってるけど、それはボクを気遣ってのことじゃないよね。ポーズが取れたなら、さっさと引き下がってくれないかな」

「……は？」

何を言われたのかわからなかったのだろう、茅吹さんはぽかんと口を開けた。

周囲のクラスメイトたちも、鷹宮さんの言った意味を摑《つか》みあぐねて眉をひそめる。

ただ――おそらく全員が、鷹宮さんの言葉がいい意味合いのものではないことは感じ取っていた。

「キミ、ボクのこと嫌いでしょ」

淡々とした口調で鷹宮さんは言う。

「最初から新参者を邪険《じゃけん》にして、周りから悪く思われるのを避けたいんだ。キミってたぶん、『誰にでも気さくに接する思い遣《や》りのある子』みたいなイメージで通してるんだろうね。じゃなきゃ二年生になってまでクラス全員での親睦会なんて企画しないし、ましてやそれに、本心じゃ良く思ってないやつを、わざわざ自分から誘いに来たりしない」

それが図星だったかは定《さだ》かではないけれど、茅吹さんは、

「……何それ。わたしが本当は、自分を良く見せたいだけの嫌なやつだって言いたいの？」

と、明らかに気分を害された様子で言い返した。

不穏な空気が漂いはじめる。

なんでもないふうを装《よそお》って聞き耳を立てていたクラスメイトたちは、いまやそれを隠そうとせず、ひそひそと囁《ささや》きあっている。

いきなり茅吹さんを侮辱《ぶじょく》するようなことを言い放った鷹宮さんを非難する声。それに混じって、茅吹さんの本性を疑う呟きがいくつか。

本人の耳にも、それは入ったらしい。茅吹さんはさっと視線を巡らせた後、険しい目で鷹宮さんを睨《にら》んだ。

しかし鷹宮さんの表情は変わらない。

「べつに嫌なやつとは言ってないし、思ってないよ。いまのは答え合わせっていうか、キミに感

じた違和感の正体を確かめただけ」

涼しい顔でそう言った後、彼女はつまらなそうにそっぽを向いた。

「ただ、ちょっとしつこいよ。キミはボクを親睦会に誘って、断られた。それで充分だったはずでしょ。さっきも言ったけど、ボクは、深く関わる相手は自分で選ぶ。ボクにとってキミは、物足りなさすぎる」

……鷹宮さんの言いたいことが、大体わかった。

でも『物足りない』って、何がだ？

「ちょっと、そんな言い方ってなくない？」

そう声を張り上げたのは、茅吹さんではなく、その友人である女子のひとりだった。

露骨に苛立《いらだ》った表情で鷹宮さんに詰め寄り、彼女の机を叩《たた》く。

高圧的な音が響き、周囲の何人かがびくっと身を竦《すく》ませた。僕もドキッとして、つい体が強張《こわば》る。けれどやはり、鷹宮さんは動じない。黙ったまま、億劫《おっくう》そうな視線だけをその女子に注ぐ。

「茅吹さんは親切で誘ったのに、なんでそんなこと言うの？　鷹宮さんさ、半端な時期に転入してきたからって、自分は周りとは違って特別とか、そんなふうに思ってない？」

それは違うだろう、と反射的に思った。

鷹宮さんの言葉が真実なら『茅吹さんは親切で誘った』という認識がまず間違っている。少なくとも、鷹宮さんの認識ではそうだ。

茅吹さんの本心をここで暴《あば》く必要はなかったけれど、それはしつこくされたことへの意趣返し――いや『答え合わせ』か。

茅吹さんの振る舞い――建前と本音、体裁と真意とにあるズレから生じて滲み出た違和感。その正体を確認して、親睦会に誘うことが単なるポーズであるという確信を強める意図があったのだろう。

鷹宮さんが自分を特別だと思っているかはわからないけれど……悪気はたぶん、ない。茅吹さんに対する淡泊な態度と、茅吹さんを「嫌なやつとは言ってないし思ってない」と言ったことから推測できる。

しかし、言い方がまずかったのは確かだ。あれじゃ角が立ちまくっている。

周囲をよく見れば、女子全員の目が険しい。明らかにみんな、鷹宮さんを快く思っていない。いつの間にか教室内の雰囲気は完全に『女子の世界』になっており、男子はほとんどが「これはヤバいぞ」といった面持ちで事の成り行きを神妙に見守っている。

「ちょっと、聞いてる？」

詰問《きつもん》から数秒、鷹宮さんが何の反応も示さないことに痺《しび》れを切らして、女子が催促するようにまた机を叩いた。

バンバン、という音に鷹宮さんの眉がぴくりと跳ねる。そして、

「……うるさいな」

「な――」

「――鷹宮さん！」

茅吹さんの目が怒りに染まったと思った直後、気づけば僕は立ち上がって、鋭く叫んでいた。

弾みで倒れた椅子《いす》が派手な音を響かせ、にわかに沸き立ちかけていた場が、水を打ったように

静まり返る。

クラス全員の視線が僕に集まる。茅吹さん、そして鷹宮さんも、目を瞠《みは》っていた。

「あ……」

鷹宮さんの瞳にほんの少しだけ僕への関心が浮かんでいることに気づいた瞬間、胸の奥で何かが膨《ふく》れ上がり、それは僕から思慮を奪い取って、僕の体を勝手に動かした。

「ごめん、ちょっと来て」

倒れた椅子を無視して鷹宮さんのもとに一直線に歩み寄り、返答を待たずにその細い手首を摑んで、教室の外へと引っぱっていく。抵抗はまったくされなかった。

「えっ、ちょっと」という誰かの声を背に廊下に出ると、自然と歩く速度が上がる。途中でチャイムが聞こえた気がしたけれど、それも無視して歩き続ける。

やがて人気《ひとけ》のない階段の前まで来たあたりで、

「このあたりでいいんじゃない」

と、鷹宮さんが呟いた。

その一言で、僕はハッと我に返る。同時に鷹宮さんの肌に触れているという実感が湧《わ》いてきて、慌てて手を離した。

「あ、ご、ごめん。突然こんな……」

「べつに。で、ボクに何か用？」

溝が深まるばかりの口論を見咎められたとは、少しも考えていないようだった。あくまで僕が鷹宮さんに個人的な用があると思っているらしい。

僕は少し逡巡《しゅんじゅん》した後、言った。

「……鷹宮さん、さっき茅吹さんに『物足りない』って言ったよね。あれってどういう意味？」

クラスメイトと話すときはもう少し気を遣ってほしい——というようなことを言おうと思っていたのに、いざ僕の口から出てきたのは、まったく違うセリフだった。

教室から強引に連れ出して、授業までサボって訊くことではさすがにない。すぐに撤回しようとした僕は、しかし、鷹宮さんの表情にあった退屈そうな色が薄れたことに気がついて思い留《とど》まった。

「ああ、それ。だってあのひと、ありきたりだったから」

「ありきたり……？」

「内心じゃボクを『好きになれない、面倒くさい相手』だと思ってて、本当は関わりたくないって思ってるけど、周りが持ってる自分のいいイメージを崩さないために仕方なく好意的に接する——っていうスタンスがさ」

「……なるほど」

確かに、自分のイメージや円滑な人間関係を保つために、好きではない相手にも好意的に接するひとは多い。ありきたりと言われればその通りだ。

上辺だけの態度に不快感を覚えるのではなく、その意外性のなさに落胆するというのは、なかなか独特な感性だけれど、わからなくもない。

「そんな、ちょっと見ただけでわかっちゃう程度のものしかないひとなんて、どうでもいい」

「——え？」

吐《は》き捨てるような鷹宮さんのセリフに、僕は目を瞬《しばた》いた。

何か、僕は彼女について、大きな思い違いをしている気がする。

しかし何をどう誤解しているのか、はっきりと摑めない。

どうにかそれを把握して確認したいと思い必死に頭を働かせるが、思考がまとまる前に、鷹宮さんは踵を返した。

「話がこれだけなら、ボクは戻るよ。キミもそうしたほうがいいんじゃない」

「あっ……、……うん」

咄嗟に引き留めそうになるけれど、言葉が出てこず、頷く。

鷹宮さんは僕の返答を待たずにさっさと歩き出していて、僕は少し距離を空けたままその後を追った。

薄々わかってはいたけれど、彼女は生真面目《きまじめ》な性分ではないようで、足取りに焦りは見られない。自然と僕の歩みもゆっくりになって、まだ話をする時間はあると感じながらも、結局彼女にかける言葉が思いつかないまま、僕たちは教室に着いてしまった。


せっかくの話ができる機会に肝心なことを言いそびれてしまったけれど、本格的にまずい状況になるまで、まだ多少の猶予《ゆうよ》はあるだろう。

——などという楽観は、予想よりずっと早く木《こ》っ端微塵《ぱみじん》になった。

四限目の授業が終わり、本来なら放課後の次に和やかな時間となるはずの昼休みに、第二回戦のゴングは鳴らされた。

四限の授業は現代社会で、グループ課題だった。……この時点で、僕は事前に、どういう事態が起こるか、薄々察しがついていた。

端的に言って、鷹宮さんはまたトラブルを起こした。

具体的に何を言ったかやったかは知らないけれど――授業中に一度、彼女が入ったグループから苛立った声が上がった。そこから言い争いに発展こそしなかったものの、不穏な空気は残留し、チャイムが鳴って教師が姿を消してからが本番だった。

いま、鷹宮さんの目の前には女子がふたり立っている。一方は威圧《いあつ》するように鷹宮さんに詰め寄り、もうひとりは少し後ろで気まずそうな表情を浮かべている。そのすぐ近くに座っている男子も何人か、彼女を胡乱な目で睨んでいた。全部で五人。鷹宮さんと同じ班で作業をしていたひとたちだ。

「あのさ鷹宮さん。やめてくれない？　ああいうの」

眼前に立つ女子にそう言われて、鷹宮さんは、

「……そうだね。確かに、授業中に言うことじゃなかった」

意外なことに、素直に自分の非を認めた。

おや？　と、僕だけでなく、周囲も目を瞠る。

このまま円満に和解してくれるかな、という淡い期待が胸に湧く。けれど案の定、鷹宮さんの言葉はさらに続いた。

「でも、間違ってはないでしょ」

「何が」

「キミが」

「この子を」

鷹宮さんの視線が後方の女子を射貫《いぬ》き、
人差し指が近くの女子を指し示す。

「本当は嫌ってる、っていうの」

瞬間、二人の女子の顔色がさっと変わる。とくに顕著《けんちょ》だったのは後ろの子のほうで、明らかに狼狽《ろうばい》していた。

僕も、その子ほどではないだろうけれど、さすがに内心が顔に出てしまった。

鷹宮さん、そんなことを言ったのか。さすがにそれはアウトだ。当たっていようと的外れだろうと、言われた側は十中八九キレる。

というか、これで二回目。撤回するどころか、わざわざ繰り返してしまった。一度目は水に流してくれたとしても、二度目となったら――。

僕の悪い予想は的中した。鷹宮さんの言葉から一拍置いて、甲高い怒声が教室内の空気を振動させた。

「はああ!?　いい加減にしてよ。今日転校してきたばっかで、あたしやミクのこと、ろくに知らないくせに、何テキトーなこと言ってんの!?」

「適当じゃないよ。少し観察すればわかる。むしろ、ボクよりずっと長くあの子とつき合ってるはずのキミは、なんで気づいてないの？　――キミも、はっきり言ったらいいのに」

「えっ」

唐突に水を向けられた後方の女子――ミクと呼ばれた子は、びくっと肩を跳ねさせた。下手《へた》をすれば泣き出してしまうんじゃないかと思うほど、その表情は不安に歪《ゆが》んでいる。

けれど、鷹宮さんは容赦《ようしゃ》がない。

「少し見ればわかるくらい、押し隠すのに無理があるなら」

「ちがっ……違うよ。そんなんじゃ――」

「いっそやめたらいいと思うけど」

「違うってば！　わたしはべつに、サヤのこと嫌いなんかじゃ……ちゃんと好きだよ」

「………………」

頑《かたく》なに否定するミクさんを、鷹宮さんは猛禽類《もうきんるい》を思わせる鋭い目で凝視する。

ミクさんとサヤさんが理解不能なものを見るような目を自分に向けているのを歯牙《しが》にもかけず、本心を底の底まで探るかのようにミクさんを無言で見つめ続けた鷹宮さんは、やがて興が醒《さ》めたというように短く息を吐《つ》いた。

「……いいや。キミのもたいしたことなさそうだし」

――まただ。

茅吹さんを『物足りない』と評したときと同じ色が、いまの鷹宮さんの表情にも浮かんでいる。

一体彼女は、どんなものを望んでいるのだろう。

もっと複雑なゴシップが好みなんだろうか？　でも、他人の秘密やトラブルに嬉々《きき》として食いつくようなイメージはいまのところない。そう捉《とら》えるには無感動というか、楽しもうとしている素振りが見られない。

それに、さっきもいまも——相手の本心を暴くとき、鷹宮さんは『やりたくてやっている』というよりも、『そうするのが自然だからやっている』と表現したほうがしっくりくるような態度だった。がっかりした様子はあるので、好奇心がまったくないわけではないのだろうけれど……。

鷹宮さんのお眼鏡《めがね》に適《かな》うものがどんなものか。そしてそれに出会ったとき、これまで退屈そうな顔ばかりの彼女がどんな振る舞いをするのか——気になる。

ハラハラしながら状況を見守っていたはずが、うっかり下心混じりの興味に思考の舵《かじ》を取られてしまった僕は、

「はぁ?」

という、サヤさんの嚙《か》みつく声で目が覚めた。

「何ひとりで勝手に納得して終わりにしようとしてるわけ?　こっちは全然よくないんですけど」

低い声で威圧するサヤさんに、鷹宮さんはどこか呆《ほう》けた様子の億劫そうな瞳を向ける。サヤさんも、その色に気づいたらしかった。さらに募る苛立ちに目の下をひくつかせながら、それでも感情を押し殺した声で言う。

「意味わかんないこと言って、あたしたちのこと引っかき回してさぁ。なんか言うべきことがあるでしょ」

はっきりとは言わずとも、謝罪を要求しているのだと傍目《はため》にもすぐにわかった。妥当《だとう》な展開だ

と思う。なのに、

「とくにないよ」

もう駄目《だめ》だ、と僕は瞬間的に悟った。サヤさんの形相《ぎょうそう》が一層歪み、彼女の手がさっと虚空《こくう》を払うように振り上げられる。

「――っ、この……！」

その初動を視界に捉えたとほぼ同時、僕は駆け出し、横合いから躊躇うことなく、サヤさんの腕を摑んで止めた。

ぎょっとした顔でサヤさんが僕を振り向く。思いのほか顔と顔の距離が近いことにドギマギしつつ視線を横へ流せば、さっきまで身構えていた鷹宮さんも、意外そうな顔で僕を見ていた。

「ちょっと、何⁉」

「駄目だよ、それは」

「……は？」

サヤさんの驚きに見開かれた目が、軽蔑《けいべつ》の色を孕《はら》んだものに変化した。

思い切り睨まれて、さすがに怯《ひる》む。

サヤさんは見るからに「正義の味方気取りか？」とでも言いたげで、僕は二の句が継げなくなった。

暴力はいけない、などと宣《のたま》うつもりはなかった。正論にしても、言葉でひとを傷つけるのを静観しておいて言えたことじゃない。しかし、だったらなぜ止めたのかと問われると、それ以外の適切なセリフが浮かばない。

考えている余裕がなかったとはいえ、軽率だった。次に何と言うべきか、口をもごもごさせて悩んでいるうち、サヤさんが不快感を露《あら》わに僕の手を振りほどいた。

「いい加減はなしてよ。手汗すごいんだけど。なんなの？」

「……さすがに、暴力はまずいよ」

結局言ってしまった。

案の定、サヤさんは苛立った様子で言い返してくる。

「あたしが悪いわけ？　話聞いてなかった？　ていうか、なんで卯月くんが止めに入ってくるの」

「それは……つい。話は聞いてたよ。怒るのは当然だと思う。でも叩くのは……やっぱりまずいよ。言葉よりよっぽど問題になるし」

「…………」

できるだけ穏やかな口調で言ったのがよかったのか、サヤさんは不服そうにしながらも、宙に留めていた腕を完全に下ろした。それからもう一度鷹宮さんをぎろりと睨《ね》めつけて「ふん」と鼻を鳴らし、踵を返す。

「ミク、購買行こ」

「う、うん」

二人が教室から姿を消したことで、緊張していた周囲の雰囲気がようやく緩む。奇妙な静けさが薄れ、やがて昼休みらしい喧騒《けんそう》が空間を満たす。

僕も、なんとか大事にならずに済んでほっと胸を撫《な》で下ろす。それから、ちょっと恩着せがましいかなと思いつつ、鷹宮さんに声をかけた。

「えっと……大丈夫だった？」

「うん。キミが止めたしね。でも、わざわざ止めに入ってこなくても平気だったよ、あれくらい」

「そ、そっか。ごめん、余計だったかな」

「そうは言わないけど」

会話はそこで途切れた。

鷹宮さんはあっさり僕への関心を失い、バッグから昼食が入っているらしいコンビニの袋を出しはじめる。

名残惜《なごり》しいけれど、まだ彼女の興味を引けるような材料は手持ちにない。

適当な話題を振ってでも会話を続けたいのをぐっと堪え、大人しく自分の席に戻ろうと体を横に向けた――そのとき。

「あっ」

「っ！」

いつからそこにいたのか、突然視界に入った――それもかなり近い距離にいた女子の姿に、僕は思わず息を詰めて仰《の》け反《ぞ》った。

対する相手も、僕が急に振り返ったせいか目を丸くして、僕に向かって伸ばしかけていたらしい手を引っ込める。

後ずさりしそうになる足に力を込めて踏み止《とど》まる。跳ね上がった心臓が早鐘《はやがね》を打つけれど、胸を押さえることはしない。僕はすぐに微笑をつくり、

「どうかした？」

と尋ねた。

彼女の名前が咄嗟に思い出せない。ただ、顔に見覚えはある。ということは、おそらく去年も同じクラスだった――そうだ、柳《やなぎ》さんだ。

名前がわかると、つられて記憶も朧気《おぼろげ》ながら蘇《よみがえ》ってくる。一年次のクラスメイトの中では比較的、話す機会の多かった子だ。大抵《たいてい》は彼女のほうから他愛のない雑談を振ってきて、僕はそれに相槌《あいづち》を打ち、時折投げられる質問に答えるという塩梅《あんばい》だった。

柳さんは僕に訊かれて、ぱっといつもの明るい表情になった。

「あ、うん。卯月くんを呼んでほしいって頼まれたの」

「え、誰に？」

「綾坂くんっていう一年の子」

その答えに、僕は慌てて時計を見遣った。

十二時四十三分――いつもならとっくに一年の教室に悠一郎を迎えに行って、屋上か中庭でお昼を食べている時間だ。

昼休みは五十分。時間自体はまだ充分残っているけれど、何の連絡もなく待たせるのに十三分は長い。

僕は柳さんに「ありがとう」と告げて、急いでランチバッグを取りに走ろうとする。

しかし、

「あの子、卯月くんの知り合いなんだよね。部活の後輩？」

と、柳さんが僕を引き留めた。

無視して立ち去るのは印象が悪い。仕方なく僕は足を止めて、答えた。

「ううん、従弟《いとこ》なんだ」

「へぇ！　すっごいかわいい子だね。声かけられたときびっくりしちゃった。ねぇ、卯月くんって確か、演劇部に入ってるんでしょ」

「え、ああ、うん。そうだよ。あの――」

「あの見た目で演劇部じゃないなんて、もったいないね。そういえば去年は卯月くん、劇に出てなかったよね。裏方だったの？　今年はどう？」

もう行くね、と言おうとした僕を遮って、柳さんはなおも話を続ける。しかも興味の対象が、なぜか悠一郎から僕にすり替わっている。

柳さんが僕に質問をするたびに上体を少し前のめりにするせいか、僕も彼女も移動していないのに、距離がじわじわ近づいてきているような錯覚もある。そのたびに僕は身構えてしまい、呼吸が乱れる。

「……っ」

手に汗が滲む。鳩尾《みぞおち》のあたりが気持ち悪い。口の中が乾《かわ》く。

柳さんの浮かべている表情、その印象に、僕は覚えがある。これは『自分はあなたに関心を持っている』とアピールするときの目つきだ。

「ごめん、もう行かないと。じゃあ」

早口気味に言って、僕は返答を待たずに柳さんの脇《わき》をすり抜けた。

……声に焦りが出てしまった気がする。それに、言い出すまでに数秒の間が空いてしまった。

踏み込まれるのが嫌で逃げたとバレていないことを祈りつつ出入り口へ行くと、すぐ近くで悠一郎が、どこか皮肉っぽい微笑を浮かべて待っていた。僕が傍《そば》に立っても、視線は教室の中に向いたままだ。

「ごめん、待たせた。……どうかした?」

「いや……あのひと、ハル兄にずいぶん絡《から》んでたなと思って」

「ああ、柳さんのこと? お前の顔がいいから、演劇部の後輩かって訊かれたんだよ」

柳さんの本命がそれじゃないだろうことは、言わないでおく。

とはいえ――『すっごいかわいい』という彼女の悠一郎の容姿に対する評価は、さっきは雑に流したけれど、正しいと思う。

悠一郎をまじまじと見つめてみる。

小柄な細身に、中性的で整ったつくりの童顔。いまは化粧をしていない、男子用の制服を着た平凡な装いではあるものの、それでも素材の良さは充分わかる。

悠一郎は演劇部員ではないけれど、演劇部に入ったなら、間違いなく主演候補になる。少なくともメインの役には選ばれるはずだ。役者としてステージに立つ悠一郎。きっとどんな衣装でも似合うだろうし、演技力も並以上にある。ともすれば、先輩よりも人気の役者になるかもしれない。

ちょっと見てみたい気もするけれど……それでももし女性の役に抜擢《ばってき》されたら、僕は心穏やかじゃいられないだろう。せめて学校にいる間は、悠一郎の女装姿を見たくない。あれを見ていると、とても複雑な心境になる。

「今日はどこで食べる？」

「んー。ちょっと風があるし、中庭かな」

「了解」

じゃあ行こうか、と返そうとしたとき、僕の方を向いたばかりだった悠一郎の視線が、再び教室の中に移った。

なんだろう。まだ柳さんが気になるのだろうかと思い、さっき自分たちがいた場所を振り返る——と。

鷹宮さんと、ばっちり目が合った。

「えっ」

彼女は体ごとこちらを振り返って、僕をじっと見つめていた。心なしか、その眼差《まなざ》しは妙に真剣な気がした。

予想外のことに、つい混乱する。

なんでこっちを見てるんだ？　さっきは——少なくとも柳さんに声をかけられる前までは、僕に興味なんて微塵もない様子だったのに。ひょっとして、柳さんとの話の中に、彼女の関心を引くような何かがあった？　でもたいしたことは言っていないはず……あ、もしかして僕じゃなくて悠一郎を見てるのか？　……いや、鷹宮さんは確かに僕を見ている。悠一郎じゃない。……なんで？

「ハル兄、お腹空《なかす》いた」

悠一郎が僕のブレザーの裾《すそ》を軽く引っ張る。

鷹宮さんが僕から視線を外す気配は一向にない。僕のほうからこの奇妙な時間を終わらせてしまうのは惜しいけれど、かといっていつまでも見つめ合っているわけにはいかず、僕は悠一郎に視線を戻した。

「ああ、ごめん。じゃあ行こう」

戻ってきてから「何か用だった？」と訊いたら、鷹宮さんは答えてくれるだろうか。

僕に興味があるのはいまこのときだけで、少し間が空いたらパッと消えてしまうんじゃないだろうか。そうなら切ないけれど、一番あり得そうな気がする。

千載一遇のチャンスを逃したかもしれないと内心肩を落としつつ、僕はようやく中庭に向かって歩き出した。

「ねぇ、キミって同性愛者なの？」

「へっ⁉」

突然背後から投げかけられた、あまりにも突飛な質問に、つい素《す》っ頓狂《とんきょう》な声を上げてしまったのは、悠一郎との昼食を終えて教室に戻る途中——二階と三階を結ぶ階段の踊り場でのことだった。

声の主は鷹宮さんだった。

いつから僕の後ろにいたのかと驚く。しかも近くには彼女以外誰もいないようで、声も足音もしない。もしかして、ふたりきりになる瞬間を狙って、僕の後をつけていたのだろうか。

というか——同性愛者だって？

「それとも、女性恐怖症？」

なんでそんなことを訊くの？　と、苦笑しつつ尋ね返そうとした僕は、後に続いたその指摘に思わず息を呑んだ。

鷹宮さんの例の眼差しのせいだろうか。上手《うま》く表情が取り繕えない。

「……どうして、そう思うの」

緊張を隠し切れていない僕の問いかけに、鷹宮さんは心なしか熱がこもった調子で答えた。

「まず、四限目のグループ制作のとき。

キミはボクとべつのグループだったけど席は近かったから、よく見えたし、聞こえたよ。キミ、男子と話すときは普通なのに、女子が相手のときは随分《ずいぶん》緊張してるみたいだった。それに、自分からは女子に声をかけないようにしてたでしょ。視線もできるかぎり逸らしてた。まぁそれだけなら、ただ初心《うぶ》なだけかと思ったけど……。

ボクを叩こうとしたあいつを止めた、あのとき。

キミはパッと見冷静だったけど、あいつの腕を摑んでる手が震えてたし、手汗もかいてた。一言目を言った後あたりからかな、少し顔色も悪くなった。女子に免疫がないからだっていうなら、もっと違う反応になるはずだ。

それから、キミを呼びに来たあの女子に絡まれてたとき。こっちのほうが露骨だったな。わざわざ説明する必要もないくらい。

ここまででボクは、キミは女子が苦手なんだろうと思った。とくに、自分に好意的な女子が。

でも、そうなると引っかかることがあった。だから一応、違う可能性も考えたんだ。

……で。従弟《いとこ》だっていう一年生と、教室の前で話して、中庭で一緒にお昼を食べるキミを見ていて、閃いた。

キミは女子がただ嫌いなんじゃなくて、男が好きなんじゃないかって」

「――うん？」

関心を持たれていないと思っていたのに、気づかないところでこんなにも詳細に観察されていたなんて……と、嬉《うれ》しさ半分、戦慄《せんりつ》半分で鷹宮さんの話を聞いていた僕は、最後の一歩手前で目を丸くし――そして締めの部分で、つい眉をひそめた。

「ちょっと待って。なんでそこでいきなり『男が好き』ってなるの。ていうか、中庭でって……鷹宮さん、あそこにいたの？　どうして」

「キミを観察するためさ。キミの従弟《いとこ》に対する態度は、明らかに他とは違ってた。身内だからかと思ったけど、どうもそれだけじゃなさそうに見えたんだ」

心臓が不規則に跳ねた。

見抜かれているのかと一瞬身構えて、しかしすぐに思い直す。……なるほど、先が読めた。大丈夫だ、そういうことならごまかしがきく。

ひとまずは安心していいとわかって、こっそりと深く息を吐《は》く。

それでもまだバクバクとうるさい心臓《むね》を押さえたいのをぐっと堪えて、僕は言った。

「……もしかして、僕のユウ――従弟《いとこ》への態度が妙に甘いから、僕が同性好きで、従弟《いとこ》が片想《かたおも》い相手なんじゃないかって推測したの？」

自分が悠一郎に甘いという自覚はあった。他人から指摘されたことも何度かある。

「違うの？」

肯定を省略して、鷹宮さんは切りつけるように問いかけてくる。その瞬間、彼女の目の色が変わったような気がした。

その変化が何を意味するのかわからず少し面食らったものの、僕はできるだけはっきりと、

「違うよ」

と返した。

「僕は同性が好きなわけじゃないし、だから当然、従弟《いとこ》に片想いしてもいないよ。女子が苦手っていうのは当たってるけどね。でもそれも、恐怖症ってほどのものじゃないよ。ただ、ちょっと――苦手なんだ」

「……ふうん……」

納得してくれたのか否か、いまいち判然としない反応。

ぼろが出る瞬間を見逃すまいとしているのか、鷹宮さんの猛禽類を彷彿《ほうふつ》とさせる目が僕をじっと見つめてくる。

ここで下手にアクションを起こしたら、いまの言葉に混ぜたささやかな欺瞞の仕掛けに気づかれてしまうかもしれない。僕は瞬《まばた》きの回数まで気を遣い、平静を装ってみせた。

互いの視線が絡み合うこと数秒。鷹宮さんは、

「そうなんだ」

と言って——笑った。

その、不意に彼女が見せた初めての笑顔に、僕は思わず目を見開く。

嬉しそうな、と素直に形容するにはどこか背筋がぞくりとする——喩《たと》えるなら、挑み甲斐《がい》のある標的《ターゲット》を見つけたハンターめいた雰囲気のある笑みだったけれど、僕は嫌な予感以上に、彼女が自分に本気で興味を持ってくれたという確信をその表情に抱いて、胸が躍った。

「面白いね、キミ」

鷹宮さんは僕のことをそう評した。

「キミ、名前何て言ったっけ」

「卯月遥臣《はるおみ》」

「そっか。じゃあハル」

いきなり僕にあだ名をつけた彼女は、さっき言っていた『まだ引っかかること』について切り込んできた。

「女子が苦手って言ったけど、ボクが例外みたいなのはどうして？」

「それは」

浮かれ気分のままにうっかり口を滑らせそうになったすんでのところで、ハッとする。

直感的に、慎重に言葉を選ぶべきだと思った。下手なことを言えば、僕が密かに抱えている事情が暴かれかねない、という冷静な思考が後から追いついてくる。

しかし無理にごまかそうとするのも悪手だ。自分が嘘の苦手な正直者だとは思わないけれど、きっと鷹宮さんのほうが上手《うわて》だろう。

僕はひとつ咳払いをして、必要以上でない、かつ嘘にならないラインを探りつつ言葉を紡《つむ》いだ。

「鷹宮さんは、その……こう言ったら失礼かもしれないけど、あんまり女の子らしくない感じだったから。男っぽいってわけじゃないけど、他の女子とは全然違うような——あっ、もちろん、いい意味でね」

そこで鷹宮さんはひとつ相槌を打つと、わずかに目を細めた。

「だから？」

「え？」

「女子っぽくないボクに対して、ハルは何を思ったの？」

「————」

彼女はたぶん、返ってくる答えに当たりがついている。

最初から、僕が鷹宮さんに抱いている感情がある程度予想できていて、しかしあえて訊いてきたのだと、僕はようやく悟った。

おそらく、まだ測られているのだ。僕の程度——興味深さが、どれほどのものか。

「鷹宮さんなら……」

好きになれるかもしれないと期待した、とは言いたくなかった。

それじゃあ以前とたいして変わらない。ただ自覚して、正直になっただけだ。むしろ、そのほうが質《たち》が悪いかもしれない。

だから僕は、

「鷹宮さんが相手なら、ちゃんと人柄を見られると思ったんだ。女子だからってだけで敬遠したりしないで……ちゃんと」

「――なるほどね」

僕の答えに、鷹宮さんはまた、どこか含みのあるような笑みを見せた。

信じてくれたのかは定かではないけれど、少なくとも失望はされなかったらしい。鷹宮さんは、今度は自然な笑顔を浮かべて、僕に片手を差し出した。

「友だちになろうよ、ハル」

自信ありげに――まるで契約を持ちかける、蠱惑的《こわくてき》な悪魔のように。

「えっ？」

「キミはボクと仲良くなりたいんでしょ？　ボクはキミのことをもっと知りたい。どうしてそんなに女子が苦手なのか。その苦手意識が、相手が自分に好意的だと一層強まる理由は何なのか。

従弟《いとこ》を見つめる表情が妙に甘いのは一体なんでなのか。

それから、ボクみたいな例外相手に、ハルが本当は何を望んでいるのか。

――すっごく、興味あるな」

「……っ」

思わず生唾《なまつば》を飲み込む。

僕はこのとき初めて、鷹宮さんが怖いと思った。

他人《ひと》の繊細《せんさい》な部分に土足で踏み込むことに、あまりにも躊躇いがないから――ではない。

僕がこの差し出された手を取ろうと取るまいと。

彼女はきっと、いま挙げた気がかりのすべてを——現在《いま》の僕の核とも言える部分を、たいして時間をかけずに暴き立ててしまうだろうと直感したからだ。現時点ですでに、かなり危ういところに目をつけられている。

……もしすべてを暴かれたら、僕はどうなるのだろう。

これまで隠し続けてきた何もかもを、鷹宮さんに暴かれてしまったとして。それを知るのが彼女ひとりだけで収まるなら、まだいい。でももし、大勢のひとが聞いている状況で暴露されたら——そこに悠一郎や紫理がいたりしたら。

想像しただけで目眩《めまい》がして、吐き気《はけ》がこみ上げてくる。

僕は僕のことを、誰にも知られたくない。

知られてしまうのが怖い——そのはずなのに。

「……友だちになったら、きみの傍にいてもいいの？」

「もちろん。ずっと傍にいてよ、ハル」

「…………」

……おそるおそる、片腕を持ち上げる。

スローモーションのようにのろのろと伸びる僕の手を、鷹宮さんは強引に取ったりしなかった。僕が自分から彼女の手に触れるまで、じっと待っていた。

そっと包むように鷹宮さんの手を取ると、何倍も強い力で握り返される。

「これからよろしくね、ハル」

もう逃げられないよと告げるようなその握手とは裏腹に、鷹宮さんは嬉しそうに笑った。

対して僕は、我ながらお愛想《あいそ》とも好意の表れともつかないような、ただ、心の奥底にある仄暗《ほのぐら》い何かが少しだけ混じった気はする、曖昧《あいまい》な微笑を返した。

第二章

……みんなの視線が痛い。

ゴールデンウィークを跨《また》いでここ十日ほど、僕はクラスの注目の的だった。

なぜかと言えば――。

「……あの、鷹宮さん」

「その呼び方、やだって言った」

「……螢。そんなにじっと見つめられても……その、困るよ」

僕は体を若干《じゃっかん》後ろに引きつつ、真正面から僕を見つめる鷹宮さん――もとい螢に、苦言を呈《てい》した。

対して螢は、きょとんと小首を傾げた。

「なんで？　ハルはボクなら平気なんでしょ。ダメなの？」

「駄目じゃないけど……」

「じゃあいいじゃん」

「変に思われるよ？」

「どうでもいいよ」

……これ以上言っても、意味はなさそうだ。

僕はそっと溜息《ためいき》を吐《つ》いて、次の授業に必要な教材を準備し――他にやることが何も思いつかず、多少の気まずさを感じながら、俯《うつむ》き気味に螢を見つめ返した。

僕と彼女の間にあるのは、僕の机ひとつきり。とはいえ彼女はその上に両肘《りょうひじ》をつき、こちらにぐっと身を乗り出してきているので、実際の間隔は鼻先三十センチほどである。

端整でどことなく迫力のある顔がそんな間近で、しかも転入初日には想像すら難しかった楽しげな笑顔で、飽《あ》きもせず自分を凝視しているというのは、なんというか妙な気分になる。嬉しさと気恥ずかしさ、緊張、それから困惑がない交ぜになった、形容しがたい気分。

ちなみにこの状況は今回が初めてではない。つまりこれが、最近の僕が周囲の目を集めている理由なのだ。

『友だち』になって以来、螢はほぼ一日中――「べったり」と言っても過言じゃないほど、僕と一緒にいるようになった。

さすがにスキンシップはしないものの、大抵は僕の隣か正面に陣取って、僕を観察《みつめ》している。休み時間はもちろん、移動教室のときも、放課後になって僕が昇降口か部室に行く道中も。昼休みは悠一郎がいるからか同席こそしないけれど、視界に捉えられる場所には必ずいて、目が合うと微笑を返してくる。

誰に対しても無愛想で、常に退屈そうだった螢が、いつの間にか僕相手にだけそんな調子になったのでクラスメイトたちは驚愕《きょうがく》し、こぞって事情を知りたがった。……が、螢が訊かれて素直に答えるわけがなく、僕も僕で答えづらく、詮索《せんさく》されるたびに適当に濁《にご》していたら、いつの間にかいろんな噂が囁かれるようになってしまった。

曰《いわ》く、「仲睦《なかむつ》まじいように見えて、実は卯月は鷹宮に弱みを握られているのだ」とか、「卯月くんは鷹宮さんのことが気になっていて、アプローチしてみた結果、鷹宮さんが想像以上にデレデレになって困惑しているのだ」とか。ちなみに前者は男子が、後者は女子が主に唱えている説である。後者はあながち間違っていなくて、それを耳にしたとき、僕は彼女たちの鋭さに舌を巻いた。

中には僕たちが恋人同士になったと思い込んでいるひともいて、まったくの誤解なので否定しなければと思う反面、内心悪い気はしなくて、情けないことに、結局放置してしまっている。

螢もその噂には気がついているはずだけれど、いまのところ気にしている様子はない。嫌がられてはいないのだと僕は解釈しているけれど——実際はどう感じているのか、少し気になっていた。

「ん、何?」

螢が目を瞬く。どうやら気がかりが顔に出てしまったらしい。

僕は言葉を探しつつ、尋ねた。

「螢は……恋愛って、どう思う?」

「恋愛?　そうだな……経験はないけど、興味がないわけじゃないよ」

「えっ」

興味ないという回答を予想していた僕は、目を見開いた。

思わずさっき後ろに引いた体をもとに戻し、背筋を伸ばす。

「それは、つまり、恋をしてみたいってこと?」

「違うよ。ボク自身のことはよくわかんない。でも誰かがしてる恋については、場合によってはすごく興味あるよ。——たとえば、ハルのとかね」

螢の笑顔の質が変わる。

藪蛇《やぶへび》だったと気づいた僕が青ざめかけたそのとき、横合いから、

「た、鷹宮さん」

と声がかかった。

瞬間、螢の顔から笑みが消える。

どことなく億劫そうに、螢は声の主を横目に見た。僕も彼女に続いて視線を向ける。

声の主は、クラスの女子のひとりだった。名前は……また思い出せない。いい加減同級生《みんな》の顔と名前を覚えないとまずいな。

それはともかく——螢に直接話しかけるなんて、一体どんな用件だろう。

この頃は、螢に必要以上に関わろうとする者は、クラスでは現れなくなっていた。

無理もない。何しろ螢は、僕以外のクラスメイトにはまるっきり愛想というものを見せなかった。休み時間中は言うに及ばず、係の仕事やグループワークのときでさえ、ろくに他人と口を利《き》かない。

能力自体は優秀だし、任されたことは素直にやるのだが、少しも笑わないし「よろしく」とか「ありがとう」とかも言わない。その露骨すぎる他人への無関心ぶりに、幾度となく衝突が起きた。そしてそのたびに僕が巻き込まれ——もとい、仲立ちをした。

そんなわけで、螢に話しかける同級生は、いまやほとんどいない。どうしても彼女に伝えなければいけないことがあれば、「鷹宮に言っといて」と僕に言ってくるのがお決まりになっていた。

けれど、いま螢に直接声をかけたこの子は、僕の記憶が正しければ、これと言って螢と接点は

ない。係や班関係以外の用件で、螢に直接言う必要のある話とはなんだろう？

深く考えすぎかもしれないと思いつつも食いつく僕とは対照的に、螢はいつも通りだった。

「何」

つっけんどんな螢の物言いに彼女は怯んだものの、勇気を出して、といった様子で口を開いた。

「あ、あのね。その……鷹宮さんって、どういう男《ひと》が好み？」

「──は？」

ずいぶんと真剣な様子からはおよそ予想できなかった質問に、僕はつい声を漏《も》らしてしまった。

次の瞬間、「何よ」という鋭い視線が飛んできて、慌てて口をつぐむ。

件《くだん》の女子から目を逸らし、螢を見れば──意外なことに、彼女は少しだけ関心を抱いたようだった。

「なんでそんなこと訊くの」

「え？　いや、ちょっと気になったっていうか……みんなと『どうなんだろうね』って話になって」

女子の視線が一瞬だけ窓の方に向く。追ってみると、数人の女子生徒が固まって、こちらを見ながら何事か囁き合っていた。

「なんでそんな話に？」

「それは……」

言っていいものか迷う素振りを見せた女子の視線が、今度は僕に注がれる。どうやら、僕に聞かれるのが不都合らしい。席を外したほうがいいのだろうかと僕は腰を浮かしかけたけれど、女子は結局、抑えつつも僕にも聞こえる声量で言った。

「友だちから聞いた話なんだけどね……三崎《みさき》くんが鷹宮さんのこと、狙ってるみたいなんだって」

初めは神妙だった声音が、後半は明らかに弾《はず》んでいた。そこから察するに、どうやらそれはかなり心の躍る話らしい。

しかし螢は、

「……誰？」

さっぱりピンと来てない様子で目を眇《すが》めた。

ちなみに僕も、その『三崎くん』とやらが誰かわからず、首を傾げる。

転入生の螢ばかりか、僕まで頭の上に疑問符を浮かべていることに、女子は信じられないという顔をした。

「うっそ、知らないの⁉　ホントに⁉　三崎颯斗《はやと》くんって、二年三組《となりのクラス》にいる、うちの学校で一番のイケメンだよ。超モテるし、ファンクラブもあるの！」

「ふうん」

少しもテンションの上がらない螢に、女子はつまらなそうに溜息を吐《つ》く。そして、このノリの悪さでは異性の好みについてもたいした話は聞けないだろうと思ったのか、

「あー……まぁ、それだけ。ごめんね、なんか」

と、雑に話を切り上げようとした。

螢はとくに反応しない。

女子はやれやれと踵を返す。が、それを僕は引き留めた。

「待って。なんでその三崎くんが、螢──鷹宮さんを狙ってるって噂になってるの？」

螢は美少女だ。転入してから日もまだ浅い。

だから、このクラスの生徒はともかく、螢の性質をよく知らない他クラスの男子が彼女に惹《ひ》かれること自体はとくに変だと思わない。しかしそれが第三者の知るところとなっている理由は少し気になる──それも、以前から女子の注目を浴びているモテ男が、だ。自分の評判《スキャンダル》に無頓着な人物なんだろうか？

僕の食いつきに、女子は見るからに「気になる？」と言いたげな、意地の悪い笑みを浮かべてこちらに向き直った。

「本人が言ってるんだって」

「本人が？『鷹宮さんが好き』って？」

「そこまではっきりとじゃないみたいだけど、『この前隣のクラスに転校してきた子がすごく好みだった』とか『一度ふたりで話してみたい』とか、結構頻繁《ひんぱん》に話してるって」

「な……」

なんだそれは。僕は思わず顔をしかめた。

それじゃあ評判を気にするどころか、『自分は鷹宮螢に気があります』と大々的にアピールしているも同然じゃないか。外堀《そとぼり》を埋めているようにさえ感じる。

顔も知らない相手だけれど、一気に心証が悪くなった──ひょっとしてかなり軽薄な男なのでは？　という疑念が湧く。

「そのひと――」

どういう奴《ひと》？　と訊こうとしたとき、窓際《まどぎわ》の方から「みおー」という呼び声が聞こえてきた。どうやら女子の名前らしい。彼女は「ごめん、行くね」と言って、小走りに去っていった。

「気になる？」

螢が尋ねてくる。その顔から彼女の内心は読めなかった。

「……ちょっとね。どういうひとかなって」

「顔怖いよ、ハル」

自覚はあった。

笑みをつくろうとしてみても、目の周りの筋肉がちっとも動かない。頭の中ではぼんやりとした容姿《イメージ》の男が、いけ好かない笑顔と軽いノリのトークで螢に近づこうとしている。

……昼休みになったら、三崎颯斗について調べてみよう。有名人なら、情報を集めるのにそう苦労はしないはずだ。悠一郎には悪いけれど、まともな人間かどうかはっきりさせておかないと、精神衛生的によくない。

そう心に決めて――はたと我に返ると、ひどく楽しそうな様子の螢が、僕の顔を覗き込んでいた。僕がびくっと肩を跳ねさせると、彼女は笑声をこぼした。

「何？」

「初めて見る一面《かお》だなぁと思って」

物珍しさを純粋に楽しんでいるというよりも、そこから僕の何かを読み取ろうとしている気がして、僕は小さく呻《うめ》く。

笑顔を向けてくれるのは嬉しいけれど、油断しちゃいけない。彼女は、どんな些細なところから他者の裏事情を暴くかわからないのだ。

それを思い出して今度こそ上手く笑顔を取り繕うと、そんな僕の内心はお見通しとばかりに、螢は目をさらに細めた。


三限後の休み時間のことだった。

僕はスマホを取り出し、悠一郎にメッセージを送る。

『昼休み、ちょっとやることができたから、今日は一緒に食べれない。ごめん』

少しの間を置いて、『はーい！』という丸文字が入った、うさぎのスタンプが送られてくる。

これは悠一郎の趣味ではない。が、手軽だから使っているのだろう。

とりあえず、これで心置きなく昼休みを使えるようになった。

――しかし、ちょっと悪い気がする。急遽《きゅうきょ》予定を変更したお詫《わ》びに、「帰りにどこかで奢《おご》るよ」とでも提案しようか。

たまには寄り道や間食もいいだろうと、再びディスプレイに指を滑らせた――そのとき。

突然、いくつもの黄色い悲鳴が教室内に響いた。

驚いてスマホから顔を上げるとほぼ同時、

「三崎くん！」

という声が耳に入り、僕は素早く視線を巡らせた。

――いた。

入り口の近くだ。見覚えのない、若手俳優さながらの美形が、ゆったりとした動きで教室内を見回していた。

男臭《おとこくさ》さの薄い、爽《さわ》やかな印象の見目。ストレートの黒髪は少し長いけれど、前髪は瞼《まぶた》にかかる程度に切り揃えられていて、二重《ふたえ》のアーモンドアイが露出している。ピアスの類《たぐ》いはつけていないし、制服もそれほど着崩していないのに、それでもどこか華《はな》のある容姿だった。

女子たちの熱い視線を浴びながら、彼は茶色がかった瞳をきょろきょろと動かし、やがてそれを大きく見開いた。

そして迷いのない足取りで――僕の方《こっち》に向かってくる？

「えっ」

なんで、と戸惑ったのも束の間。三崎颯斗は僕では
なく、僕の傍《かたわ》らにいつの間にか立っていた螢に、嬉しそうに話しかけた。

「きみがこの間転校してきた、鷹宮さん？」

螢は無言で、三崎颯斗をじっと見つめ返す。

そのどことない威圧感に怯むことなく――つけ加えるなら、間に挟まれた僕の存在などまったく意に介さず、彼は柔らかい微笑を浮かべた。

「ああ、やっぱり……。ねぇ、鷹宮さん」

微笑に若干の恥じらいが混ざる。遠巻きにも目敏《めざと》くそれに気づいた女子たちが、控えめながら

甲高い悲鳴を上げる。

衆人環視の中、校内一と噂のイケメンは、ほんの一瞬を除いて躊躇いなく、ストレートに言い放った。

「好きです。オレとつき合わない？」

「なっ――」

僕は絶句した。周囲の生徒たちもいっせいに息を呑み、三崎颯斗に集まっていた注目が螢に丸ごとスライドする。

螢の返答は即座に、かつ端的だった。

「嫌だ。キミに興味はない」

その瞬間、「やっぱりな」と「あの三崎くんからの告白を断るなんて嘘でしょ!?」という二種類の雰囲気《ふんいき》が、ギャラリーから醸し出された。

僕は前者の側だった――が、それはともかく。三崎颯斗の想像以上の振る舞いに、悔《くや》しさにも似た感情が湧いてくる。

こいつ……ただの軽薄な優男《やさおとこ》じゃない。

告白自体はあまりにも唐突だったけれど、ノリだけで言っているようなへらへらした印象はなかった。むしろ『小細工を弄《ろう》さない素直さ』のようなものを感じたくらいだ。浮かべている微笑も、照れと淡い期待が絶妙に滲み出ていて、不思議と鼻につかない。

これは容姿の良さのなせる業《わざ》なのか？　それとも――。

慎重に彼の本質を見定めようとする僕に一瞥もくれず、三崎颯斗は冷めた表情の螢に、

「そっか。残念」

と笑顔のまま、あっさり引き下がった。

案の定それほど真剣じゃなかったのか、と思わせる潔《いさぎよ》さだった。残念と言うわりには悲しそうな素振りもない——というか、いっそすっきりしたふうでもある。

なんとなく引っかかって、眉をひそめる。

断《フ》られて残念がらないのは三崎颯斗が軟派な男だからだとしても、どこか満足げなのはなぜだ？

——いや、実はまだ諦めていないのかもしれない。たった一度のアプローチで結論を出す気は最初からなく、長期戦を覚悟しているから、ここで粘る必要はない……とか。

なくもない話だ。けれど……本当にそうなのか？

蛍の様子を窺ってみると、彼女はわずかに目を眇めていた。不快感の表れ——にしては、眉間《みけん》の皺《しわ》が浅い気がする。

「ちょっといきなりすぎたかな、ごめん。じゃあまたね、鷹宮さん」

三崎颯斗は照れくさそうに笑って踵を返した。そして自分に熱い視線を送る女子たちに手を振りつつ、教室を出ていく。

ほんの数分間の嵐《あらし》が去り、教室に満ちていたそこはかとない緊張感が霧散《むさん》する。みんなが雑談を再開する中、しかし蛍はじっと三崎颯斗が消えた方向を見つめ、何か思案している様子だった。

僕も少し考える。思いがけず早々に本人と接触してしまった——といっても向こうからは一瞥もされなかった——けれど、それで彼の人柄がわかったかといえば、答えはノーだ。思ったよりはマシそうだったものの、全面的に信頼できる好青年とはまだ言えない。

やっぱり……彼がどういう人物か、調べてみないと。

僕は心の中で頷いて、改めてスマホに指を滑らせた。


そして昼休み。

さて——と立ち上がった直後、螢が何かを企《たくら》んでいるような微笑で近寄ってきた。

「これから何するの？　ハル」

「え？」

「やることができたんでしょ」

明らかに螢は、僕がこれからいつもと違うことをすると確信していた。

なんで、と一瞬訝《いぶか》ったものの、すぐにその理由に思い当たる。

「もしかしてさっき、スマホの画面——」

「うん。見てた」

やっぱり。螢は僕と悠一郎のやり取りを覗き見していたのだ。彼女はあのときいつの間にか僕の隣にいたし、文面はお互い短かったので画面内に全部収まっていた。読まれる隙《すき》は充分あったわけだ。

今後はスマホをいじるときも注意を払う必要があるのか……と、少々げんなりする。

そんな僕の憂鬱《ゆううつ》に気づいているのか否か、螢はぐっと僕に顔を近づけ、囁くようにして尋ねた。

「三崎颯斗について調べるつもり？」

それも見透かされているのか。

「——うん」

「じゃあ、ボクも行く」

「えっ」

完全にひとりで調べる気でいたのと、これまで螢は昼休みだけは僕と距離を置くスタンスを取っていたのとで、その申し出につい面食らってしまった。

でも、そうか。螢が昼休みに僕から離れるのは僕が悠一郎と過ごすからであって、そうでないなら他の時間同様、一緒にいようとしてくれるのか。

……いや待て、本当にだから、か？

——もしかして、

「……もしかして螢、あのひとに興味ある……の？」

「うん」

さぁっと血の気が引く。そんな、と思わず口走りそうになる。

どうやら僕は、螢が彼の告白をにべもなく断ったことに、存外安堵《あんど》していたらしい。さっきは興味ないって切り捨てたのになんで、という動揺《どうよう》が心を占める。

狼狽《うろた》えて言葉を失う僕に、螢は怪訝そうな面持ちで言った。

「ちょっと、引っかかるんだ。……あいつ、ボクを好きだって言ったわりに、全然そんなふうじゃなかった」

あのときの三崎颯斗の姿が脳裏に蘇る。

やけにあっさりした物言いと、フられた後の態度。心なしかすっきりした顔。確かに、言うほど螢に入れ込んでいるようには見えなかった。

「ボクが好きだなんて見え透いた嘘を、わざわざ余所《うち》の教室に来てまで言った理由――気になるな」

気がつけば、螢の目の色が変わっていた。

既視感《きしかん》のある目つき。

クラスメイトたちの内心を何気なく暴いたときとは少し違う。……そう、たとえるなら螢の転入初日、昼休みに階段の踊り場で声をかけられる少し前――教室の前で悠一郎と話していた僕を凝視していたときの瞳に似ている。

それは、つまり――。

「行こう、ハル」

螢は僕の腕を自分のそれと搦《から》めるようにして取り、颯爽《さっそう》と歩き出す。

腕を組んで密着して歩くという行為への淡い嫌悪感と、螢が僕以外の人間に強い関心を示していることへの不安感がない交ぜになって、頭がぐらぐらする。

どうにか調査がはじまるまでに心を落ち着かせようと努力しながら、僕は彼女に引っ張られるまま、足を動かした。

向かった先は、三崎颯斗が籍《せき》を置く二年三組——ではなく、六組だった。

六組は女子クラスだ。

なるほど、確かに本人がいるクラスに探《と》り《こ》を《ろ》入れに行くのは下策だし、美男子の情報は女子のほうがほぼ間違いなく詳しい。

ただ、問題がひとつ。

女子クラスは当然、女子しかいない。女子が苦手だとか以前に、いくら女子の螢に連れられて来たからといって、半ば男子禁制の領域に男の僕が軽率に近づくのは躊躇われた。

しかし距離を取ろうにも、螢が組んだ腕をほどいてくれない。

拘束《こうそく》を解こうと身をよじる僕に構わず、螢は六組の教室の、廊下に面している開放された窓に顔を突っ込んで、

「ちょっと訊きたいことがあるんだけど」

と、そのすぐ傍の席で昼食をとっていた女子生徒に声をかけた。

そんないきなり名乗りもしないで、と焦った僕が口を挟むよりも早く、その女子はこちらの想像外の反応を示した。

「ああーっ！」

彼女は目を丸くして叫んだかと思うと、教室の奥を振り返り声を張った。

「ちょ、さっきの子来た！」

その報《しら》せに六組は騒然となった。わけがわからず眉をひそめる僕と螢。

螢がここに来るのは、少なくとも今日は初めてのはずだ。なのに、『さっき』の子？

疑問符を浮かべる僕たちをそっちのけで女子たちは盛り上がっている。

「うわ、ホントだ！　えっ、あれ彼氏？」

「だからフったのかな？　でも……うーん」

「いやまー、好みはそれぞれだし」

「六條《ろくじょう》さんどっか行っててよかったわー」

拾えた声から推測するに、どうやら螢が三崎颯斗を袖《そで》にしたことがすでに知れ渡っているらしい。

なんて耳の早さだ。これだけ早いとなると、あの場面を見ていた誰かがこのクラスにいる友だちにメッセージで伝えたのか――ああ、だから『さっきの子』なのか。たぶん、写真か動画も撮られていたのだろう。それがメッセージに添付されていて、螢の面も割れたのだ。

……それはそれとして、『六條さん』？　誰だ？

ざわめくクラスを背に、螢が声をかけた女子が思い出したように話を戻した。

「ああごめん。えっと、四組の鷹宮さんだよね。訊きたいことがあるんだっけ？」

「三崎颯斗がどんなやつか、教えてほしい」

相変わらず単刀直入な螢の質問に、その女子の目つきが変わった。

「え、フった後でそれ訊く？　てか、どんなやつって、ちょっと失礼じゃない？」

――まずい。

素早く視線を教室の中に走らせる。案の定、他の六組生の多くが、彼女と同じような険しい表情をしていた。

このクラスのほとんどは、三崎颯斗のファンなのだ。全員が実際にそう自負しているわけではないかもしれないけれど、少なくとも彼の『味方』ではあるのだろう。

となると、ここは螢に任せるよりも、僕が主になって情報を集めたほうがいい。

僕は咄嗟に螢を手で制し、ふたりの間に割り込んだ。

「や、実は三崎くんについて知りたいのは僕のほうで」

「どちら様？」

「彼女と同じ四組の、卯月です」

「ふうん……鷹宮さんの彼氏？」

「――いや、そういうんじゃないんだけど」

「えぇ？」

窓際の女子は螢に半ば抱き締められた僕の腕に視線を注ぎ、「そんなんで？」と言いたげな顔をする。しかし深く追及はしなかった。

「なんで知りたいの？」

「それは……えっと」

思いつく理由はある。が、ちょっと言いづらい。

けれど、ここで言い淀んでいては先に進めない。僕は羞恥心《しゅうちしん》を堪え、思い切って――ただし小声で、言った。

「……もし三崎くんが螢を――鷹宮さんのことをまだ諦めてなくて、これからもアプローチを続けるようなら、ちょっと……その、不安で」

「……ははーん？」

最後、曖昧にぼかした僕の言葉の意味を、女子は鋭く悟ったらしい。

彼女はさっきまでの少し不愉快そうな態度から一転、ニヤニヤと笑いながら頬杖《ほおづえ》を突いた。

「なるほどね、そういうこと。でもそれなら、鷹宮さんを連れてきちゃダメなんじゃない？　きみの恋敵《ライバル》がどんなひとか詳しく聞いて、もし『あ、ちょっとイイかも』とか思われちゃったらヤバいし。そうでなくても、小心丸出しでライバルの情報こそこそ集めるとか、ぶっちゃけダサいでしょ」

「…………」

一応フェイクだけれど、あながち嘘でもないことに対してそこまで言われると、若干口の端が引き攣る。

ぎこちない笑みで聞き流そうと密かに努力する僕に、女子は興が乗った様子で話しはじめた。

「どのくらい知ってるの？　三崎くんのこと」

「三組の生徒で、学校一のイケメンで、すごくモテて、ファンクラブもある……って程度かな」

「それだけ？　中身は？」

首を横に振ると、彼女は「じゃあほとんど知らないみたいなもんだね」と肩を竦め、もっと耳を寄せるよう、僕と螢にジェスチャーで促す。

そして、ひそひそと小声で言った。

「三崎くんはね。確かに顔は超いいし、性格も爽やかで優しいんだけど――軽いんだよ」

「軽い？」

それはノリが？

――と思ったが、違った。

「要するに、恋人《カノジョ》を取っかえ引っかえしてたの。っていうか、二股《ふたまた》とかしょっちゅうしてた。多いときは五、六人と同時につき合ってたこともあるんだよ」

……なんというか、言葉を失った。

モテると聞いた後、あの軽薄な交際の申し込みを目《ま》の当たりにしたおかげで、これまで何人もの女子とつき合ってきたということにはそれほど驚かなかった。……が、さすがにハーレムまがいの交際をしていたとは想像を超えていた。

三崎颯斗。やっぱりろくな男じゃない。あのとき螢に向かって口にした『好き』は、思ったとおりの軽さだったわけか。

改めてそう考えると、不快感が蘇ってくる。

「でも、三崎くんが自分から誰かに『つき合って』って言うのは初めてじゃないかな？」

「そうなの？」

「告白はいつも女子のほうからだったよ。六條さんもそうだったって聞いた」

――また『六條さん』だ。

三崎颯斗の歴代恋人《カノジョ》のひとりだということはいまのセリフでわかったけれど、具体的な名前がわざわざ挙げられるということは、他の元恋人たちとは何か違うのだろうか。

「その六條さんって誰？」

「えっ嘘、六條さんのことも知らないの!?」

少し前に見たのと似た反応――それは三崎颯斗を知らない以上に驚くべきことだと言わんばかりに、女子は目を剝いた。

「有名なの？」

「三崎くんと同じくらい……ううん、もっとかも。だって、去年の文化祭で超目立ってたし。ファッションショー見なかった？　あれにモデルとして出たんだよ。モデル自体は他にもいたけど、六條さんがたぶん一番綺麗《きれい》だった」

「――ああ！」

そこまで言われてようやく思い当たる。

僕のハッとした表情を見て、女子は「やっぱ知ってるよね」と頷いた。彼女に憧《あこが》れているのか、それとも友人関係なのか、どこか誇らしげに見える。

しかしその顔はすぐに曇《くも》った。

「六條さんねー……。相手が三崎くんじゃしょうがない気もするし、本人もあんまり気にしてないっぽいけど、やっぱりちょっと可哀想《かわいそう》かな」

「何が？」

「ついこの間まで三崎くんの恋人《カノジョ》だったんだよ、六條さん。自分から告白しただけあって三崎くんにぞっこんで、めちゃくちゃ尽くしてたんだけど……一週間くらい前かな。他に好きなひとができたからって、あっさり捨てられちゃったの」

「それは――」

つまり、彼女を散々いいように利用して、飽きたら他へ乗り換えたということか。

『互いに利用し合う関係』なんかじゃなくて、ちゃんと想われていたくせに。それがどれだけ恵まれていて、健全なことか、わからなかったのか。

――胸糞《むなくそ》悪い。

暗い感情がふつふつと湧き上がってくる。同時に、脳裏で記憶の断片が瞬《またた》く。

自分の表情が強張っているのがわかる。……人前でこんな顔を晒《さら》してはいけない。いまは嫌悪感に浸っている場合じゃない。

僕は深呼吸をひとつして、思考《あたま》を切り替えた。

『新しくできた好きなひと』というのは、時期的に見ても螢のことでまず間違いない。けれど自分を慕い、尽くしてくれる学年トップクラスの美人を捨ててまで――というには、あのときの三崎颯斗の振る舞いは真剣味に欠けていた。

改めて感じる不可解さに僕は眉をひそめたが、続くやり取りで、それは少しだけ解消された。

「でもこうして実際に本人に会ってみると、そういうこともあるかーって思えるかも」

「どういうこと?」

「いや……」

言い淀む素振りを見せた女子の視線が、黙って話を聞いている螢に向く。

「鷹宮さん、ぶっちゃけ六條さんより美人じゃん。六條さん以上の美少女なんてこの学校にいないと思ってたから、三崎くんが六條さんから他に目移りしたって聞いたときは信じられなかったけど、鷹宮さんなら納得できちゃうわ」

なるほど――とは言いたくなかったし、思いたくもなかった。

……しかし正直に言えば、わからなくもない。

最高峰《さいこうほう》のものを捨てて、それよりも数段落ちるものを手に入れたのでは、本人はどうあれ周囲としては納得がいかない。けれど、さらに上等なものを手に入れたのなら納得できる。

初めて螢を見たとき、僕は彼女のことを、いままで出会ったどの人間よりも容姿端麗だと思った。その見立ては間違っていなかったらしい。少なくとも、僕以外にもそう思うひとはいた。

ちらりと螢を見る。彼女も何か、思案しているようだった。一見ただの無表情のようだけれど、目の焦点がどこども合っていない。

他に何か訊くべきことはあっただろうかと、螢の思案顔を見つめながら考えていると、ここまでずっと沈黙していた彼女がぽつりとこぼした。

「三崎颯斗は、六條さんのことを愛していなかったの？」

「へっ？」

素っ頓狂な声を上げる女子。『愛している』という、やけに情熱的に聞こえる表現に面食らったらしい。僕も声こそ出さなかったものの、少し驚いた。

「んー、ちゃんと好きだったんじゃない？　だって六條さんとつき合ってる間は、他の子に手を出したりしなかったし――」

「それ」

と唐突に、螢が女子のセリフを鋭く遮る。

また面食らう彼女に、螢は独り言のように呟いた。

「二股や三股が当たり前なら、べつに六條さんと別れる必要はなかったはずだよね」

一瞬、意味を摑みあぐねる。

しかしすぐに螢の言いたいことがわかって、僕はハッとした。

確かにそうだ。たとえ六條さんとの交際中に螢を好きになったのだとしても、二股常習犯の三崎颯斗ならいつものように、六條さんとの関係をキープしたまま螢に手を出しそうなものである。

なのに彼は、わざわざ六條さんに「他に好きなひとができたから」と別れを切り出し、身綺麗《フリー》になってから螢に接触した。

――なぜ今回に限ってそんなことを？

「え？　どういうこと？」

視線を交わして頷き合う僕たちに対し、女子はさっぱりわからないと眉根を寄せる。

「どうして六條さん相手にだけは二股をしなかったのか？」といった具合に訊き直すと、彼女は唸《うな》って悩む素振りを見せたが、すぐにこう答えた。

「さすがの三崎くんも、六條さんが相手じゃ、そうそう軽率に二股なんかできなかったんじゃない？」

「それだけ本気だったと？」

にわかには信じがたい話だと思いながらも切り返すと、女子は「そうじゃなくて」と鼻で笑った。

「六條さんにもファンは多いんだよ。しかも三崎くんのみたいにミーハーな感じじゃなくて、もっとガチなやつが、男女問わずね。六條さんって美少女なだけじゃなくて性格も本当にいいから、『聖女様』なんてあだ名もついてるくらいでさ。そんなだから、六條さんを恋人《カノジョ》にしておきながら浮気なんてしたら、いくら三崎くんでもタダじゃ済まないと思うよ」

だからじゃない？　と、心底しっくりきたらしい笑顔で言う女子。

……筋は通っている、か。

どう思う？　という視線を螢に送ると、彼女は難しい面持ちで再び黙り込んだ。

僕は「なるほど」などと呟いて間を持たせつつ、会話に区切りをつけるのに適切なセリフを探す。

思いのほか話が弾んでしまって、ひとりを相手にいろいろ訊きすぎた感がある。このあたりで一度、情報を整理したい。

「……そっか、うん。いろいろ教えてくれてありがとう」

「いえいえー」

ひらひらと手を振った女子は、踵を返す僕に「頑張ってね」と目を細めた。

いったん教室に戻り、僕は弁当を、螢は中身の少なそうなコンビニの袋を取ってくる。それからまた一緒に、人気《ひとけ》のない場所――特別教室が集まる西校舎の、屋上手前の階段に腰を下ろした。

当然のように僕のすぐ隣、それも肩が触れ合うほどの至近距離に座った螢に、僕は内心ぎょっとして、そっと距離を取る。

螢は気分を害したふうはなく、むしろ想定どおりと言うように微笑《ほほえ》んだ後、コンビニ袋から取り出したおにぎりの包装を剝きつつ言った。

「わからないことが増えた」

「……うん」

「やっぱりあいつ、何かあるな」

僕も、疑念が晴れない。

三崎颯斗は一週間ほど前、交際していた六條さんに別れを告げ、螢にアプローチをはじめた。しかし彼は、少なくとも六條さんと恋人同士になる以前は、二股三股など日常茶飯事の遊び人だったはずである。

さらに、彼が捨てた六條さんは学年トップクラスの美少女にして、容姿のみならず性格も素晴らしい『聖女様』で、恋人には夢中で尽くしていた。

――これらのことから浮かんでくる疑問はふたつ。

まず、平気で二股をするような男が今回に限って、六條さんをさっさと切り捨てたのはなぜか？ 六條さんは滅多にいないレベルの美少女で、性格もいい。たとえ他に気になる女子ができたとしても、三崎颯斗のような男なら、彼女を手放さずキープしておいても不思議はないだろうに。

そして、そこまでしてターゲットを変えたにもかかわらず、真剣味に欠ける告白をしたうえ、拒否されても一切粘らず、あっさりと引き下がったのはなぜか？

ひとつめの疑問については、情報をくれた女子が言うように、『聖女様』のファンからの報復を恐れて――という可能性も、もちろんあるだろう。

しかし、「他に目移りしたから」なんて理由で彼女を捨てても、ファンの怒りを買うはずだ。だったら……いや、それについても彼女は無意識にフォローしていた。

螢は六條さん以上の美少女だから、三崎颯斗の心変わりも納得できる――だ。

性格については、まず間違いなく六條さんに軍配が上がる。なのでその納得は百パーセントではないだろうけれど、「まぁ、顔はあっちのほうが上だし」で通る。

となると……ひとつめの疑問の答えは、やはり「六條さんのファンから恨《うら》まれることを恐れたから」なのか？

仮にそうだとしても、ふたつめのほうは――。

「あいつ、ボクに拒否されてほっとしたみたいだった」

半眼の螢が呟く。

僕にはすっきりしたように見えたけれど、螢にはそう感じられたのか。しかしどちらにせよ、意味がわからない。

と思ったけれど、螢は一枚上手だった。

「それに、教室を出て行く前。あいつはボクにまたねって言った。まだ続ける気なんだ。……もしかして、それが目的？」

「え？」

「ボクにアプローチし続けることが、あいつの目的かも」

「？　螢が根負けするのを狙ってる……ってこと？」

しかし螢は「違う」と一蹴した。

「あいつはボクのことが好きなんかじゃないよ。都合のいい『何か』として見てる。……そう、都合――ボクに告白を断られるのは、たぶん、都合がよかったんだ」

ますますわけがわからない。

「もうちょっとわかるように説明してくれない？」と僕が言うよりも早く、螢はすっと立ち上がった。

「螢？」

「三崎颯斗と六條さんがどんなカップルだったか。きっとそれが重要だ」

「調べるの？」

「うん。行こう、ハル」

「え、ちょっ」

頷くが早いか階段を下りようとした螢の腕を、僕は慌てて摑んだ。

無意識にか鋭くなっていた螢の目つきが、きょとんと丸くなる。

いや「どうしたの？」じゃなくて……と苦笑しつつ、僕は自分の膝《ひざ》に載っている、まだ三分の一も食べ終わっていない弁当箱を指さした。

「調査にはもちろんつき合うけど……食べ終わってからじゃ駄目かな」

僕が自分とは違うペースで食事をしていたことを完全に失念していたらしく、丸くした目をさらに見開いた螢は、すとんと同じ場所に座り直し、微笑した。

「どうぞ」

「ありがとう」

ほっと息を吐《つ》いて、弁当に向き直る。

紫理に悪いと思いつつ、なるべく早めに片づけようと箸《はし》を動かしていると、

「それって、ハルが自分でつくったの？」

と、螢が尋ねてきた。

「いや、いとこの姉さんが毎日つくってくれてるんだ」

「いとこ……あの子の姉？」

悠一郎のことを言っているのはすぐにわかった。

「ああ、うん」

まぁ血は繋《つな》がってないんだけどね——という脳内に浮かんだひと言は、当然口にしなかった。

悠一郎は僕のウィークポイントだ。たとえ螢以外が相手だったとしても、あまり語りたくない。

そういえば、結局悠一郎はひとりでお昼を食べたんだろうかと、ふと気になる。

あいつが高校生になった今年から、昼休みはいつも一緒だった。「今日は友だちと食べるから」とあいつが言ったことは、その素振りを見せたことさえ、これまで一度もない。本心を素直に見せるかどうかはさておき、その気になれば社交に難はないから、そこまで心配することはないと思うけれど。

放課後にそれとなく訊いてみよう……と考えていると、

「仲いいんだね」

「え？」

「親戚《しんせき》とさ」

「ああ。親戚とっていうか、従姉弟《いとこ》とね。ほとんどきょうだいみたいなものだよ」

「へぇ。いとこはふたりだけなの？」

「――――」

一瞬、言葉に詰まる。

しかし、迷いはしなかった。

「そうだよ。姉さんのほうは、べつの学校だけどね」

笑顔で答えて、僕は口の中に残っているものをお茶で胃に流し込んだ。

「ごちそうさまでした」

この話はここで終わり、という意味も含めて、手を合わせる。

「お待たせ、螢。じゃあいったん教室に戻ってから、また調べに行こうか」

「わかった」

螢はいとこの話について、しつこく続けようとはしなかった。僕の言葉にすんなり頷いて立ち上がる。

三崎颯斗の件とは違って、僕についての『気になること』を性急に暴こうとしない彼女の態度に安堵し、長く興味を持ってもらえることに嬉しさを感じる反面――ゆっくりと時間をかけて暴いていこうという螢の魂胆《こんたん》が透けて見えるようで、少し背筋が寒くなった。

教室に弁当を置いたらすぐに調査に出るつもりでいたのだけれど、そうは問屋が卸《おろ》さなかった。

二年四組の教室まであと数メートルというところで、教室の前に佇《たたず》んでいた女子生徒がひとり、目に入る。彼女はこちらに気づくと、周囲の視線を引きつけながら、やけに明るい表情で歩いてきた。

『愛嬌《あいきょう》のある美人』という形容がしっくりくるような彼女の容貌《ようぼう》に、もしかして、と閃く。その推測は正しかった。

「あなたが鷹宮さんね」

「キミは六條さんだね」

「わたしを知ってるの？　ふふ、なんだか照れるな」

螢の打てば響くような切り返しに、彼女――噂の六條さんははにかんだ。

すでに自分が蚊帳《かや》の外になっている気配を感じた僕は、螢の隣に立ったまま、彼女を観察する。

やはり螢にはいくらか引けを取るものの、一般的な美醜《びしゅう》の価値観からすれば、充分すぎるほど端整だ。低身長だが細身で色白。癖《くせ》のないセミロングの髪は艶やかで、毛先が内側に緩く巻かれている。全体的な容姿の方向性自体は螢とは異なり、美しさよりも可愛さのほうに比重が寄っている印象で、鋭さは見受けられない。

他人に凝視されることに慣れているのか、六條さんは不躾《ぶしつけ》な視線を注ぐ僕にも、柔らかな微笑で会釈《えしゃく》した。

「一応、自己紹介するね。六條清乃《きよの》です。同じ二年生だし、好きに呼んでね」

「それで？　キミはボクを待ってたみたいだけど、何の用？」

礼儀正しくも友好的な六條さんに対して、螢は改めて名乗り返しはせず、いつもの——否、ほんの少し挑むような調子で尋ねる。

六條さんは気分を害したふうもなく、完璧《かんぺき》な笑顔でその質問に答えた。

「うん、あのね。わたし、あなたとお友だちになりたいの」

「は？」

「え？」

螢の口からは胡乱な、僕の口からは間の抜けた声がこぼれ出る。

てっきり三崎颯斗の件で物申しに来たのだと思っていたのに、まさかその逆とは。

というか、この唐突な切り出し方、元カレとそっくりだな。六組で話を聞いたときは対極のふたりだと思ったけれど、意外と似たもの同士なのだろうか。

一体どういうつもりなんだ、という内心が僕たちふたりの顔にありありと出ていたのか、六條さんは言葉を継いだ。

「鷹宮さんのことは、うちのクラスでも結構話題なの。すごく美人な子が四組に転入してきたって」

嘘は一切吐《つ》いていないあたり、侮《あなど》れない。

螢が六組で話題になっているのは美人だからという以上に、あなたと三崎颯斗との三角関係ゆえだろう——というツッコミを、僕はぐっと呑み込む。

が、螢はそのあたりも容赦がなかった。

「ボクがキミの恋人を奪ったからじゃなくて？」

さすがにこのひと言には僕も肝《きも》が冷えた。

咄嗟に六條さんを見れば、彼女はぱちぱちと目を瞬いている。

フォローの言葉が口から飛び出しかかる。しかし部外者が割り込んでいいものかという逡巡が脳裏によぎったその一瞬を突くかたちで、少し困ったような響きの混じった笑声が僕の鼓膜《こまく》を震わせた。

笑声を上げたのは、他でもない六條さんだった。

「もしかして、報復に来たと思ってるの？　そんなつもりは全然ないよ。颯斗くんのことは確かに悲しいけど、仕方ないのかなとも思ってるの。彼は恋多《そうい》きひとだって、最初からわかってたし」

「へぇ。諦めたの」

「……どうかしら。未練は……まだあるかも」

「ボクと友だちになりたい理由はそれ？」

失恋の傷に塩を塗り込む言葉を次々に投げつける螢にハラハラしっぱなしの僕。いかに『聖女様』とあだ名される六條さんでもさすがに怒るんじゃないかと思ったが、彼女は眉をひそめもしなかった。

「ううん、違うよ。鷹宮さんとなら……本当のお友だちになれるんじゃないかって思ったの」

語尾がだんだんと小さくなっていく。

切なげに伏せられた瞳。どうやら思いのほか切実な希望らしい。ひょっとしたら、彼女の周りにいるのは取り巻きばかりなのかもしれない。

思わず気遣うような目で六條さんを見ていると、不意に彼女がこちらを向いた。

「あなたは、鷹宮さんのお友だち？」

「え、ああ、まぁ……」

突然水を向けられて狼狽えたせいで、なんとも煮え切らない返事になってしまった。

僕が自信を持って「そうです」と答えなかったことが不満らしく、螢がじっとりと睨んでくる。

僕は慌てて言い直した。

「そうです」

「ふふ、仲いいんだね。えっと、名前は？」

「卯月遥臣です」

「タメ口でいいよ。卯月くんも、わたしと友だちになってくれない？」

「僕も？」

そうくるとは思っていなかった僕は、つい反射的に訊き返した。

輝く笑顔で頷く六條さん。しかし、僕はそうすんなりとは受け入れられなかった。

「……どうして僕とまで？　螢——彼女とっていうのは、なんとなくわかり……わかるけど」

僕の胡乱な反応に対して六條さんは、

「鷹宮さんだけじゃなくて、あなたとも仲良くなれたら、きっともっと楽しいと思って」

と、当たり障りのない答えを返す。

なるほど『聖女様』かと、僕は六條さんがそう呼ばれていることに、妙に納得した。

実際は本命である螢のついでなんだろうし、気が進まないけれど、上手く躱《かわ》すセリフがまったく思い浮かばない。曖昧に笑いながら内心困っていると、僕の後を継ぐように、螢が口を開いた。

「わかった、いいよ。友だちになろう、六條さん」

……よく似たセリフを、数日前にも聞いた。

けれど、あのときとは明らかに違う。

螢が望まれる側だというだけじゃない。言葉だけ見れば友好的なのに、その声音に少しも明るさが感じられなかった。

しかし、当の六條さんはそれに気づかなかったのか——それとも気づきながらあえて無視したのか、ぱあっと表情を輝かせた。

「本当!? じゃあ放課後、一緒に駅前の喫茶店に行かない？ おしゃれだけど静かなお店で、わたしのお気に入りなの」

「わかった」

「嬉しい！ 卯月くんもどう？」

「僕は——」

螢をちらりと横目で見る。彼女たちをふたりきりにさせるのはいろいろと心配だけれど、今日の放課後はちょっと都合が悪い。

「ごめん。今日はちょっと」

すると六條さんは、とても残念そうに眉を下げた。

「そう……。じゃあ、次の機会に」

一方螢は、まったくそんな様子はなかった。期待はしていなかったものの、内心苦笑いが滲む。

約束を取りつけた六條さんは「放課後、昇降口で待ち合わせね」と言い残し、手を振って去っていった。

彼女の背が充分遠ざかるのを待ってから、僕は螢に向かって呟いた。

「……大丈夫？」

「何が？」

「なんていうか……仲良くできる？」

小さい子じゃないんだから、と思いつつも、そう言わずにはいられなかった。

どんな目線で言っているのかとツッコまれそうな僕の問いかけに、螢はどこか皮肉めいた口調で答えた。

「本気で仲良くしようなんて、ボクもあっちも思ってないさ」

「え、でも六條さんは」

「演技は上手かったけど、魂胆は隠し切れてなかったよ」

螢の口角がわずかに吊り上がる。

「心配しなくていいよハル。上手くやるから」

……目が笑っていない。

やり方はどうあれ、間違いなく六條さんに探りを入れるつもりだ。螢の言うとおり、六條さんも『友だちになる』以外の目的があって螢に近づいたなら、女子同士の腹の探り合いになるのか。

ぞっとしない話である。

　やっぱりこっそりとでもついて行くべきかと、僕は本気で迷った。


「で、よかったの？　結局行かなくて」

　と、悠一郎はカフェラテのストローを咥《くわ》えつつ首を傾げた。

　場所は綾坂家のダイニング。テーブルの上には、帰りに買ってきたドーナツ九個が詰まった箱があり、僕と悠一郎は差し向かいに座って、それを食べつつ雑談している。

「ああ。下手について行ってバレたら面倒なことになりそうだし……それに、今日はいきなり昼休みの約束をなしにしちゃったからさ」

「べつに一日くらい、オレは気にしないのに」

「僕が気にするんだよ」

　律儀《りちぎ》だなぁと笑って、悠一郎はふたつめのドーナツに手を伸ばす。

　チョコレートのかかった部分をひとくち齧《かじ》ったそのとき、彼の口の端から、ドーナツの欠片《かけら》がこぼれ落ちた。

「あ。服、大丈夫？」

　慌てて僕は手元にあった布巾《ふきん》を差し出す。

　いまの悠一郎が着ているのは、袖がふんわりした白のブラウスで、下は春らしい桜色のスカートだ。薄手だし、比較的新しいものなので、少しでも汚れたら目立ってしまう。

しかしそれは杞憂《きゆう》だったようで、悠一郎は布巾で何度かスカートを叩いた後、すぐに顔を上げた。

「大丈夫、なんともない」

「よかった」

「まぁ、べつに汚れてもよかったけど」

一瞬、冷めた目で吐《は》き捨てるように呟く悠一郎。

……今度の休みにでも、新しい服を買いに連れ出そうか。色はピンク系しか選べないけれど、いまクローゼットにある以外の新しい服なら、もう少し気分よく着られるはずだ。

それからしばらく、僕たちは黙々とドーナツを咀嚼《そしゃく》する。やがてふたつめのドーナツを食べ終えたあたりで、悠一郎が再び口を開いた。

「でも、鷹宮先輩の推測が当たってるとして、その『聖女様』は何を企んでるんだろうね」

「どうだろう……振る舞い自体はすごく理想的というか、ちょっとでき過ぎてて、演じてるような印象が確かにあったけど。三崎颯斗について言ったことが嘘かどうかは、いまいちわからないな」

「……ふん。ま、例の『聖女様』が実は嫉妬《しっと》深い腹黒で、友だちのフリをして実は腹の中ではエグい復讐《ふくしゅう》の仕方を考えてたとしても、オレはべつに驚かないよ」

さすがにそれは言いすぎじゃないか――なんて、他でもない悠一郎を相手に咎める気にはなれない。

この子の綾坂家に来てからの経験を思えば、こんな擦《す》れた見方をするのも仕方がないという気がしてしまうから。

「でもさ。鷹宮先輩は、ハル兄の話を聞いた限りじゃ、普通の女子とは違うみたいだよね。何考えてるかわかんないってのは同じだけど」

「ああ、うん。螢はやっぱり他とは違う感じがするよ。ときどきすごく女子らしいものを感じて、ちょっと——びっくりすることもあるけど」

螢と友だちになってから一週間ちょっと。彼女とのつき合いは、良くも悪くも刺激的だ。

螢は他人《ひと》との衝突が多いし、僕のことを探ろうとしているから油断ができない。一方で、クラスの誰よりも僕に好意的に接してくれる女子なのに、普段の振る舞いからはそれをまったく感じない。まるで同性のよう——というより、どちらでもない感覚だ。だから彼女との交流は心地がいい。

けれど、螢は時折わざと、いわゆる思わせぶりな態度を取ることがある。

からかっているのか親愛の表れなのかは判然としないけれど、そのときばかりは、螢が確かに女子だということを否応《いやおう》なく思い出す。そしてそのたびに僕は、気になる子からのアプローチにどきりとする反面、思い出したくない過去のフラッシュバックに肌が粟立つのだ。一見美麗で落ち着いた雰囲気のホラー映画の世界にいるような……そんな感じ。

「ふうん。……オレも一回、話してみたいかも」

値踏みするような口調で悠一郎が呟く。

僕は相槌の代わりに再びコーヒーに口をつけながら、内心、あまり会わせたくないなと思った。

ふたりの相性がどうかはともかく、悠一郎との会話で、蛍が何に気づいてしまうかわからない。気づくとしたら、きっと僕にとって知られたくないことのはずだ。

それに、悠一郎自身も蛍の関心の対象にならないとは言い切れない。もしそうなった場合、きっと悠一郎は嫌な過去を思い出させられる。……僕はこれ以上、悠一郎に苦い思いをしてほしくない。

そして何より——このふたりが並んでいる光景は、想像するだけで胸の苦しい、奇妙な心地になる。

気分がじわじわと昂揚《こうよう》し、反面、そんな自分がどうしようもなく思えて嫌気が差す。そんな板挟み。

「ハル兄？」

「——ん？」

ハッと我に返る。

怪訝そうな面持ちで僕を見つめていた悠一郎は、「またぼんやりして」と言うように小さく溜息を吐《つ》いて、残ったドーナツのうちのひとつを指さした。

「これ、ハル兄のだっけ」

「そうだけど……ほしいの？」

訊くと、悠一郎はどこか気の抜けた笑みを浮かべた。

こういう、以前と変わらない表情を見ると、少し気持ちが穏やかになる。

「いいよ、あげる。ただし夕飯の後な」

僕は苦笑して、ドーナツの箱を閉じた。

時計を見る。そろそろ紫理が帰ってくる頃だった。


螢と六條さんがあの後どうなったのか気になりつつも、連絡先を交換していなかったせいで夜に話を聞こうにも聞けず、悶々《もんもん》としたまま迎えた翌朝。

悠一郎を急《せ》かして、いつもより若干早めに登校した僕は、机に荷物を置いてすぐに螢に歩み寄った。

「おはよう、ハル」

「おはよう、螢。……それで、昨日は――」

あれからどうだった？　と、小声で尋ねようとしたそのとき、どことなく嫌な気配のする囁き声が耳に忍び込んできた。

声の聞こえてきた方を振り返ってみれば、女子が何人か固まって、好奇の目で僕たちを見ながらひそひそと話をしている。

わけがわからず眉をひそめる僕に、螢が言った。

「ああ、さっきまた来たんだよ、三崎颯斗が」

「えっ⁉　螢のところに？」

「うん。挨拶と一方的な雑談を少しして帰ったよ。何を話してたか覚えてないけど。ほんの三分くらいだったな」

「………」

言いたいことが一気に押し寄せて、喉の奥で渋滞《じゅうたい》を起こす。

『挨拶と雑談』と螢はざっくりまとめたけれど、きっとそれは螢へのアプローチだ。一度フられたくらいで諦める気はないのかも――と想像しはしたが、まさか本当にそうだとは。しかし熱がこもっていないのは相変わらずらしい。……三分って、いくらなんでも短すぎないか。いやいいんだけど。螢に気があるという態度《ポーズ》を示せたら、それで満足なのか。

「それで、ハルはさっき、なんて言いかけたの？」

今朝《けさ》のことはどうでもいいと言わんばかりに、からりとした様子で螢が首を傾げる。

僕は気を取り直して尋ねた。

「ああ――昨日、あれからどうだった？」

「いろいろ訊かれたよ。態度はずっと穏やかだったけど、ボクに気を許してないのが丸わかりだった」

「訊かれたって、たとえば？」

「好きなもの、趣味、家族構成、休みの日の過ごし方……あと、中学時代のこととか」

僕は思わず目を見開いた。

「えっ……答えたの？」

「うん。詳しくは話さなかったけどね」

肯定されて、複雑な心境になる。

僕はどれも知らない。自分が深く踏み込まれないために、あえて訊かないようにしていたからだ。……でも、気にならないわけじゃない。

好きなものと趣味くらいなら――という衝動めいた欲が脳裏をちらつく。しかし、訊くにしてもこのタイミングじゃないだろうと自分に言い聞かせて、僕は言葉を継いだ。

「螢は、六條さんに何か訊いたの？」

「三崎颯斗のことについて」

やっぱり……。

と僕が思ったことに、螢は気づいたらしい。

「つき合ってたときの話を聞いたんだよ。『告白は断ったけど、実際に彼がどういうひとか、全然知らないから』ってさ」

「……そう。どんな話だった？」

聞いたところで僕の彼に対する印象が好転することはないだろうと思いつつ、螢との間に認識の差ができるのは避けたくて、尋ねる。

曰く。

六組の女子から聞いたとおり、告白は六條さんからしたという。三崎颯斗はそれを快諾《かいだく》し、ふたりの交際がスタートした。

当時、三崎颯斗には他にふたりの恋人がいたが、六條さんと恋仲になったのを機に彼女たちとは別れた。以降、彼は六條さんだけを恋人のポジションに据えていた。

交際は順調で、六條さんはこれといった不満を抱くこともなく、とても幸せな日々を送った。

毎朝八時に待ち合わせをして一緒に登校。休み時間には必ず彼のもとに通い、昼休みはお手製のお弁当を毎日欠かさず振る舞った。放課後は、お互いに部活がない日なら一緒に帰り、どちらか一方が活動日ならば終わるまで待つ。日曜には決まってデートをした。どこかに出かけるのはもちろん、自宅に招いたり招かれたりもした。スマホでのやり取りも毎晩した。

三崎颯斗の振る舞いは、ふたりきりのときでもとても紳士的で、よく気遣ってくれた。衝突したことは一度もなく、ふたりはとても上手くいっていたはずだった。

……なのに突然、三崎颯斗が「他に好きなひとができた」と言って、別れを切り出してきた。

六條さんは非常にショックを受け、「そのひととつき合っても構わないから、自分と別れないでほしい」と頼んだが、なぜか三崎颯斗は頑なに首を横に振り、彼女のもとを去ったという。

「颯斗くんはきっと、鷹宮さんのことがそれだけ真剣に好きなのね」

まるで別人のような、哀愁《あいしゅう》漂う淑《しと》やかなセリフが螢の口から唐突に飛び出してきて、僕はぎょっとした。

「なんて」

「って言ってたけど、それはあり得ない」

ああ、いまのは六條さんの再現《マネ》か……。

胸を撫で下ろした僕は、螢が言いたいのだろうことに内心で同意する。

三崎颯斗は、螢を本気で好いてはいない。

だから——やはり不可解だ。なぜ三崎颯斗は六條さんを捨てて、脈がないどころか、そもそもたいして好きでもない螢にアプローチをしているのか。

……どうにも前進していない気がする。

しかし、これ以上何をどう探ればいいのだろう。すっきりはしないけれど調べるのはここまでにして、適当な結論を出して終わりにするべきなのか。

たとえば、そう――。

「自分に明らかに好意を持ってる女子にはもう飽きて、逆に、まったくつれそうにない相手を落とす遊びをはじめた……とか？」

「違《い》う」

言い終わるか否かのタイミングで、強い語気の否定の言葉が、僕の鼓膜を震わせた。

いま考えたにしてはなかなかありそうな話ではないかと思っていた僕は、思わず面食らう。

お前はわかっていないと言わんばかりの表情で、螢が言った。

「そんなんじゃない。三崎颯《あいつ》斗は何か、もっと違う理由で動いてる。六條清乃もだ。わかるんだ。だからそれが一体なんなのか、はっきりさせたい」

不快感に苛立っている――のとは、少し違う気がした。

自分が感じた違和感の正体をはっきりさせる。それが彼女にとって当たり前で、当たり前だからそうしたがっている……とでも言えばいいのだろうか。実際に当たっているのかはわからないけれど。

「ごめん、適当なこと言って。でも、どうやってはっきりさせる？　本人に訊いてもはぐらかされるだろうし……また聞き込み？」

彼らについての話は、まだひとりにしか尋ねていない。嗅《か》ぎ回っていることを本人たちに知られないよう、あまり大勢に訊くことはできないけれど、あと二、三人くらいならたぶん大丈夫だろう。

「んー……。ねぇハル」

「何？」

「ハルの知り合いに、この手の噂に詳しい男子っていないの？」

この手の噂――他人の色恋沙汰《スキャンダル》に、か。

僕はお世辞にも顔が広いとは言えない。同学年に限定すると、まともに交流のある人間は、クラスメイトと部活仲間を合わせて五人いるかいないかだ。

さてどうだっただろう、と考えはじめたそのとき、予鈴が鳴り響いた。

ちょっと考えてみるよと言い残して、僕は席に戻った。


一限目は、三組と四組合同での体育だった。

男子は体育館でバレーボール、女子はグラウンドでハードル走。

準備運動を終えると、先生が「三組は入り口側で試合。四組はステージ側で二人組になってサーブとトスの練習」と指示を出した。三組の生徒たちは移動をはじめ、一方四組の面々は、すぐに友だちに声をかけはじめる。

半ば決まっているような相手はいないので、適当に声をかけようとした僕は、しかしそれよりも先に、誰かに背を叩かれた。

「卯月、組もうぜ」

「ああ、辻本。よろしく」

体育館の端に陣取って、トスの練習をはじめる。

ボールの応酬《おうしゅう》が十回目を超えたあたりで、辻本が口を開いた。

「で、お前らいま、どんな感じになってんの？」

「え？　……何が？」

いきなりボールと一緒に飛んできた率直な質問に、思わず訊き返す。意識が逸れたせいでボールは指先をかすり、僕の後ろ側に落ちる。

それを拾う僕に、辻本はからかい口調で、

「鷹宮と三崎との三角関係だよ」

と、試合に参加している三崎颯斗を顎《あご》で示した。

「まぁ鷹宮は三崎に全然興味なさそうだし、奪《と》られる心配はなさそうだけど」

「奪られるって、いやべつに、僕と螢はそういう関係じゃ……」

「いやいや。下の名前で呼び合ってるうえに、いっつも一緒にいるクセして、そりゃないわ。まだつき合ってないにしても、好きなんだろ？」

「それは……」

咄嗟に否定の言葉が出てこない。

しかし「好き」とはっきり言ってしまうのも躊躇われた。

螢に惹かれているのは確かだけれど、僕はまだ、彼女のことをろくに知らない。

惹かれている理由にしたって、「中性的だから」とか「普通の女子とは違う気がするから」なんていう曖昧な――彼女という存在の上澄みをすくっただけのようなものなのだ。そんな程度で、「恋愛感情を持っている」なんて軽々しく言いたくない。

黙り込む僕。辻本はお構いなしに続ける。

「それにしても、アイツ本当に贅沢《ぜいたく》っつーか、ろくでもねーヤツだよな。あの『聖女様』にめっちゃ尽くされてたのに、もっと美人な女子が現れた途端にポイとかさ。六條さんとつき合うようになって少しはまともになったかと思ってたけど、そんなことなかったわ」

「ああ、辻本も知ってるんだ。三崎くんが……その、どういうひとか」

「そりゃあ有名だし。六條さんも気の毒だよなぁ。でもあのひとのファンからしてみりゃ、クズとの縁がやっと切れて一安心、みたいなとこもあるんだってさ。ま、そりゃそうだよな」

「あー……」

確かに、自分たちの憧れる清純な美少女が、女性関係にだらしないことで有名な男に熱を上げている様は、多くのファンにとっては受け入れがたいもので、早く目を覚ましてほしいと願っていたことだろう。

内心うんうんと頷いていた僕は、ふとさっきの辻本のセリフを反芻《はんすう》し、

「あっ？」

「ん？」

僕がハッとして投げかけた視線を受けて、辻本がトスしかけていたボールをキャッチする。

「どうした？」

「辻本、いまの、誰かから聞いた話？」

「え？」

辻本は先ほどの自分の発言を思い返す素振りをした後、すぐに頷いた。

「ああ、うん。俺の友だちに聖女様のガチファンで、三崎アンチのやつがいるんだよ。しかもそいつ、三崎と同じソフトテニス部でさ。悲惨だよなぁ」

「——そのひと、名前は？」


翌日。

「キミが岡野拓磨《おかのたくま》？」

「は、はい」

岡野くんの声には、明らかな困惑が表れていた。

それはそうだろう。放課後、自分の靴箱を開けたら、

『あなたとお話がしたいです。放課後、東校舎の屋上前の階段で待っています』

と、かわいらしい丸文字で綴《つづ》られた差出人不明の手紙が入っていて、イタズラかもと思いつつそわそわしながら指定の場所に来てみれば、待ち構えていたのは甘い雰囲気など微塵もない、鋭い眼差しの美少女だったのだから。

「きみは、も、もしかして……鷹宮さん？」

「……………」

「じゃあ、手紙《これ》は鷹宮さんが書いたの？」

震える声で尋ねる岡野くんを、螢は黙って見つめている。

その沈黙を肯定と解釈したらしい。岡野くんは小さく「マジか……」と呟いた。

無理もない。目の前で腕を組み射貫くような視線を自分に注いでいる人物が、ラブレターを書いて誰かの靴箱に入れるなんていじらしい真似《まね》をするとは、とても想像できないだろう。

実際、それは当たっている。件の手紙は、螢によって書かれたものではない。

僕と悠一郎、男ふたりの合作だ。

僕がおおまかな文面を考え、それを悠一郎が見事に女子らしく書き上げた。

……なるべく目立たず、そして関係者を増やさずに彼を誘い出すための策であり、こういう遠回しなアプローチは不得手だという螢の代わりにやったこととはいえ、正直二度とやりたくない。大事な従弟《いとこ》にラブレターもどきの代筆をさせてしまったことももちろんだけれど、文面を考えている間の気分は、実に複雑だった。こうして成功したからいいものの、失敗したら目も当てられない。

岡野くんの背後——階段の少し手前、壁の陰でふたりの様子を窺いながら、僕は計画の成功にそっと胸を撫で下ろした。

……いや、でも、それはそれとして。

演技でいいから、螢にはもう少し柔らかい態度で臨んでほしかった。『困っている美少女からの協力のお願い』という態《てい》で情報を聞き出す予定だったのに、これじゃあまるで尋問のような雰囲気じゃないか。

未《いま》だに状況を呑み込めていないらしい岡野くんに、螢は真顔のまま言った。

「三崎颯斗について、キミ、何か知ってる？」

「え？」

僕は思わず顔をしかめた。なんとなくこうなる気がして、事前に「いきなり質問するんじゃなくて、それっぽい事情を説明してからにしなよ」と釘《くぎ》を刺しておいたのに……。

案の定、岡野くんはますます困惑しているようだった。

果たして話してくれるだろうか……と不安になりながら見つめていると、不意に、螢がこちらを見た。

目が合ったのは一瞬だった。しかしその一瞬で僕のアドバイスを思い出してくれたのか、螢は考え考えといった様子で言葉を継いだ。

「……実はボク、彼に告白されたんだけど」

「あ？　ああ、うん。知ってる」

「はっきり断ったのに、まだしつこくされててさ」

これは本当のことだった。

昨日と今日を合わせて、三崎颯斗は十三回も螢の前に現れた。

毎回、言葉を交わす——というか、彼が一方的にしゃべる——時間はほんの五分足らずで、その口調は最初の告白から相変わらず、少しも熱を帯びない。しかし最後には必ず、ギャラリーの目を憚《はばか》らずに「好きだよ」というひと言と微笑みを残していく。

そんな奇妙で鬱陶《うっとう》しい行為を、彼はたった二日で十回以上も繰り返したのだ。この調子だと、おそらく明日も、事あるごとに接触してくるだろう。

さすがの螢もこれには辟易《へきえき》したのか、心なし重い溜息を吐《つ》いてみせた。

「断っても素気なくしても諦める気配がまるでないから、こうなったら弱みのひとつでも握って、無理矢理縁を切ってやろうと思って」

「……な、なるほど」

岡野くんの、腰の引けた声。

威圧感のある美少女が「弱みを握って」なんて言い出したら、そりゃあそういう反応にもなるだろう。ついでに表情も、冗談を言っているようにはとても見えない。

「ボクの友だちを傷つけたことも、許せないしね」

それって六條さんのことか？　……明らかに嘘だな。

――と、僕が内心で苦笑いする隙はなかった。

「六條さんのことか!?」

ここまでずっと螢に圧倒されっぱなしだった岡野くんが、突然食い気味に叫び、螢に詰め寄ったのである。

思わず目を剝く僕。螢も驚いた声こそ上げなかったものの、体が一瞬強張ったのが見て取れた。

ぎょっとする僕たちに構わず、岡野くんは火がついたように捲《まく》し立てた。

「マジで最悪だよ、三崎颯斗《あいつ》。あの六條さんに告白されてオーケーしておきながら、たった三ヶ月もしないうちに他の女に乗り換えやがって！

　確かに見た目は鷹宮さんのほうが上かもしれないけど、でもあの六條さんだぞ⁉　ああいや、きみを馬鹿《ばか》にするつもりはないんだけどさ。信じらんねーよ。

　しかもあいつ、つき合いはじめた頃は散々自慢してたくせに、そのうち六條さんのことを『病んでる』とか『ヤバイ女』だとか言うようになってさ。あの聖女様をそんなふうに言うとか、マジで神経を疑ったね。

　六條さんは優しいしすごく気遣いができるから、恋人にはなおさらいろいろしてくれると思うんだよ。そんなの想像しただけでも幸せなのに、あいつはたぶん、それを鬱陶しいとか思ったんだろ。ああ忌々《いまいま》しい。あんな女神に尽くされておいて何様だっつーの！」

　ほとんど勢いを失うことなく溜《た》め込んでいたものをぶちまけた岡野くんは、語っているうちに怒りが漲《みなぎ》ってきたのか、乱れた息を整えながらも、まだまだ言い足りなさそうだった。

　あまりの熱量につい気圧《けお》されてしまう。しかし少し間が空いて冷静さが戻ってくると、さっきの岡野くんの弁舌の中に、いくつか聞き流せない情報が混ざっていたことに気がつく。

　六條さんが、病んでる？

「へぇ、そう。……なるほどね」

　螢の声が耳に届く。

　さっきまでとは違い、どこか満足げな声色だった。

　聞くべきことは聞けたし、そろそろ切り上げる頃合いか——と僕が身構えていると、しかし螢は「最後にひとつ訊きたいんだけど」と言い、そして、

「ボクって、六條さんよりも見た目、いい？」

「えっ」

「えっ？」

僕と岡野くんの声が、被《かぶ》った。

慌てて口を手で覆《おお》い、体を引っ込める僕。幸い、あちらまで僕の声は届かなかったらしい。

「外見だけで考えたら『六條さんから乗り換えるのもわかる』って納得できる？」

重ねて問われた岡野くんは、しばらく迷いの唸り声を上げていたものの、やがて、

「うん、まぁ……イメージの方向性違うし、見るひとによって好みもあるから、その、一概《いちがい》には言えないけど……顔は正直、鷹宮さんのほうがいい……と思う」

もごもごと言い淀みながらも、最後にははっきりと『螢の顔のほうが上』だと答えた。

「そう。それを聞けてよかったよ」

おかげで大体わかったと言って、螢は岡野くんに別れを告げ、迷いのない足取りで階段を下りていった。

合流場所は一階の図書室だ。

一体なんだったんだろうと首を捻《ひね》っている岡野くんに気づかれないよう、足音を殺して階段から距離を取った僕は、同じフロアにあるもうひとつの階段へと向かった。

図書室に人はほとんどいなかった。

僕を除くと、当番の図書委員がひとりと、利用者が三人。そのうちのひとり——螢は、入り口

にほど近い席で文庫本をめくっていた。

僕が正面の席に腰を下ろすと、螢は本を閉じてこちらを向いた。

「上手くいってよかったよ。それで、大体わかったって言ったのが聞こえたけど、どういうこと？」

「そのままの意味さ。三崎颯斗が六條清乃を捨てて、本当は好きじゃないくせにボクに告白して、まったく相手にされないにもかかわらずアプローチし続けてる理由が、なんとなくわかったんだよ」

岡野くんの話を聞いて『わかった』というのなら、それは。

「……それは、六條さんが三崎にとって異常な人間で、螢の容姿が六條さんのファンから見ても六條さんより上だってことに、関係がある？」

訊くと、螢はにやりと笑った。

「ハルもわかってるんじゃないか」

ということは、つまり——。

視線をやや下に落とし、僕は思考を巡らせる。これまでに集まった情報を思い出し、繋いでいく。

そして、ひとつの仮説が閃いた。

「もしかして、三崎は——六條さんから逃げたかった？」

三崎颯斗は、六條さんを『異常』だと感じて、密かに嫌悪感を露わにしていた。

しかし、交際しはじめた当初は、彼女のことを散々自慢していたという。となれば、三崎颯斗は六條さんとつき合ううち、次第に彼女の異常性を理解したのだろう。

恋人から「病んでいる」と評されるような、六條さんの異常性。

思い浮かぶのは、強烈な嫉妬深さや独占欲。

ひと言でまとめるなら、彼への執着だ。

もしそうだとすると——三崎颯斗が彼女との交際開始以来、それまでいた恋人ふたりとの縁を切ったことや、常習的だった浮気をぱったりとやめたことの理由が、これまで僕たちが推測してきたものとはまったく違う可能性が浮かび上がってくる。

三崎颯斗は——否、六條さんは、自分以外の『三崎颯斗に近づく女』を、密かに排除していたのではないか？

そうして独占した恋人に、過剰《かじょう》なほどまとわりついたのではないか？

その示唆《しさ》はあったように思う。

岡野くん曰く、ふたりの交際期間は三ヶ月足らずだった。六組の女子は、六條さんは三崎颯斗にとても尽くしていたと語った。そして、六條さん本人が螢に話した、彼との甘い日々の内容。

……期間の短さのわりに、少し濃すぎはしないか？

僕はまともな男女交際なんて、いままでしたことがない。だからこの疑念は、僕の交際観念がお堅いからかもしれない。その可能性は充分ある。

だけど——つき合っていた間のルーティン。

あれは全部、六條さんの視点で語られたことだ。それを三崎颯斗の視点で語ったとき、果たして六條さんと同じ、ポジティブな印象になるだろうか。

六條さんが良かれと、当然だと思ってやっていたことは、三崎颯斗にとって度を越した束縛《そくばく》だった可能性はないか？　……それも充分あるはずだ。

「どこまで当たっているかわからないけれど、とにかく仮説として」と前置きして、僕は螢に語ってみせた。

六條さんは『病んでいる』と言ってもいいほど、恋人への執着が強いひとだった。

やがてそれに気づいた三崎颯斗は、彼女から解放されたいと思うようになった。

しかし下手に彼女を傷つけるような真似をすれば、過激派が多いことで知られる彼女のファンを怒らせ、どんな目に遭《あ》わされるかわからない。

だから三崎颯斗は、一部《かお》だけでもあの完璧な『聖女』の六條さんに勝《まさ》る——彼女のファンでさえそう認める螢を「好きになってしまった」ということにして、周囲を納得させ——ひょっとしたら六條さんに「他ならぬきみを相手に不誠実な真似はできない」とでも嘯《うそぶ》いて、彼女と別れた。

そして、掲げた大義名分が嘘だとバレないよう、螢にアプローチをはじめた。

六條さんと別れる理由にするのに丁度いい相手だっただけなので、当然、螢に対して恋愛感情はない。……もしかしたら、「もしその気になられても悪くはない」程度には思っていたかもしれないけれど、だとしても、言葉や態度に現れる真剣味なんてたかが知れている。

『三崎颯斗が鷹宮螢に惚れているのは本当らしい』と周囲に思わせられればいいだけなので、アプローチの頻度は高いものの、短く薄っぺらだった。

螢に実際にフられたときも、どこか安堵したようだったのは、たいして好きでもない相手に本気になられずに済んだからだろう。

――こう考えると、すべてに筋が通る。

「そんなところだろうね」

僕が長々と述べた推測に、螢は微笑を浮かべた。

螢も同じ考えだったとわかり、少し胸が弾む。

しかしすぐに冷静になった。

「でも、そうだったとして……これからどうする？」

三崎颯斗のしつこいアプローチはいずれ終わるとしても、それでめでたしめでたし――とはならない気がする。

問題はきっと彼よりも、六條さんのほうだ。

「六條さんは気づいてるのかな。三崎が本当は螢を好きになってなんかいなくて、自分から逃げるために嘘を吐《つ》いたんだって……」

「気づいてると思うよ。かなり鋭そうだったしね」

「螢と友だちになったのは、やっぱり――」

「いや。ボクへの報復が目的なら、いま頃もっと面倒なことになってるはずだ。でも、そうはなってない。六條清乃がボクにしたのは、ボクを喫茶店に連れてっていろいろ訊き出したことと、ボクの連絡先を押さえたのと、あとは昼休みとか放課後に絡んできたり、ときどきメッセージを送ってくるくらいだ」

喫茶店での質問攻め以外は初耳だった。

えっ聞いてないぞ、と目を丸くする僕。螢はブレザーの内ポケットからスマホを取り出すと、少し操作してから僕に差し出した。

ディスプレイには、メッセージアプリでの六條さんとのやり取りが、一昨日《おととい》の時点から表示されていた。

流し読みしてみる。一連のやり取りの回数は全部で十七回。時間帯はバラバラだけれど、日中のみならず、登校時間前や夕方以降にも履歴《りれき》があった。

話をはじめるのはいつも六條さんからで、内容自体は普通の雑談だった。

ただ——会話のたびに必ず、六條さんが螢に対して、結構踏み込んだ質問をしていることが気になった。

大体は彼女がこちらに転校してくる以前についての質問。あるときは授業参観の思い出。またあるときは気になる男子がいたかどうか。務めていた委員会や部活動の話。もっとも露骨だと感じたのは、犯したことのある校則違反についての質問だった。

「これは……」

「最初からわかってたけど、六條清乃はボクのことを探るためにボクに近づいてきたんだ。なんでボクのことを探るのかって言ったら」

螢はそこで一旦《いったん》言葉を切ると、考える素振りを見せた後、

「……三崎颯斗が、自分《ボク》以外の女から自分に戻ってこざるを得ないように仕向けるために必要だったから、かな」

僕は眉をひそめる。

「螢の情報をどう使って、そんなふうに仕向ける気だろう」

調べるならむしろ、自分と別れた後の三崎颯斗の動向ではないのか？

考えてみても思いつかず、首を捻る。

しかし螢は、これについてもすでに予想済みだったらしい。

「ボクは六條清乃よりも顔がいいって、言ってたよね。だから三崎颯斗の心変わりも納得できるって」

確かに言っていた。六組の女子と、岡野くんだ。

脳裏にふたりの姿と声が蘇る。

「だったら――たとえば前の学校でやらかしたことのリークとか、容姿の良さじゃカバーできないようなボクの悪い噂が流れたりすれば、『やっぱり六條さんのほうがいいよな』って話になるんじゃない？」

「そ――」

僕は絶句した。

本当にそんなことを考えているとしたら、『聖女』だなんてとんでもないじゃないか。

やっぱり鷹宮螢よりも六條さんのほうがいい――みんながそう思うだけならいい。

でもきっと、それだけでは済まない。六條さんの株が上がる一方で、螢の立場は多少なりとも悪くなる。噂の範疇《はんちゅう》のまますぐに風化してしまえばいいけれど、もしそうならなかったらと思うと楽観してもいられない。

「ハル？」

つい厳しい表情になっていたらしい。螢が「どうしたの？」と言いたげに僕の顔を覗き込んでくる。

「どうにかしないと」

けどどうやって、という理性の声が、頭の中で僕のセリフと被る。

噂はもう流されているのだろうか。いや、まず僕たちの推測が当たっているのか確かめる必要があるのか。しかしそれも、どうやって……。

結局ここからどう動けばいいのかわからず、呻きが口から漏れる。

そんな僕を見かねたように、螢が口を開いた。

「べつに――」

そのとき、突如《とつじょ》聞こえてきた短いメロディが、螢のセリフを遮った。

ハッとした僕は慌ててスマホを取り出す。我が演劇部の部長からメッセージが届いていることを報せるポップアップと、現在の時刻が同時に目に入った。午後四時四十七分。

しまった、と思わず顔をしかめる。

今日は部活がある日だとわかっていた。そのうえで螢につき合っていたのだけれど、うっかりこっちに時間を割きすぎてしまったらしい。

部にはあらかじめ「ちょっと遅くなります」と伝えてあったけれど、さすがに活動時間を迎えてから一時間近くも音沙汰《おとさた》なしでは、訝られるのも当然である。

「どうしたの？」

「部長から連絡が……ごめん、ちょっと」

急いで謝罪の言葉ともう少し遅れる旨《むね》を部長に伝えるべく指を動かしていると、

「ハル、今日部活だったの？　なら、もう行っていいよ」

「え、でも」

「さっきも言おうとしたけど、もういいんだ。あとは答え合わせをするだけだから」

「答え合わせ……」

そのワードを聞いた瞬間、螢が転校してきた初日の記憶が蘇る。

茅吹さんと真正面から衝突したときのことだ。あのときも螢は『答え合わせ』と口にした。

だから、それはつまり――。

「本人に直接確かめるつもりなの⁉」

「うん。最初から訊いたんじゃどうせはぐらかされただろうけど、ここまで仮説を立てられたら充分さ。聞かせたときの反応を見れば詰められる」

「でも、それじゃあ……下手なやり方じゃ、六條さんは思い留まらない。もし本当に六條さんが螢の悪い噂を流して、効果があったら、螢は」

「どうってことないよ、その程度。ボクは気にしないさ」

周りがボクのことをどう思おうが、ボクはそんなことに興味ないからね。

実際に言われなくても、螢がそう考えていることは手に取るようにわかった。

だからこそ僕は、

「駄目だ」

と、力を込めて言った。

「他人を都合のいいように利用するのは――そのために友だちとか恋人とか、そういう関係になるようなやつは、駄目だ。許すべきじゃない。螢がどうでもよくても、僕はそう思わない」

「…………」

──図書室の静寂が、一層際立って感じられた。

心臓が大きく脈打っている。息が乱れている。

どうやらいまさっきの僕は、思いのほか頭に血が上っていたらしい。口にしたセリフが脳内でリピートされ、ふと「あれ?」と思う。

何か、もっと違うことを言うはずだったのに……という違和感が湧いてきた頃、螢が応えた。

「わかった。じゃあハル、連絡先教えて。ハルがこれからどうしたいのか──ボクにどうしてほしいのか、思いついたら聞かせて。それまで待つよ」

螢が手に持ったスマホをひらひらと振って示す。

僕は頷いて、自分のスマホを操作した。

……最初は、やり返すことを考えた。

しかし事は未遂だ。ならば、事態の悪化を防ぐ……いや、これ以上彼らが螢に関わることがなくなるようにすべきだろう。

三崎颯斗と六條さんの揉《も》め事から螢を抜け出させるには──。

三崎颯斗が螢以外に目を向けるよう仕向けるのは、条件的にまず不可能。六條さんのスペックを一項目《ひとつ》でも上回る存在を捜すのは至難の業だ。六條さんのもとに戻らせるのも難しい。

となると、道はひとつ。六條さんに心変わりをさせる——三崎颯斗を引き戻すために螢を利用するという計画を断念させるしかない。

問題はその方法だった。

考えがまとまったのは翌日の昼休みも終わる頃で、結局、せっかく教えてもらった螢の連絡先を活用する機会はなかった。

そして、五限と六限の合間。僕はひとり、六組の教室を訪れていた。

「卯月くん。こんにちは、どうしたの？」

人伝《ひとづて》に呼び出されて廊下まで出てきた六條さんは、僕を見てにっこりと微笑んだ。

そういえば、一応彼女と僕も『友だち』になったはずだけれど、あれからいまに至るまで一度も話さなかったな——と、ふと思う。

まぁ、彼女が本音では僕に関心がないことは最初からわかっていたし、どうでもいいことだった。

「急で申し訳ないんだけど、今日の放課後、時間をもらえないかな。話したいことがあるんだ」

僕はわざと、恥じらうような素振りを見せつつ言った。暗に『ここでは言いにくいことだから』という意味を込める。

六條さんはそれを察してくれたようだった。

「うん、いいよ。場所はどこで？　わたしは、今日は部活がないし、校外《そと》でも構わないけど」

僕がやろうとしているのは取引——いや、脅迫《きょうはく》だ。

だからなるべく他の生徒に聞かれない場所で、と考えていたので、お言葉に甘えることにする。学校の裏門方面の住宅街にある小さな喫茶店『コマドリ』を指定し、四時半に現地集合という約束を取りつけて、僕は六組を後にした。

六限は選択授業の美術。僕は西校舎に向かいながら、螢にメッセージを送る。

『今日の放課後、四時半に外で話をする約束をしたよ。詳しい場所と段取りは後で説明する』

すぐに既読サインがつき、『了解』という簡潔な返信が来る。

螢との初めての文章でのやり取りはもっと和やかで楽しげなものがよかったなぁと、僕は苦笑した。


そして放課後。

僕は帰りのホームルームが終わってすぐには学校を出ず、適当に時間を潰《つぶ》してから『コマドリ』に向かった。

店内に入れば案の定、六條さんは先に来ていた。座っているのは一番奥の席。入り口と真っ直ぐ向かい合うかたちだ。

「お待たせ」

僕は六條さんの視界から入り口を隠すように、彼女の前の席に腰を下ろした。これでもし彼女が気分を害して途中で帰ろうとしても止められるはずだ。

ブレザーの内ポケットからスマホを取り出し、時刻を確認する。四時四十一分。

「ごめん、十分も遅れちゃって」

「ううん、大丈夫だよ。気にしないで」

そんなやり取りを交わしつつ、さりげなく指を動かす。アプリをひとつ、素早く立ち上げてから、手を膝の上に置く。

やがて注文を取りに来た初老の男性店員にコーヒーを一杯頼むと、僕は居住まいを正して、

「きみと、三崎くんの話を、他人《ひと》から聞いたよ」

と切り出した。

螢の名前は出さない。いきなり「三崎颯斗はきみと別れたんじゃなくて、きみから逃げたんじゃないか？」と突っ込んだりもしない。焦らず少しずつ、僕が六條さんを疑い警戒していると悟られないよう注意して、話を進めていく。

僕が語る内容が事実から推測の段階に移っても、六條さんは相槌も打たず、黙って耳を傾けていた。

「三崎くんは、きみの重さに耐えかねて逃げ出した。大勢の生徒が『誰よりも素晴らしい』と称賛する六條さんを捨てるという愚行《マネ》を周囲に納得させるために、顔だけは六條さん以上だと言われる螢に目移りしたことにして。

そしてきみは、そんな三崎くんを引き戻すために、螢の評判を下げようとしてるんじゃないか？」

「…………」

六條さんは、すぐには反応しなかった。

話の最中にも何度か口をつけていたミルクティーを飲み干すと、やっと僕を見て、

「大体当たってるかな」

と微笑んだ。

それはいままで見せてきた完璧な笑みではなく、シニカルなものだった。

「ここまで調べられるなんて思わなかった。ドラマの黒幕みたい。何も悪いことなんてしてないのにね」

「でも、しようとしてるんでしょ」

「確かに颯斗くんが鷹宮さんを選んだのは、わたしよりも顔がいいからでしょうね。でも、他に好きなひとができたからってことにしたのは、わたしの取り巻きが怖かったからじゃないわ」

「えっ」

六條さんは瞠目《どうもく》する僕を無視して店員を呼び、ミルクティーのおかわりとフルーツケーキを注文する。

やがてそれらが運ばれてくると、彼女はケーキを大きくひとくち食べ、ミルクティーで胃に流し込んだ後、

「わたしと颯斗くんはね、つき合ってたんじゃないの。契約してたのよ」

と、冷めた目で言った。

「契約？」

「そう。そもそも彼は、わたしを本気で好きだった時期《こと》なんてないの。まぁそれは、いままでつき合ってきた女の子も全員そうだろうけど。顔とか体とか上辺の性格とか、そういうところだけ見てた。

……でもわたしは、本気で彼が好きだった」

またひとくち、ケーキが消える。ミルクティーが減る。

「だからね、彼に持ちかけたの。

『お願いしたいことがあるの。実は、よく知らない男の子から告白されるのに、ちょっと疲れちゃって……。だからしばらくの間、三崎くんに、わたしの恋人役になってほしいの。どちらかに本気で好きな相手ができたら、すぐ終わりにするから。それに、恋人役をしてくれるならその間、わたしのことは三崎くんの好きにしていいから』ってね」

当時と同じだろう口調で、六條さんは言った。

あなたしか頼れるひとはいないと言うような、弱々しく、切実で、しかしどこか相手を誘惑する細くて甘い声音。

たとえたいして好意がなくても、六條さんほどの美少女にこんな声で『自分を好きにしていい』と、しかも『終わるときは後腐《あとくさ》れなくする』とまで言われたら、理性のたがが弾《はじ》け飛んでしまう男は多いだろう。

――とくに、交際を遊び感覚で捉えているようなやつなら。

「颯斗くんは誰かと本気になるのを面倒くさがるって知ってたから、あえて恋人『役』ってことにしたの。『真剣なおつき合いだって周りに示したいから』って言って、それまでつき合ってたふたりとも別れてもらった。それからはなんでもしたわ。本当になんでもね」

生々しいものを感じて、僕は顔をしかめる。

そんな僕の反応を六條さんは鼻で笑うと、またケーキにフォークを刺す。残りはもう一欠片ほどになった。

「でも――さっきあなたも言ったとおり、重く感じさせすぎちゃったみたいで」

三崎颯斗はそのうち、六條さんから逃げたがるようになったという。

けれどやはり周囲の目は気になったようで、下手な相手――六條さんより魅力的とは言えない女子に乗り換えることはできなかった。

彼は六條さんとの関係を解消できないまま、一ヶ月以上を過ごした。六條さんはそんな彼を見て、己の勝利を確信していたことだろう。このまま自分以上の女子が現れなければ、彼をずっと独占していられる。

しかし、鷹宮螢が現れた。

「あとは知ってのとおりよ」

抑えているのか、とくに悔しそうでもない口調でそう言って、六條さんはケーキの最後の一欠片を口に運んだ。

「……本当に、螢の悪い噂を流そうとしてたの？」

「そのつもりだったんだけどね。鷹宮さん、全然隙を見せなくて。こっちに来る前のことをどれだけ訊いても、ほとんど何も話してくれないの。ていうか、一応は友だちになったのに、少しも気を許さないし。あの子、いつもあんなに無愛想なの？」

「まぁね。……それで？」

まだ三崎颯斗を取り戻すために螢を貶《おとし》めるのを諦めないのかと、言外に問いかける。

六條さんはもはや『聖女』の仮面を完全に脱ぎ捨てていた。

「どうしようかな。いっそ、友だちになったのにちっとも仲良くしてくれないことを逆手にとって、鷹宮さんに冷たくされてるって誰かに相談しようかしら。そしたら正義感を発揮してくれそうな子が何人か、友だちにいるの」

「…………」

　そろそろ、いいだろうか。

　膝の上でずっと持っていた、アプリが起動したままのスマホを、テーブルの上に出す。そして六條さんに、その画面を見せた。

「何？　……っ」

　ディスプレイに映っているのがただの待ち受け画面ではないと気づいた六條さんは、さっと顔色を変えて、僕のスマホに手を伸ばそうとする。

　しかしそれよりも先に僕は手を引っ込め、録音停止ボタンをタップした。

「今日は、六條さんと取引がしたくて呼んだんだ」

「……なるほどね」

　六條さんのシニカルな笑みに焦りが滲む。

「蛍の悪評を流すのをやめてほしい。というか、金輪際、蛍に近づかないでくれ」

「そうしたら、その録音データを消してくれるって？」

「うん。それと、三崎颯斗の弱みを教えて。できるだけ後ろ暗いやつがいい」

「……は？」

　六條さんの瞳に険呑《けんのん》な光が宿った。

「彼のことも脅《おど》すつもり？　鷹宮さんから遠ざけるために。そんなに鷹宮さんを独占したいわけ？　他人《ひと》のこと言えないんじゃない？」

三崎颯斗に害が及ぶのが、本気で嫌らしい。

敵意を剝き出しに思い切り睨みつけてくる六條さんに怯みそうになるのを堪えて、僕は冷静さを保ちつつ答えた。

「……いや」

あえて否定したけれど、六條さんの指摘は、あながち間違いではないかもしれないと思った。三崎颯斗のような男が螢にまとわりついているのは、正直気に入らない。

螢を厄介事に巻き込む存在を彼女の近くから排除するために三崎颯斗を脅迫する気でいたけれど、その根底に彼への嫉妬がないかと訊かれれば、答えに窮《きゅう》する。

しかし、いまそれは重要じゃない。僕は淡々と続けた。

「彼がきみのところに戻るように仕向けるために、必要なんだ」

「……どういうこと？」

「きみから教えてもらった弱みを使って、螢に三崎颯斗を脅させる。『バラされたくなかったら、鷹宮螢にはこっぴどくフられたから諦めたと周囲に言って回って、二度と自分に近づくな』っていう感じにね。彼が言うとおりにすれば、彼は隙だらけになる。そうしたら、六條さん。あとはきみの腕の見せどころだよ」

螢に脅しをさせるタイミングは、前もって教えるから。

僕の提案に、六條さんは再びシニカルな笑みを浮かべた。

「……あなた、結構あくどいのね。最初に会ったときは無害そうな顔だと思ったのに」

「自分がろくでもないやつだって自覚は、もう充分あるよ」

六條さんは、渋りながらも三崎颯斗の弱みを教えてくれた。証拠の品も提供してくれた。

――それは想像以上にエグい内容で、三崎颯斗への嫌悪感が膨らんだのは言うまでもないけれど、正直、あの男がそんなひとでなしと知りながら愛を捧《ささ》げ続けている六條さんこそ異常だと僕は思った。

最後に、脅しのタイミングを知らせるために連絡先を交換して、僕は伝票を手に席を立った。


翌日。

「じゃあ、教室に戻ったらはじめて」

その言葉を最後に、螢は血の気が引いていまにも崩れ落ちそうな三崎颯斗に背を向け、昼休みの西校舎裏を後にした。

二階の窓の隙間からふたりのやり取りを聞いていた僕は、螢が踵を返したのを見て、渡り廊下を走って東校舎に戻る。

昇降口で合流すると、螢は三崎颯斗の弱みの証拠品を僕に返し、

「ハルに言われたとおりにやったよ。上手くいくんじゃないかな。よかったね」

と笑った。

その笑顔はただ、僕の望みが叶《かな》ったことを祝う気持ちだけでできているように見える。自分が厄介事から解放されたことへの安堵や喜びも、ひとを脅迫したことへの罪悪感も、それを指示した僕への嫌悪感さえ、一切感じられなかった。

それは僕が計画のおおまかな内容を話したときや、『コマドリ』で六條さんと交渉した後に学校で落ち合い、件の録音データや三崎颯斗の脅し方を聞かせたときと、似た振る舞いだった。

倫理観が欠けているというよりも、この件への関心が、もうほとんど残っていないと言ったほうが的確かもしれない。

よく思い返してみれば、もともと螢は、三崎颯斗と六條さんの目的と動機――ふたりの抱えている事情に興味があっただけだ。巻き込まれた状況をどうにかしようとか、ましてや彼らの問題を解決しようなんて素振りは、少しも見せていなかった。

ただ、彼らから感じ取った『何かありそうな雰囲気』の正体をはっきりさせるためだけに動いていた――これまでと同じように。

そしてそれが終わったら、あっさりすべてを手放した。

……その『終わったこと』への執着のなさに、僕の背を冷たいものが滑り落ちる。

いつか僕のことを暴き終わったら、螢はあっさりと僕から離れていくのだろうか。たとえ暴くまでにどれだけの時間を費やしたとしても、そうなるのだろうか。

もしそうなら、僕は――。

「ハル？」

怪訝そうな呼びかけに、遠くに行きかけていた僕の意識が引き戻される。

「ああ——うん。よかったよ、なんとか収まって」

我に返った僕は、慌てて微笑を繕った。

その表情が果たして上手く螢を騙《だま》せているか、僕は不安だった。

第三章

事の発端はこんなやり取りだった。

「ハルって何部に入ってるんだっけ」

「演劇部だよ」

「ふうん。じゃあボクも演劇部にしようかな」

「えっ？　ちょっと待って、どうして急に？」

「どこかの部に入れって言われたんだ」

「さっき先生に呼ばれてたのは、それ？　でも、二年生からは部活に入らなくてもいいはずだけど……」

「前の学校でなんの部活にも入ってなかったからだって。今年だけでいいからってさ」

「ああ……なるほど。でも螢、演劇に興味あるの？」

「んー、ないかな。でも、ハルがいるなら入りたい。どうせ他に行きたいところはないんだし」

「……一応、見学においでよ。部長には僕が話しておくから」

学校の敷地内の隅にある木造の小屋。それが、我らが演劇部に与えられた部室である。スペースの八割はこれまでに使った大道具や小道具に占領されていて、稽古《けいこ》はおろか柔軟体操さえできない。実態としては部室ではなく物置であり、使われることは滅多にない。

というわけで、普段の活動はもっぱら西校舎一階の空き教室で行われており、僕たち部員の間ではこちらこそが『部室』として通っている。


放課後である。

部長の小川香撫《おがわかなで》先輩は、僕に連れられて部室に現れた螢の顔を見た瞬間、いつも楽しそうに輝いている瞳をより一層輝かせた。

「うわぁ――っ！　超ッ絶美少女！　この子がうちに入りたいって!?　そりゃもう大歓迎だよ！　よくやった卯月少年！」

ハイテンションでそう叫び、部長は僕の両肩を掴んでぶんぶん前後に揺さぶった後、螢の顔やスタイルをまじまじと観察する。

「はぁー、すっごい。素でこれなら花形間違いなしだわ。もし演技が苦手でも、これから練習して上手くなればいいんだしね。文化祭はまだ先だし、なんなら脚本もまだだから全然大丈夫。ようこそ演劇部に！　部長の小川香撫です。よろしくね」

一気に捲し立てて、笑顔でさっと手を差し出す部長。

螢は彼女の勢いに若干面食らっている様子だったものの、いつものごとく無愛想に、

「鷹宮螢です」

と名乗った。握手には応じなかった。

部長はさして気にしたふうもなく「オッケー、鷹宮ちゃんね」と返しつつ手を引っ込め、部長

の叫びを聞いて何事かとこちらに注目していた部員たちに向けて声を張った。

「みんな、今日からうちに新しく入る二年生の鷹宮螢さん。卯月少年のクラスにこの間転入してきたんだって。超美人でしょ？　これからよろしくしてあげてね」

「いや部長、今日は一応見学で」

「えー？　鷹宮さん、他に気になってる部活、あるの？」

螢という逸材を完全に手に入れた気になっている部長は、他に行くなんて言わないよね？　という威圧感を醸し出しながら螢に尋ねる。

螢はそれに気づいているのか否か、さらりと言った。

「ないです。ハルがいない部に興味はないので」

「ちょっ」

僕はぎょっと目を剝いた。その言い方だと、みんなにあらぬ誤解をされそうな気がする。どうにかフォローしようと慌てて口を開く。が、

「ちょっと聞いた卯月少年？　きみってば鷹宮ちゃんにめちゃくちゃ気に入られてるじゃん」

と、部長がからかい口調で僕を小突いた。

「こんなハイレベルな美少女のハートを転入早々摑まえるなんて、お主《ぬし》なかなかやりおるのう。まさか、もうつき合ってたりする？」

「いや、そんなんじゃないですよ。なんですかその口調は」

「えぇー、でもまんざらでもないんじゃない？　まぁどっちでもいいけど！　入部する動機なんてなんでもいいのよ、真面目にやってくれるならね。それでそのうち、演劇の楽しさに目覚めた

ら万事解決」

でしょ？　という視線を、部長はぐるりと巡らせる。

それを受けて、少々思うところありげな気配を漂わせていた部員たちも、納得したように表情を和らげた。

部長がうんうんと満足げに頷く。僕もほっと安堵の息を吐《つ》いた、そのとき。

「おつかれさまでーす」

落ち着いたトーンのハスキーな声が室内に響いた。

その瞬間、誰よりも早く弾んだ声を上げた部員がいた。

「冴木《さえき》先輩！　お疲れ様です！」

加賀沙苗《かがさなえ》――今年入った一年生の中で、もっとも熱意に溢《あふ》れている部員である。

彼女は初顔合わせのときから異彩を放っていた。何しろ、当時中学二年生のときに見た我が演劇部の舞台をきっかけにこの部、ひいてはこの高校に入ることを決意したと、自己紹介のときに明かしたのだ。

加賀さんが中学二年の頃――すなわち一昨年《おととし》の舞台がどんな出来だったかと言えば、有り体に言って、去年とそんなに変わらない。つまり「面白いけれど、コンクールなどで披露《ひろう》されるほどの完成度ではない」、良く言えば『楽しむこと重視』、悪く言えば『お遊びレベル』のクオリティだった。

去年、この部に入ったばかりの頃に、その映像記録を見せてもらったので知っている。

そんな舞台の何に加賀さんが人生を左右されるほどの感銘を受けたかと言えば、他ならぬいま現れた人物、冴木真佑里《まゆり》先輩だ。

スレンダーな体型で身長は百七十センチ超え、しかも脚が長い。鼻筋の通った凛々《りり》しい面立ちと、さらりとしたショートヘア。ハスキーな声に似合うボーイッシュな口調。そして爽やかかつ穏やかな面倒見のいい性格。

ひと言で表すと『どこを取ってもそこらの男子よりよっぽど格好いい女子』、部長に言わせれば『女子校なら間違いなく無敵の王子様』である。

そんなスペックの持ち主なので、当然メインの男役に抜擢されることが多く、去年の文化祭では主演を務めた。

普段から上手くて華のある演技をするひとだなぁと思っていたけれど、衣装のスーツをまとい、ライトを全身に浴びて、大勢の観客を前にしても少しも怯むことなく堂々と役を演じる姿を間近で見たとき、うっかり呑まれかけたことを僕は覚えている。

先輩のおかげで、去年も一昨年も、舞台の完成度は想定の五割増しくらいになった気がする。

ようするに――冴木先輩は容姿も実力も群を抜いていて、どんな舞台でも役でも、とにかく目立つのだ。浮くと言ってもいいくらいに。

なので、当時中学二年生だった加賀さんが気まぐれで見た演劇で彼女に目も心も奪われ、それまであれこれと悩み迷っていた進学先をあっさり決めたという話は、最初に聞いたときは「そこまで」と驚いたものの、冷静になればわりとすんなり納得できた。

しかしそんなドラマチックな経緯で入部してきた一年生は加賀さんだけで、体験入部の時点で部員たちが面食らうほどの熱意を示していたのも彼女だけである。

加えて彼女は、もはや崇拝の域に突入しかけている冴木先輩への尊敬の念を常日頃から発揮しているので、冴木先輩とはべつの意味で目立つ存在だった。

いつものようにキラキラした眼差しで後輩に挨拶された冴木先輩は、

「お……お疲れ様、さなちゃん。みんなもお疲れ様」

一瞬気圧された素振りを見せた後、柔らかい微笑を浮かべて片手を上げた。

『みんなも』と水を向けられて、ようやく心置きなく――といった様子で挨拶を返す他の部員たち。僕も「お疲れ様です」と言いつつ会釈をした。

直後、加賀さんが何かを話したそうな様子で冴木先輩に駆け寄ろうとしたのが目に留まる。しかし、

「おつかれー真佑里！　見て見てこの子。うちの新入部員！　期待の星！」

部長が待ってましたとばかりに螢を両手で指し示したので、彼女はぴたりと静止した。

憧れの先輩との交流を妨害《ぼうがい》されて、少し不満げな面持ちになる加賀さん。しかし冴木先輩は彼女の様子に気づかず、螢を見て「わぁ」と感嘆の声を上げた。

「すごく綺麗な子だね。一年生？」

「ううん二年生。卯月少年のクラスに転入してきたんだって」

「へぇ。はじめまして。三年の冴木真佑里です。きみは？」

「鷹宮螢です」

「よろしく。演劇に興味あるの？」

「いえ。ハルが――」

二度は言わせまいと、僕はすかさず螢の口元に手をかざした。

べつにいいじゃないか、という目で見てくる螢に、駄目だよと首を横に振る。

しかしそうこうしている隙に、小川部長がニヤニヤしながら説明した。

「鷹宮ちゃん、卯月少年と一緒の部活がいいからうちを選んだんだって。超ナイスじゃない？」

わざわざ言うことないのに、と半眼になる僕。

対して冴木先輩は、嫌みのない笑顔を浮かべた。

「そうなんだ。やるね、卯月くん」

「いや、僕はべつに何も……。まぁその、今日は一応見学ですけど、よろしくお願いします」

「はは。なんだか保護者みたいだな」

あながち否定できない指摘だった。

螢をちらりと見るけれど、彼女は小首を傾げるだけで、まったく悪びれていない。

僕の口から溜息が漏れるのとほぼ同時に、

「じゃーそろそろはじめるよー」

と部長が手を叩いた。


我が演劇部にとって最大の見せ場は、毎年十月末に開催される文化祭でのステージだ。

その準備が本格的になりはじめるのは、夏休みに入る少し前——期末テストが終わる七月中旬からである。

いまは、主に新入部員のために行われる『部内発表会』に向けての稽古に、みんな勤《いそ》しんでいた。

部内発表会は学年ごとに分かれ、配られた過去の脚本を演じる。全員、必ず何かしら演じなくてはいけない。衣装や小道具はなし。教室の一角をステージに見立て、本番のつもりで演技をする。セリフは暗記していることが求められるが、アドリブやシナリオの改変が許されていて、独自のアレンジや、トラブルがあれば咄嗟にカバーする機転も試されるというものだ。

二年生になったいまはそこそこ経験を重ねているので、これくらいなら軽い――と言いたいところだけれど、場慣れしたせいでつい失念していることもあって、実際はなかなか気が抜けない。

脚本は童話の白雪姫をもとに、何年か前の部員が書いた喜劇『美しきもの』だ。


世界で一番の美しさに固執する女王が、自分よりも美しいと魔法の鏡が評した村娘・スノウを殺そうと企む。

女王は狩人《かりゅうど》にスノウの殺害を命じる。しかし狩人は、スノウが実は娘ではなく、女性に見紛《みまが》うほどの美貌を持つ女装少年であることに気づく。

とはいえ、男だからといって女王が許すとは思えず、狩人はスノウを森に逃がす。スノウは森でひとりの小人と出会い、彼の家で暮らすことになる。

やがて、狩人の「娘は始末した」という報告が嘘であったと気づいた女王は物売りの老婆《ろうば》に化け、小人が不在のタイミングを狙って彼らの家を訪ねる。

女王はここでようやくスノウが男だと気づくが、狩人の読みどおり、女王はスノウを許さず、彼に毒りんごを売りつける。スノウは毒りんごをひと口齧って倒れる。

女装姿のまま、小人によってガラスの棺《ひつぎ》に納められるスノウ。密やかな葬儀には、スノウが森に逃げた後、小人を介して密かに彼と文通していた彼の幼馴染みである男装少女・カレンも駆けつける。

そこへ偶然、隣国の王子が通りかかり、棺の中のスノウを女性だと誤解し見初《みそ》める。死体でも構わないとスノウを妃《きさき》にしようとする王子だが、カレンがそれに反発。王子は彼女を男と勘違《かんちが》いし、ふたりはスノウを巡って決闘する。

さらにそこへ、毒りんごの効果が「命を奪う」のではなく「食べた者を長い眠りにつかせる」ものだと知った女王が、今度こそスノウを殺そうと、医者の男に化けて現れる。

女王は争うふたりを無視して小人に検死を願い出るが、その光景を「いつの間にか現れた男が抜け駆けしようとしている」と思い込んだカレンと王子が激怒し、女王を斬る。

開いていた棺の中――スノウの腹の上に倒れ込む女王。その衝撃で、スノウの喉に詰まっていたりんごの欠片が吐《は》き出され、スノウは目を覚ます。

スノウの蘇生《そせい》を喜ぶ一同だが、王子は想い人の真の性別に気づき落胆する。カレンは勝ち誇った様子でスノウに告白するが、スノウは小人を選ぶ。

――というストーリーである。

僕が演じるのは、魔法の鏡と狩人だ。二役だけれど、出番は少ない。

稽古がはじまった。

本番は明後日《あさって》だ。最初は冒頭から通しで、ということになった。割り当てられた部室の一角をステージに見立てて立ち回る。手には台本を持っているけれど、それはなるべく見ない。

魔法の鏡の出番が終わっても、すぐに狩人の出番がやってくる。僕は最後の鏡のセリフを言い終えると、即座に気持ちを切り替えた。

「狩人をここへ！」

女王役の上田《うえだ》さんが、苛立った調子の声を張り上げる。

僕は舞台下手《しもて》に当たる方向から彼女の前に進み出て、片膝をついた。

「お呼びでしょうか、女王様」

「狩人、お前に命じます。村に住むスノウという娘を殺し、その心臓をわたしのもとに持ち帰りなさい」

「……承知しました。必ずや」

深く頭《こうべ》を垂れてから立ち上がり、女王に背を向けて舞台から捌《は》ける。

「あの娘さえ消えれば、そのときこそ本当に、わたしの美しさが世界一よ。ふふふ……あはははははは！」

女王上田さん迫真の邪悪な高笑いを聞きながら、僕はちらりと、観客席に見立てて並べられた椅子のひとつに座って見学している螢を見た。

彼女は相変わらず、僕ばかり見つめているようだった。

演技しているところをじっと見られることの気恥ずかしさよりも、「一応は部活見学の名目でここにいるのだから、せめて僕たちのチームだけでも、稽古の様子をちゃんと見ておかないと駄目じゃないか」という焦りのほうを強く覚える。

しかし螢はそんなの知ったことかとばかりに、余所《よそ》には一瞥もくれない。演技をしていないときでさえ、僕から視線を外さない。

みんな稽古に集中して螢を気にしていないようだからいいものの、正式に入部するなら僕以外の部員ともちゃんと交流するよう、後で言っておかないと……。せっかくさっき部長が取りなしてくれたのを、早々に台無しにするわけにはいかない。

そんなことを考えているうち、次の場面——狩人がスノウの家を訪れて事情を話し、彼を森へ逃がすシーンが回ってきた。

アレンジやアドリブは控えめにして、無難に演じ切る。僕の出番はこれで終わりだ。あとは最後までチームメイトの演技を見つつ、改善すべき点をチェックしていく。

客席側に回った僕が椅子に腰を下ろすと、螢が隣の席に移動してきて言った。

「演技、結構上手いねハル。いつも何かの役をやってるの？」

「いや、基本的には裏方だよ。役者が足りなかったり、指名されたらやるけど」

僕は螢の質問に、チームメイトたちから視線を外さないまま手短に答える。ときどき「ここは直したほうがいいな」と感じたら、その都度台本にメモしていく。

僕が視線を向けないせいか、螢もようやく僕からステージの方へと向き直った。

やがて稽古はクライマックスに差しかかる。

「おお、おお！　なんて美しい姫君だ。この女性《ひと》こそ僕の妃にふさわしい！」

「ですが王子、残念ながら、スノウは死んでしまったのです」

「そんなのは些細なことさ、小人くん」

「ええっ⁉」

「死んでいようが、僕はまったく気にしない。愛に生死は関係ないからね！　というわけで、彼女は僕の城に連れて帰らせてもらうよ。いいね？」

「いいワケないだろう、この変態！　たとえ王子だろうと、お前にスノウは渡さない！」

笹部《ささべ》くんの、爽やかだが確実にネジが何本か外れた王子の演技が光る。男装少女《カレン》役の伊藤《いとう》さんもセリフを若干アレンジしつつ負けじと叫び、剣を抜いて構える動作をする。おろおろと彼らを交互に見る小人役の森岡《もりおか》くん。笹部くんが余裕の表情で、伊藤さんと同じように抜剣のポーズを取る。

戦闘シーンがはじまった。ほぼ無音の状態で、ときどき「はっ！」とか「その程度か」とか言いながら、息の合った動きで不可視の剣を交える笹部くんと伊藤さん。

一分ほどそれが続いて、そろそろ女王が舞台端に現れて、毒りんごの本当の効果に気づいたことを示すセリフを言う頃合いだな——と思った、そのとき。

「だからさ、もっと格好良くやってよ」

溜息混じりの苛立った声が耳に入った。

いまのは演技じゃない。振り返ってみると、どうやら不穏なのは一年生の——加賀さんのいるグループだった。

加賀さんは不満を示すように腕を組み、チームメイトのひとり——篠塚《しのづか》さんを睨みつけながら、うんざりした口調で言った。

「カレンは女だけど、男みたいに振る舞ってるキャラなんだよ？　王子よりも王子様らしい役なの。しかもここは、一番大事なスノウを勝手に連れていこうとする王子に怒って戦いを挑むシーンなんだから、そんな張りのない、女そのものみたいな言い方じゃ全然駄目。ちっとも格好良くないし、弱そう」

「ごめん……」

項垂《うなだ》れる篠塚さん。

加賀さんの指摘は正しいと思うけれど、もう少し優しく言ってあげればいいのに……と僕は眉をひそめた。

というか、加賀さんはカレン役ではないのか。活発で賑《にぎ》やかな性格の篠塚さんより、普段からクールな振る舞いの加賀さんのほうが合っている気がする。何より彼女なら、この作品で一番格好いい役どころ——つまり、冴木先輩も演じるであろうカレン役をやりたがると思ったのだけれど。

「もっとちゃんとやってよ。やりたいって言ったんだから」

「……やっぱり、加賀ちゃんやる？」

「は？　いまさら？　もう時間ないんだよ」

「あー……だよね、ごめん。頑張るよ」

……なるほど。なんとなく経緯《いきさつ》はわかった。

篠塚さんのごまかすような笑顔を、加賀さんはふんと顔を逸らして一蹴する。

稽古が再開される、その直前。篠塚さんが一瞬、スノウ役らしく床に横たわっている梁井《やない》さんと、辟易した様子で視線を交わしているのが僕の目に入った。

ふたりは仲がいい。新入部員勧誘期間のときに連れ立って見学に来て、「どうする?」「面白そうだし、ここにしよっか」「オッケー」などと話し合っていた記憶が頭の隅にある。もしかしたら、高校以前からのつき合いなのかもしれない。

対して加賀さんは、同じ一年の部員とは、誰とも親しそうではなかった。

部活外《ふだん》のことは知らないけれど——彼女が自分から話しかけるのは大抵上級生が相手で、なぜか「同学年とは打ち合わせはしても雑談は御免《ごめん》」というようなオーラをまとっている印象がある。

一年の部員は彼女たちを含めて五人で、全員女子だ。おおむね和気藹々《わきあいあい》とした雰囲気だけれど、加賀さんだけはいつもその輪にいない。

彼女は真面目で技量も熱意もある、いい子だと思う。でも、ちょっと気難しいという印象も否めない。それに先輩たちはともかく、同学年の部員たちに好かれているとも言い難《がた》そうだ。

あんな調子で大丈夫かな……と心配になりながらも、まだ様子を見ることにする。とりあえずいまは収まったようだし、僕が口出しして事態が好転するとも思えなかった。

後で部長に報告しておこうと考えつつ、自分たちの稽古に意識を戻す。しかし体の向きを直そうとした僕は、隣に座っている螢がまた、猛禽類を思わせる鋭い目で後ろ——一年生チームの方を見つめていることに気づいて、思わず硬直した。

彼女の視線は、加賀さんを射貫いていた。

……そろそろわかるようになってきた。

螢は、加賀さんに何かがあると思っている。それがなんなのか気になっている——暴こうとしている。

「螢」

「あっち見てくる」

咄嗟に呼びかけはしたものの、なんて言葉を続けようか迷ったその一瞬を突くように、螢は椅子から立ち上がった。そして引き留める間もなく、一年生チームの近くまで行ってしまった。

突然現れた観客に一年生たちは戸惑ったようだった。演技中にもかかわらず「えっ？」という目で螢を見る。

一瞬とはいえ、当然稽古はストップし、

「ちょっと！」

完全に役に入り込んでいた加賀さんが、素に戻って眉を吊り上げた。

また加賀さんの機嫌が——とひやりとした、そのとき。

「卯月くん」

今度は後ろの方から、咎めるような声が飛んできた。

僕は慌てて体の向きを直す。

案の定、上田さんが半眼で僕を見つめていた。

「自分の出るシーンが終わっても、仲間の演技をチェックする仕事は残ってるの。最後まで集中して」

「……はい。ごめん」

「わかればよくってよ」

女王らしく高圧的かつ鷹揚《おうよう》に、しかしどこか茶化すように言って、上田さんは表情を和らげた。

医者の男に化けた女王がカレンと王子に斬りつけられるシーンから、稽古が再開される。

もう一瞬だけ……と、こっそり一年生チームの方に視線を投げてみると、あちらも仕切り直していた。ほっと胸を撫で下ろし、僕は今度こそ自分のチームに意識を戻す。

さっき抱いたいくつかの懸念《けねん》は、集中しているうちに、ひとまず薄れていった。


やがて時刻は午後五時半を過ぎ、本日の活動の終了が宣言される。

みんなが帰り支度をはじめる中、部長が螢と僕に声をかけてきた。

「ふたりともお疲れ様ー！　どうだった鷹宮ちゃん？　入部してくれる？」

「はい」

ウキウキした様子で尋ねる部長に、螢は無愛想に答える。

最初からそう言ってるじゃないか、と顔に書いてある彼女を目で窘《たしな》めた僕は、はたと後輩たち——主に加賀さんのことについて部長に話をするつもりだったことを思い出して、口を開いた。

「あの、部長。さっき」

「先輩、お疲れ様です！」

本題に入ろうとしたそのとき、弾んだ声が耳に入ってきた。

見れば加賀さんが、稽古中とはまるで違うとても明るい表情で、冴木先輩に話しかけていた。

どんなやり取りをしているのかまでは聞こえない。けれど、ニコニコと上機嫌な加賀さんに対して、冴木先輩は穏やかに応じつつも、その笑顔にはどことなく苦いものが混じっている気がする。

つい見入っていると、

「どうかした？」

と、部長が僕の視線を追った後、首を傾げた。

「あ、いや――その、一年生のチームなんですけど」

「ん？　……ああ、もしかしてさっきの？　加賀ちゃんが怒ってたやつ」

「……はい。あれはちょっと……」

おずおず頷くと、部長はうーんと唸って眉間に皺を寄せた。

「やっぱりちょっとキツいよね、言い方とか。真剣だからってのはわかるし、それ自体はいいことなんだけどねぇ……」

「放っておいて大丈夫ですかね」

部長から加賀さんに注意したほうがいいのでは？　という念を込めて、僕はちらりと加賀さんに視線を投げる。

部長は僕の言わんとすることを察したようで、また唸った。

「……ちょっと前に、一回言ったんだよ。もうちょっと優しくしてあげてって。でもあの子、そもそも他の一年生のこと、あんまり好きじゃないみたいでさ」

「そうなんですか」

と返しはしたものの、それは普段の彼女の様子を見ていればわかる。

しかし、だからと言って「じゃあ仕方がない」と許すわけにはいかないだろう。最悪の場合、一年の部員が加賀さんしかいなくなってしまう。

せめてあと二日間——部内発表会が終わるまでだけでも、不満を抑えてチームメイトと穏便にやってほしい。部内発表会が終われば、同学年とばかり絡まなくてもよくなる。そうすれば多少なりとも摩擦《まさつ》は減るはずだ。

そう僕は考えたけれど、さらに続いた部長の言葉が、それは甘い認識だと突きつけてきた。

「それに……あたしのことも、あんまり良く思われてない気がするんだよね」

「えっ?」

予想だにしなかった発言に、僕は思わず眉をひそめる。

部長は声を抑えて、視線をさまよわせながら言った。

「なんていうかな。あからさまに嫌われてるわけじゃないんだけど、じんわり嫌悪感を持たれてる——みたいな」

「常にですか?」

「んん……そうだね。そうかも。面と向かって話してるときだけじゃなくて、ふとした瞬間も、そんな目であたしを見てることがあるな」

「…………」

部長は明るくて気配りのできるムードメーカーで、リーダーシップもある。僕も部活の内外でいろいろとお世話になっているし、好きか嫌いかで言えば間違いなく前者だ。

とはいえ、欠点も確かにある。万人に好かれる人間なんてそうそういない。だから加賀さんが部長と馬が合わないというのなら、それは仕方のないことかもしれないと思う。

しかし、常に嫌悪感を滲ませるほど――というのは、納得がいかなかった。

今年の一年生を部に迎えてから、まだ一ヶ月ちょっとだ。だというのに、部長の何がそれほど気に入らないのだろう。

「だから、あたしが言ってもあんまり効果ないかもなって。一番効くのはやっぱり真佑里だろうけど……卯月少年が直接言ってみたら？」

「僕が、ですか」

一応僕も彼女の先輩だし、他力本願はよくないというのはもっともである。

加賀さんと話したことはほとんどない。初めて声をかけるのが窘めるためというのは少々気が進まないけれど、放っておく気にもなれないので仕方がない。

「……わかりました」

神妙に頷いて、僕はまだ冴木先輩と話している加賀さんに歩み寄った。

彼女の背後から近づいたので、冴木先輩のほうが先に僕に気づく。

おや、というふうに目を瞬かせた冴木先輩は、

「お疲れ様。何か用かな？」

加賀さんの話を遮って、僕に声をかけた。

僕に気づいてから話しかけてくるまでの一瞬、先輩の顔に安堵の色が見えたのは、錯覚ではな

いように思う。

　冴木先輩に続いて、加賀さんが僕を振り返る。先輩の関心が横から攫《さら》われたことに気分を害したようで、彼女の顔はわかりやすくムスッとしている。

　温度の違うふたつの視線を同時に受けた僕は、かなり気まずい心境になりながらも、加賀さんに目の焦点を合わせた。

「加賀さんと、ちょっと話がしたくて。……いいかな？」

「わたしですか？」

　僕の目当てが自分だったのが意外だったらしく、加賀さんの表情から険が少し取れる。

　少し迷う素振りを見せたものの、彼女は存外、素直に頷いた。

「わかりました」

「ありがとう。すみません冴木先輩、話してたのに」

「いや、いいよ、気にしないで」

　柔らかい笑顔で手を振って、冴木先輩は僕たちから離れていく。

　その背を見送ると、加賀さんはこれといった感情の見えない顔で僕に向き直った。

「それで、話ってなんですか？　卯月先輩」

　名前を覚えられていたことへの驚きと、僕は一応嫌われていないみたいだなという安堵を、ほぼ同時に覚える。

　できるだけ優しい語調で、僕は話を切り出した。

「いまやってる稽古のことなんだけど……どうかな。上手くいってる？」

すると、単に後輩を気遣っているわけではないと勘づかれたらしい。加賀さんはぴくりと胡乱げに眉をひそめた。

しかし「何が言いたいんですか？」と切り返しはせず、憂鬱そうに唇を開いた。

「……正直、全然です」

「みんなと気が合わない？」

「そうじゃなくて。……いえ、それもあるんですけど、そんなことより」

どうにか自然にチームメイトとの仲を諭《さと》す展開に持って行こうとするも、加賀さんは「そんなのは二の次だ」と言うように首を振った。

「みんなあんまり真面目じゃなくて、ちゃんと自分の役を理解してないっていうか。滑舌《かつぜつ》とかはまだしも、女王は迫力がないし、カレンなんてただの女の子みたいだし……」

言っているうちに、仲間に対する苛立ちが蘇ってきたようだった。加賀さんの表情がどんどん険しく荒《すさ》んだものになっていく。

何かフォローを入れようと僕は思考を巡らせるが、なんて言えばいいのかさっぱりわからない。

加賀さんはいよいよ感情を抑えるのが面倒になったのか、「ちょっと場所を変えましょう」と言って問答無用で歩き出す。

慌てて後について部室の外に出る。出入り口からすぐ左——廊下の突き当たりに移動すると、彼女はひとつ息を吐《つ》いて、さっきよりも遠慮のない声量で言った。

「正直な話、劇に興味ないくせに演劇部に入るとか、わたし、どうかと思うんです」

「えっ」

唐突な主張に僕は面食らった。それから、螢の入部の動機を思い出して顔が引き攣る。

間の抜けた僕の反応に、加賀さんは食ってかかった。

「だってそうでしょ？　大体の部員《ひと》は演劇とか物語が好きで、それをつくりたくてこの部活にいるわけじゃないですか。少なくとも、真面目に演劇に取り組んでるはずじゃないですか」

いやぁ、どうかな――などと混ぜっ返す気にはなれなかった。

僕が曖昧な反応を返し終わらないうちに、加賀さんは続きを話しはじめる。

「なのに……あのふたり。『友だちと一緒に入れて、他と比べたらそんなに一生懸命やらなくても大丈夫っぽいから』みたいなノリで入部したのが丸わかりなんですよ。わたしそういうの、ホント嫌いなんです」

吐《は》き捨てるようなそのセリフに、僕は意表を突かれて目を丸くした。

なんだ。この子は篠塚さんや梁井さんの、そこが気に入らないのか。

てっきり加賀さんは、仲間の演技力の低さが足を引っ張って、自分が思い描くそれぞれの役の理想的な姿が少しも再現できないことに苛立っているのかと思っていたのだけれど、そうじゃなかったらしい。

言葉や態度はちょっと苛烈《かれつ》だけど、本当に部活に真剣なんだな――と僕は感心する。

これは、加賀さんばかりにあれこれ言うのはフェアではないかもしれない。となるとやはり、平部員の僕より、もっと立場のあるひとに任せるべきだろう。

とりあえずこの場は「気持ちはよくわかったけど、せめてもう少し穏やかな態度で」とだけ言っておこうか。

そう結論づけた僕は苦笑をつくり、

「そっか。それは――」

「女子ってホント、そういうことばっかり。だから嫌いなんですよ」

……ん？

「女子が嫌いなの？」

突然背後から割り込んできた第三者の声に、完全に不意を突かれた僕は、文字通り飛び上がった。

飛び上がりついでに振り返ってみれば、そこに立っていたのは、

「け、螢!?　いたの？」

「え、気づいてなかったんですか、先輩。ずっといましたよ」

……全然気づいていなかった。というか、彼女の存在を半ば失念していた。

バクバクと暴れる心臓を押さえて、乱れた息を継ぐ僕。

対して螢は、こちらには一瞥もくれず、

「きみは女子が嫌いなの？」

と、加賀さんに向かって確かめるように繰り返した。

「演技が下手なやつでも、やる気のないやつでもなくて、友だちとじゃれていられれば他はどうでもいい――みたいなやつばっかりの、女子っていう存在が嫌いなの？」

「それだけじゃないです」

加賀さんの表情に険しさが戻る。

「普段は『友情が一番大事』って顔してるくせに、恋愛が絡んだ途端、あっさり手の平を返す。本当は嫌いで、陰口なんかしょっちゅうなのに、都合のいいときだけ友だちぶる。ちょっと意見がすれ違ったら、昨日まで親友とか言ってた相手でも容赦なくいじめる。そういうところも大嫌いです」

そういう女子の醜《みにく》いところが——と、加賀さんは目を細めた。

激しい嫌悪感というよりは怨嗟《えんさ》と表現したほうがしっくりくるくらい、彼女の声は低い。

過去に何かあったんだろうか……。人間不信ならぬ、女子不信と言ってもいいかもしれない。

しかし、もしそうでも、篠塚さんや梁井さんもそういうタイプだと決まったわけじゃない。まだわからない時点から「そうに違いない」と決めつけて、それを理由に刺々《とげとげ》しい態度を取るのはどうかと思う。

……まさか、部長に対して見せていた嫌悪感も「このひとも女子なんだから」ということか？

それはさすがに——と、そこまで考えた僕は、ふと冷静になって頭を抱えたくなった。

ああ、何を言ってるんだ。僕は彼女をとやかく言える立場じゃない。

僕は、彼女と少しも違わない。

僕だってろくに知らない女子個人を、知っている『女という生き物』に当てはめて忌避《きひ》しているじゃないか。なるべく態度に出さないようにはしているとはいえ、本質は同じだ。

僕という器《うつわ》の底に沈んでいた黒くて重たい感情がまた、かき混ぜられて浮き上がり、器全体をじわじわと濁った色に染め上げていく。自己嫌悪と加賀さんへの同族嫌悪が入り混じり、胃の中で渦を巻く。

徐々に気持ち悪さが増してきて、軽い立ちくらみを起こしかけたそのとき、唐突にべつの冷静さがもうひとりの僕となって僕を窘めた。

偏見《へんけん》からくる嫌悪感はもちろんだけれど、それをあからさまに態度に出されるのはもっと困る。いまはそここそが問題であって、彼女が女子をどう思っているか、まして自分のことなんて、いまは重要じゃない。

そう……そうだ。理由はともかく、態度だけは改めてもらわないといけない。放っておいたら不和を呼ぶばかりで、部全体に迷惑がかかるのだから。

とにかく、それについてだけは伝えないと——。

「でもさ。キミ、あの先輩はお気に入りなんでしょ」

螢だった。

その冷めた響きのひと言に、半ば気が滅入《めい》っていた僕はハッと我に返る。

いつの間にか遠ざかっていた周囲の音が戻ってきて、加賀さんの嫌悪感や怒りとはまた違う、驚きにも似た感情が露わになった声が僕の鼓膜を震わせた。

「冴木先輩はべつです！　先輩は女子だけど、女子の醜さなんてひとつもない、完璧なひとなんですよ！」

興奮しきった様子で加賀さんは叫び、その声が廊下に反響する。

僕は唖然《あぜん》とした。

彼女が先輩に心底惚れ込んでいるのは傍目にも明らかだったけれど、まさか『完璧』とまで言い切るほどとは。

彼女にとっての冴木先輩は、まさに理想の存在らしい。これじゃあ本当に『崇拝』という表現がふさわしい。

螢はいまのセリフをどう感じたのだろうと思い、僕は振り返る。すると部室から、驚きと困惑に目を見開いた冴木先輩が出てくるのが目に入った。

「どうしたの？　わたしの名前も聞こえた気がしたけど、何か揉めてるの？」

「あ——えっと」

加賀さんのか細い声が背後から耳に入ってくる。

僕もなんと言ったらいいものか咄嗟にはわからず、口ごもる。

しかし案の定、螢は動じなかった。

「なんでもありません。ただ、彼女があなたのことを絶賛するのを聞いていただけです。『女子の醜さなんてひとつもない完璧なひと』だって」

瞬間、冴木先輩の表情が凍りついた。

過度な褒《ほ》め言葉に照れたのでも、ただ面食らったのでもない。むしろ、まるでショックなことを言われたような反応だった。

白い顔で絶句した先輩は、数秒の間の後、ぎこちない微笑を浮かべて言った。

「それは、さすがに言いすぎだよ。……本当に大丈夫？」

「大丈夫です」

「そう……。もう少しで六時過ぎちゃうから、そろそろ帰ろう、みんな」

おいでと言うように踵を返そうとする先輩。しかし、

「冴木先輩」

呼び止めた先輩に、螢は静かに尋ねた。

「あなたのその、声や口調、振る舞いとか。それは、全部素ですか？」

「は？」

真っ先に反応したのは加賀さんだった。僕を押し退《の》けて螢に詰め寄る。

「どういう意味ですか、それ」

「普段から演じてるんじゃないかって意味だよ」

「そんなわけないでしょ！　冴木先輩がそんな、痛々しい見栄《みえ》っ張りみたいな言い方はやめてください。ていうか、鷹宮先輩こそ――」

「ま、待って待って！」

「さなちゃん、落ち着いて」

再びヒートアップしそうになる加賀さんを、僕と冴木先輩が慌てて止める。

僕は螢を数歩後ろに下がらせ、先輩は加賀さんを正面から押さえた。

「何も加賀さんの前で訊かなくてもいいだろ」

「あっちのほうも、もうちょっと反応が見たかったんだよ」

小声で窘める僕に、螢は悪びれずそう返す。

その返答に僕は確信した。

やっぱり螢は、今度は加賀さんを標的にした――いや、していたのか。

そしていまは、冴木先輩のほうに興味が移っている。

理由は大体予想がつく。先輩が加賀さんから好意を示されるたびに、妙に気まずそうにしているからだろう。さっき見せた反応はとくにわかりやすかった。

螢の視線が彼女たちのほうに向けられる。僕もつられてあちらを見た。

「さなちゃん、わたしはべつに気にしてないから」

「でも失礼でしょう！　今日会ったばかりなのに、いきなり――」

「いいんだって。確かに演じてるって思われても仕方ないしゃべり方かもなって、自分でも思うし……」

「でも、違うんですよね？」

「……え？」

冴木先輩の苦笑が、若干引き攣る。

「先輩は、それが自然体なんですよね。普通に振る舞ってるひとに向かって『演じてる』なんて、失礼すぎます」

冴木先輩の体越しに、加賀さんの険呑な視線が飛んでくる。

強い敵意のこもったその眼差しに僕はつい怯んだけれど、螢はやはり涼しい顔で受け流す。というか、加賀さんを見ていない。螢の瞳は、憂鬱そうな面持ちで虚空を見つめ沈黙している冴木先輩を捉えていた。

対峙《たいじ》しているはずなのに当事者たちの視線がまったく絡まない、奇妙に気まずい停滞の空気が流れはじめる。

ここからどうすればいいのかわからず狼狽えていると、部長がひょっこりと顔を出して、抜き差しならないような状態の僕たちを見て目を剝いた。

「えっ何、何してんの⁉　もう帰らなきゃいけない時間なんだけど？」

「あっ——すみません、すぐ帰ります！」

僕は飛びつくようにそう返した。

いまを逃したら、学校を出てから続きをしよう、なんてことになる気がしたのだ。さすがにそれはごめんだ。

「螢、今日はここまでにして」

耳打ちして、僕は問答無用で螢を部室に引っ張っていく。

そして彼女の腕を摑んだまま手早くふたり分の荷物をまとめ、競歩のような足取りで先輩たちの前に戻った。

「それじゃあ、お疲れ様でした。ほら、螢も」

「お疲れ様でした」

「はいはい、また明日ねー」

部長がやれやれといった調子で返してくれる。

「気をつけて帰ってね、ふたりとも」

冴木先輩も複雑そうな表情ながら、いつもどおりに手を振ってくれた。

ただひとり、加賀さんだけは僕たちを無言で睨み続けている。

僕は三人に頭を下げて、螢と一緒にさっさと部室を後にした。

後日。螢は予定どおり演劇部に入部し、部員として放課後部室に顔を出すようになったけれど、加賀さんはそんな螢に突っかかっていくことはしなかった。

ふとした瞬間にぎろりと睨みはするものの、基本的にはそれだけで、稽古が終わっても一定の距離を保っていた。

しかし螢は、そんな加賀さんのことなどもはや微塵も気に留めていないらしく、休憩中はもっぱら冴木先輩の観察に夢中だった。

ちなみに部活には、案外ちゃんと取り組んでいた。

途中参加なうえ本番が近いとはいえ「部員になったからには」という部長の言で、螢も部内発表会に参加することになったのである。

螢の担当は、もともと僕がやる予定だった『魔法の鏡』の役。ステージには立たずに袖でいくつかセリフを言うだけなので、動きもセリフすらも覚える必要がなく、いまからでも間に合うからという理由だ。

思えば部活見学のときから気になっていた螢の演技力は、有り体に言って、上手いとも下手とも判断しにくいものだった。

具体的に言うと、ちゃんと声に抑揚と張りがあって聞き取りやすいけれど、なんとなく単調な印象が拭《ぬぐ》えない。演技くささは感じないものの、かといって自然体で親しみを感じる演技かと言えばどうにもそんなふうには思えない——という感じである。

幸い、今回の役は人間ではなく鏡なので、むしろその特徴が功を奏している。が、今後螢が普通の人間の役を演じることになったとき、果たしてちゃんと人間らしい演技になるかどうか、少し不安だった。

とはいえ、ギリギリで新メンバーが加わっても、二年生チームは変わらず安定していた。

それから——一年生チームもあの日以来、ある種の安定が訪れたらしかった。わだかまりが解消されたというわけでもないようだけれど、大きな衝突が起きた気配は感じられなかった。

実力者が多いうえに全員がベテランの三年生チームは言うまでもない。不安になる要素はまったくなかったので、気づけば彼らの稽古の様子をまともに見た記憶がないまま、稽古期間が終わったくらいだ。


というわけで、部内発表会当日である。

一番手は当然、一年生チームだった。

加賀さんがこぼしていた不満の通り、女王は迫力に欠け、カレンはどうにも普通の女の子だった。全体的な印象としては「いろいろと足りない」といった感じ。

しかし、光るものも確かにあった。一番記憶に残ったのは、王子がスノウを見初めて連れ帰ろうとするシーン。王子を演じたのが『格好いい』の代名詞である冴木先輩を信奉する加賀さんだったので、普通なら笑いどころになるはずが古典の戯曲《ぎきょく》のような雰囲気になっていた。演技もメンバーの中でもっとも上手かったと思う。

二番手は二年生チーム。僕たちの番だった。

なかなかそつなく演じられたと思う。目立つ失敗はなかったし、ちょっとしたアレンジをいくつか入れつつも、大筋は脚本通り。舞台のスペースも過不足なく活用して、審査員である三年生たちによる総評は「もう少し遊びがほしかったけれど、及第点以上の出来栄え《できばえ》」だった。ちなみに螢の演技については、部長がしばし言い淀んだ後「頑張ってね」とだけ言って、他の先輩たちは判で押したように微苦笑を浮かべた。

そして、三年生チームの番がやってきた。

一年生も二年生も、全員が期待の眼差しで開演を待つ。

まぁ当然だろう。部員の中でもトップクラスの役者が集まっているチームだし、何よりあの冴木先輩の演技の完成形が見られる貴重な機会なのだから。

配役は知らないけれど、冴木先輩はまず間違いなく男装女子であるカレン役だろう。衣装は着ないものの、他のどの役よりも似合うのは明白だ。

普段は生徒の自主性に任せてあまり部室に顔を出さないのだが、今日は現れて客席に腰を下ろしている顧問の加納《かのう》先生が、パンと手を叩いた。

「それじゃあ、はじめ」

三年生チームの演技がはじまる。

最初に現れるのは女王。部長が、いつもの活発な雰囲気とは打って変わって、陶酔しきった表情と口調で虚空——魔法の鏡に問いかける。

「鏡よ鏡。この世で一番美しいのはだぁれ？　うふふ、まぁ、訊くまでもないでしょうけれど」

いきなりセリフをアレンジしてきた。佇まいも、先に女王を演じた後輩ふたりよりずっと悪の女王然としている。

初手のインパクトは絶大で、そのままの勢いであっという間にスノウの登場シーンまで展開が進む。

女王の命令を受けて町にやって来た狩人が、スノウの住む家の戸をドンドンと叩く。

「はい。いま出ます」

というセリフとともに舞台に立ったのは、

「えっ……!?」

「嘘……!」

「そう来たか……」

驚愕の声があちこちで上がる。僕も声こそ出さなかったが、心底驚いた。

いま、可憐《かれん》な乙女らしい所作で狩人とセリフの応酬をしているのは、誰あろう冴木真佑里先輩だった。

「そんな……!?」

ことさら悲愴《ひそう》な響きの呟きが僕の鼓膜を震わせる。

その声がした方向を横目で見れば、ショックに口元を手で覆った加賀さんがいた。

何より女子らしさの薄いところが魅力の憧れてやまない先輩が、性別自体は男とはいえ、劇中において『女子らしさの象徴』のような役柄を演じている。そりゃあショックだろう。

加賀さんの青ざめように、思わず同情の念が湧いてくる。

同時に、「可憐なヒロインの演技も意外だけど上手いなぁ」という感心と、「なぜいままでやることのなかった毛色の役を、今回はチャレンジすることになったのだろう」という淡い疑問も湧いてきた。

ふと、隣に座っている螢を見遣る。

彼女は一心に、スノウを演じる冴木先輩を凝視していた。

「いいかいスノウ。怪しいやつが訪ねてきても、絶対に家の中に入れちゃダメだぞ」

「うん、わかってる。心配しないで。小人さんも気をつけてね」

「……ああ。行ってくるよ、スノウ」

「いってらっしゃい」

まるで夫婦のようなやり取りを交わす、スノウ役の冴木先輩と小人役の東《あずま》先輩。

ふわふわとした繊細な所作と、いつもより高めの柔らかい声で女性的にしゃべる冴木先輩はかなり新鮮で、……正直に言うと、なかなか慣れない感じだった。

第一に、演技とビジュアルのギャップがかなり激しい。

部内発表会では衣装もメイクもなしだ。なので先輩は、いつもどおりの凜々しい王子様然とした姿でお姫様《スノウ》を演じている。

それに先輩は、容姿が男性的というだけならまだしも、地声も低いし、何より普段からして好青年のイメージが強い。そんなひとが百八十度違うイメージを引っ提《さ》げて突然現れたら……すんなり受け入れるのは難しいだろう。

初見のインパクトは次第に薄れていくものの、スノウが毒りんごを食べて眠りに就くシーンが間近に迫っても、違和感はまだ根強く残ったままだった。

むしろ、上手いけど合わないな……というマイナス気味な印象が徐々に強くなってくる。

たまには普段演じない役柄を演じるのもいいと最初は思っていたはずなのに、気づけば「やっぱり本人に似合う、慣れ親しんだタイプの役を任せたほうが舞台そのものに集中できていい」と考えていた。

僕と似たような感想を抱いている部員もいるらしい。こっそり視線を巡らせてみれば、しっくりこない様子の難しい顔がいくつか目についた。

それでも劇は続く。

観客の困惑を感じ取っているだろう冴木先輩は、しかし最後まで堂々と、淑やかなスノウを演じきった。

「ごめんなさい、カレン。僕は……いまの暮らしを続けたい。小人さんとふたりきりで、穏やかに暮らしたいんだ」

思い切って本音を打ち明けるスノウ。

言いながら胸の前で拳《こぶし》を握り、恥じらいつつも熱い眼差しで小人を見つめる冴木先輩を見た瞬間、これまでで一番強烈に「似合わない」と感じた。

一方で、ひとつの結論が僕の腑《ふ》にすとんと落ちる。

冴木先輩のイメージに合わないのは、スノウという役ではなく――失礼だけれど、恋する乙女のような振る舞いだ。

おそらく、三年生チームでは『スノウは小人に本気で恋をしている』という解釈がされているのだろう。そう考えるとしっくりくる演技やセリフのアレンジが、思い返せばいくつもあった。ちなみに僕たちのチームでは、『スノウはあくまで森での生活が気に入っていたのでカレンをフった』という解釈だった。

しかしそれが、これまでのイメージとは真逆の役を演じる冴木先輩の違和感を、より強いものにしてしまった。

……なるほど。

いまいち判然としなかった違和感の正体がはっきりして、心が晴れる。もしかして螢はこの感覚がほしくて、これまで他人《ひと》の事情を暴いてきたんだろうか――などと考えて、さすがにそれは安易すぎるかと内心で肩を竦める。

三年生チームの『美しきもの』は、「お前を必ず幸せにする」という、ほとんどプロポーズのような言葉を小人がスノウに告げて幕を下ろした。

全チームで一番大きな拍手の音が部室内に響く。

その中には加賀さんの拍手もあったけれど……彼女は案の定、先輩たちの舞台を心から称賛してはいない様子だった。


翌朝。僕はいかにも眠そうな顔で後をついてくる悠一郎を気遣いつつ、急ぎ足で学校に向かっていた。

というのも、今日が美化委員会の当番だったことを、目が覚めてから思い出したのである。

ちなみに昨夜は寝つきが悪くて、やっと眠気を覚えた頃には午前四時を回っていた。目覚ましが鳴ったのは午前六時半。

おかげでいま、ものすごく体がだるい。

それを押して急いで身支度を整え、家を飛び出したのが、いまから十五分ほど前。

靴を履く直前、悠一郎はどうするか——いつものように起こしてつき合わせるか、それとも僕だけ先に行くか迷ったのだけれど、どちらにせよ一報は入れるべきだろうと思って電話したところ、悠一郎は明らかにいま叩き起こされた様子の声で、

「一緒に行くから、ちょっと待って」

と言った。それから、

「朝から姉さんとふたりきりになるのはごめんだし」

……ああ、と思った。

僕が先に行ったことを知れば、彼女は間違いなく、いつも以上に積極的に悠一郎の世話を焼こうとする。家を出るべき時間のデッドラインは紫理のほうが早いので、もし「一緒に家を出よう」なんて提案されても回避することはできるけれど、それでも一対一で会話する回数は確実に増える。

悠一郎は、できるだけ紫理とふたりでいたくないのだ。

いつもは抑えている彼女への負の感情を、思い出したくない過去の光景を、どうしても反芻してしまうから。

よくよく考えてみれば、悠一郎を置いて先に行くという選択肢は、最初からないも同然だった。

眠気で頭がよく回っていなかったのだろう。

とはいえ、当日の朝になっていきなり「今日は早めに行くから」と言って叩き起こしたうえに、それにつき合わせたのにはさすがに罪悪感がある。

今日はお昼を外で買う日だし――これも幸いだった。紫理が弁当を用意してくれていたら、彼女にも申し訳なかった――せめて購買で好きなものを奢ろうと考えながら、足を動かす。


なんとか時間には間に合った。

息が上がっている悠一郎に飲みもの代を渡して別れ、校門から中庭の花壇《かだん》に直行する。

同じく当番の、僕とは違ってちゃんと計画通りに早起きして来たらしい男子と仕事をこなして、ようやく張っていた気を抜きつつ教室へ向かう。

教室にはまだほとんど人はいないだろうと思いながらドアをスライドすると、

「おはよう、ハル」

「――えっ」

待ってたよと言いたげな微笑を浮かべた螢が、僕の席に座っていた。

思わず見開いた目で、黒板の上の時計を見遣る。

午前七時二十八分。

「……いつもこんなに早いの？」

「大体ね。自然と目が覚めるんだ。それに、家にいても暇だし」

池に石でも放るような物言いだった。声に感情は乗っていないのに、淡泊な響きに孤独感が見《み》出《いだ》せそうな。

――家族の存在が感じ取れない。

この子は一体どんな生活を送っているのだろうと、つい考えそうになる。

しかし、よりによって家族について詮索するのは躊躇われて――自分の側にも跳ね返ってくるのが怖くて、僕は他に何か話題はないかと、いつの間にか眠気が完全に晴れた頭を必死に動かした。

「……えっと、座っていい？」

話題が思いつくまでの時間稼《かせ》ぎのように、僕は愛想笑いを浮かべつつ言った。

暗に「そこをどいてくれないか」と伝えたつもりだったのだけれど、

「いいよ」

螢は素直に椅子を引き――しかし立ち上がらずに、だらりと両腕を下ろして背筋を伸ばす。そして心なしか甘い声音で、

「どうぞ」

「えっ」

膝の上に座れってこと？

そう悟った瞬間、視線が勝手にスカートに覆われた太股《ふともも》部分へと吸い寄せられる。しかし、仄かにでも浮ついた気分にはなれなかった。

「……いや、どうぞじゃないよ」

すぐにハッとして螢の顔を見れば、彼女は予想通りという薄い笑みを浮かべていた。

「やっぱり、少しも嬉しそうにしないね、ハルは」

「嫌なわけじゃないよ」

と返しつつも、螢の言うとおり、あまり嬉しくない。つい反射的に眉間に皺を寄せてしまった自覚もある。

心を許してくれているような素振りには体温が上がるけれど、やたらに親密めいた触れ合いは気が乗らない。

――一瞬、記憶が脳裏に閃く。

「甘やかして」と要求してきた七桜に、ベッドで膝枕《ひざまくら》をさせられたときの記憶。

膝の上に載った頭の重みと、手の平から伝わってくる熱。乞《こ》われるままに頭を撫でたときの感触。あのとき僕は、七桜を真面目にかわいがろうと眼下のあいつに視線を注ぎ――その実、退屈だなと思いながら虚空を見つめていた。

あれは……僕がもっと真剣に取り組んでいれば、もっと温かくて幸せな心持ちの時間にできたのだろうか。

そこまで考えて、ふと我に返る。

ああ、やっぱり思い出してしまった。だから嫌なんだ。

思考を無理矢理打ち切るため、僕は立ったまま鞄《かばん》を机の上に置いた。

座るのはともかく、教科書類の移し替えはしておきたい。

今日の一限は確か――。

「……あ」

教室の後方に貼《は》ってある時間割を見れば、『物理』と書かれている。

物理は僕が係を任されている教科だ。で、担当教師の尾鹿《おが》先生は座学よりも実験が好きで、大体いつも授業前には実験器具の準備をさせられる。

……時間はまだ早いけれど、それは生徒にとってであって、教師の多くはすでに来ている頃合いだろう。

せっかく朝早くに来たのに、ホームルームがはじまるまで教室でぼうっとしているというのも何かもったいない気がするし――何より、このままだと螢にあれこれいじられそうで気が休まらない。だったら暇潰しを兼ねて係の仕事をしよう。

僕は鞄を机の横のフックにかけ直すと、職員室に向かおうと踵を返した。

「どこ行くの？」

すかさず螢が訊いてくる。

「職員室だよ」

「じゃあボクも行く」

なんとなく、そうくる気がしていた。

「いいけど、面白いことはないと思うよ？」

「そんなのわかんないよ。それに、ハルと一緒にいるだけでボクは充分楽しい」

そこまで言われたら振り切れない。

まぁ、何かと動いていればいじられる隙も減るだろう。

わかったよ、と言う代わりに微苦笑を浮かべてみせると、螢は弾むような足取りでボクの横に並んだ。

案の定、尾鹿先生はすでに来ていた。準備しておくものはあるかと尋ねると、器具をいくつか指定されて、「各班の実験台にそれぞれひとつずつ並べておいて」と言われる。

了解した僕は実験準備室の鍵を借りるため、窓際のキーボックスを開けた。

しかし目的の鍵があるはずのフックには、鍵の代わりに『八代《やしろ》』と書かれた紙がかけられていた。

「誰?」

横から覗き込んでいた螢が訊いてくる。

僕にも覚えのない名前だった。クラスが書かれていないということは、教師の誰かだと思うけれど。

「どうかしたかい」

考えていると、初老の先生が声をかけてきた。

「あ、いえ――」

「八代って先生、どんなひとですか」

反射的に無難な反応を返しかけた僕を遮って、螢が尋ねる。

初老の先生は唐突な質問に一瞬眉をひそめたものの、すんなりと答えてくれた。

「お若いけど真面目で明るい、いい先生だよ」

「女性ですか?」

「いや、男のひとだよ」

「担当の教科は」

「古文だね、確か」

「部活の顧問はやってますか」

矢継ぎ早に感じる質問の連続に、先生の顔がいよいよ怪訝なものになる。

「……？　えー……ああ、パソコン部だね。手芸部も受け持ってたかな」

「そうですか。どうも」

訊きたいことは訊いたとばかりにそう言って、螢はさっさと踵を返した。

わけがわからないと言いたげな表情を浮かべる先生。なんだかいたたまれない気持ちになりながら僕も慌てて頭を下げ、螢の後を追った。

「どうしてわざわざ訊いたの？」

西校舎——実験準備室へと向かいながら、僕は螢に問いかける。

けれど答えを聞かなくても、なんとなくこうだろうと想像はついていた。

「なんでこんな朝早くに実験準備室の鍵を借りたのか、ちょっと気になったから」

そうだよな、と頭の中で頷いた僕は、続けてこう思う。その疑念は、さっき得た情報でより深まったのだろうと。

何しろ担当教科どころか、顧問を任されている部活さえ、実験準備室にはまるで縁がなかったのだから。

しかし、想像できるのはここまでだった。

なぜなのか考えてみるものの、さっぱり思いつかない。

それは僕が八代先生のことをまったく知らないからだろうか？　案外、彼を知っている生徒なら、とくに疑問を抱くことなくあっさり納得できるのかもしれない。

どうしてだと思う？　と螢に尋ねるのはあまり意味がない気がして、僕は黙って足を動かした。

一階の渡り廊下から西校舎に入る。入ってすぐに右に折れて、突き当たりまでまっすぐ進んでいく。

西校舎は実習棟なので、東校舎以上に静まり返っていた。僕と螢の控えめな足音だけが廊下に響く。

「――しぃ」

実験準備室まであと数メートルというところでだった。

螢が不意に足を止め、唇の前に人差し指を立てて僕に目配せする。

なんだ？　と一瞬思ったものの、すぐに螢の意図に気づく。

おそらく、いま準備室の中には八代先生がいる。とくに縁がないはずの部屋で、こんな朝早くに彼が何をしているのか、自分の目でこっそり確かめるつもりなのだろう。

神妙に頷いた僕は、螢の後に続いて忍び足で実験準備室に近づいた。

息を殺して、ドアの窓を覗き込む。


最初に目に留まったのは、白いワイシャツの背中だった。

十中八九、八代先生だろう。細身だけれど、体格は大人のそれだ。

彼はじっとしているようでいて、しかしよく見れば、時折わずかに身動《みじろ》ぎしていた。

何かを見下ろしているのか、少し前のめりだ。首をやや左に傾けているのはなぜだろう。

身長は平均的に見える。でも腰の位置は高い。

「……ん？」

なんとなくその後ろ姿を観察していた僕は、ようやくそれに気がついた。

「——あ」

手だった。

八代先生の、ではない。

その両腕は彼の背の向こう側から伸びていて、細くて長い十本の指は、腰のあたりで所在なさげに虚空を小さく掻《か》いている。袖で光っているのは見覚えのある二連の金ボタン。

女子生徒か、と僕は確信した。

そしてほぼ同時に、いま目にしているのがどういう状況か悟る。

見るべきじゃない。

理性がそう訴えるのとは裏腹に、ふたりから目が離せない。

フィクションでしか知らないような光景を、まさか直《じか》に目にすることになるなんて……。

『禁断の恋』という、個人的にはあまり良い印象のないワードが脳裏で瞬く。

「——あ」

女子生徒の腕が動いた。

一瞬脱力したように位置が下がった後、ゆっくりだけれど迷いなく先生の背中に回される。肩甲骨《けんこうこつ》のあたりにまで指先が届いた直後、ワイシャツに新しい皺が幾筋も生まれた。

「……んっ……先生……」

思いのほかハスキーな、しかし確実に女子の、吐息混じりの甘く蕩《とろ》けた声。

げんなりした溜息を漏らしそうになる。法律とかそういうのはともかく、こんなところで楽しむのはどうかと思う。

見つからないと信じているのか、それとも見つかるかもしれないリスクもスパイスにしているのか。……心底どっちでもいいけれど、いつまでもここで遊んでいられては困る。関わり合いになるのは正直嫌だけど——仕方がない。

割って入るにしても、いきなりノックをしたのでは確実に禍根《かこん》を残す。今後しばらく警戒の眼差しを向けられ続けることになるのはごめんだ。

僕は無表情でふたりを観察し続けている螢の肩をトントンと指先で軽く叩き、身振りと表情を駆使して「バレないよう静かにここから遠ざかろう」と促す。

螢は僕を一瞥すると、自然な身のこなしで踵を返した。しかしちゃんと僕の意を酌《く》んでくれたらしく、足音ばかりか衣擦《きぬず》れの音さえまったくしない。見事な気配の消し方に、僕は思わず苦い顔になった。

実験準備室からある程度——具体的には教室四つ分の距離を取ったところで、僕たちは足を止めた。

「それで、どうするつもり？」

と、螢が視線だけで尋ねてくる。

僕はすうっと息を吸い込むと、いつもより多少声を張りつつ、実験準備室の方を向きながら螢に話しかけた。

「ごめんね、つき合ってもらっちゃって。今度何か、お礼するよ」

僕の声が廊下に反響する。それとほぼ同時、向こうの方で微《かす》かな物音がしたのが聞こえた。

「——ああ」

得心がいった様子で、螢が小さくこぼす。

僕が頷いて歩き出すと、彼女もすぐについてきた。

準備室の方からは、どことなく慌ただしい雰囲気の物音が聞こえてきている。何をしているかは想像に難《かた》くない。

幸せな恋人たちの邪魔をするのはあまり気が進まないけれど、今回は「そんなところでやっているほうが悪い」というか……せめて現場が他の教室だったら見て見ぬふりをしたので、運が悪かったと思って恨まないでほしい。

そんな念を送っているうち、再び実験準備室のすぐ手前まで来た。

さて。かなりゆっくり歩いたので、証拠を隠滅して上手くごまかす算段を立てるだけの時間は稼げたはずだけれど。

というか、あまり下手なごまかし方をされるとこっちとしても困るな……と思いつつ、残りの数歩を詰めようとした、そのときだった。

ガラッと準備室のドアがスライドし、パッと見三十代くらいの、なかなかに整った柔和《にゅうわ》そうな顔立ちの男性が出てきた。

「あ、や。おはよう」

たったいまに至るまで僕たちの接近には少しも気づいておらず、部屋から出てきた瞬間に目の前に生徒がいて驚いた――とでも言いたげに目を丸くしてみせた彼は、穏やかに微笑んだ。

「おはようございます、八代先生」

確かめるつもりで、さりげなく名前を呼んでみる。

先生は、今度は本気で驚いた様子で目を瞬いた。

「あれ？　ええと、きみたちは……僕が担当してるクラスの子だっけ？」

「いえ、先生の授業は受けてません。でも、ここの鍵は『八代先生』が先に借りてるって話だったので」

「あ――ああ、そういうことか」

「用事は終わったんですか、先生」

螢だった。

螢の探るような眼差しに八代先生は表情をわずかに強張らせたものの、

「終わったよ。ここを使うなら、鍵はきみたちが返しておいてくれるかな」

と、穏やかな笑顔を浮かべ直して、僕たちに鍵を差し出した。

中にはまだひとりいるはずで、彼女《それ》はいいのか――と思ったけれど、ツッコむわけにもいかない。

僕は素知らぬふりで「わかりました」と快く答え、鍵を受け取る。

先生は気がかりなことがあると言っているも同然の顔で実験準備室の中を振り返った後、「それじゃ」とごまかすように笑って、そそくさと西校舎から姿を消した。

「……入るよ」

蛍に対して言う反面、意識は中で隠れているはずの女子生徒に向けながら、僕はドアをスライドした。

人気《ひとけ》は感じられない。室内に入って明かりを点《つ》けてみても、人影も怪しいところも見当たらない。

よっぽど上手く隠れているのか、それとも。

室内を見回すのをやめる。ぴたりと止めた視線は、隣の化学実験室に繋がるドアを射貫く。

僕たちの目をかいくぐってここから脱出するなら、化学実験室に移動するのが堅実だ。窓からという手もあるけれど、跡がより目立ってしまう。

実験室のほうのドアが開閉された音は聞いていない。……となると、件の女子生徒はまだ隣の部屋で息を潜《ひそ》めている可能性が高い。

僕が尾鹿先生に任されたのは、次の授業の準備だ。つまり準備室だけじゃなく、実験室のほうにも出入りすることになる。

とはいえ実験室は準備室よりずっと広いし、隅のロッカーの中にでも隠れているのなら、わざわざそれを開けることはもちろん、中の気配を感じるほどの距離まで接近することさえない。

だったらもう、そっとしておいてあげようか。

僕はひとつ息を吐《つ》いて気分を切り替え、目当ての実験器具を運び出すべく、戸棚《とだな》に手を伸ばす。

──が、視界の端で長い髪が風を切った。

「ちょ、螢！」

毅然《きぜん》とした足取りで準備室を縦断した螢はそのままの勢いで実験室に繋がるドアを開け、僕の視界から消える。ものの数秒のことだった。

急いで後を追った僕が実験室の中全体を視界に収めたとほぼ同時、

「そこにいますよね、冴木先輩」

と、螢が教室全体に響き渡る、張りのある声で言った。

……って、

「──え？」

冴木先輩だって？

なんでそんな名前が出てくる？

わけがわからないという内心がありありと顔に出ているであろう僕に構わず、螢は落ち着き払った佇まいで再び言葉を紡いだ。

「さっきのは見てましたけど、べつにどうとも思っていませんから。出てきてください」

沈黙が降りる。

本当に件の女子生徒が冴木先輩かどうかはともかく、誰も出てこないかと思われて、もう諦めるように螢に言おうとした──そのとき。

窓際の戸棚がスッと開き、中から知っている顔が現れた。

「……先輩……」

「…………」

信じられない思いで呟いた僕を、冴木先輩は一瞥する。

その佇まいは、いつもの凜々しくも穏やかなものとはかけ離れていた。顔を合わせるのも気まずいというように俯いて、いくつものマイナスな感情――羞恥、怯《おび》え、疑心、後悔《こうかい》、苛立ち、不安――がない交ぜになった視線を、前髪越しにこちらへちらちらと投げかけてくる。腹のあたりでキツく握り締めた両手は、ひどい緊張で小刻みに震えている。息遣いも少し荒い。

蒼白《そうはく》になっている先輩をじっと見つめていた螢は、やがて淡々とした口調で沈黙を破った。

「なんで怖がってるんですか」

「なんで、って……だって……見てたんでしょ？」

「はい」

「だから、だよ」

言うまでもない。

あれは本来、誰にも見られてはいけない場面だった。

教師と生徒の恋愛は御法度《ごはっと》だ。たとえ当人たちが真剣でも、表沙汰になれば不祥事になる。先輩は良くて停学。八代先生はほぼ間違いなくここを辞めさせられるだろう。

――表情を見ればわかる。先輩は螢を信用していない。こうして姿を現しはしたものの、さっきの「どうとも思っていない」という螢の言葉を、彼女は真に受けていないのだ。

警戒心の滲む目でこちらを見つめる先輩。

対する螢はどこか辟易した様子ながら、

「先輩は、先生とつき合ってるんですよね」

と、質問というよりも確認するような口調で言った。

ストレートな螢の物言いに、先輩は青い顔を今度は赤くしながら唇を震わせる。そして少しの間絶句して、やがて消え入りそうな声で答えた。

「……うん」

「本気で愛してるから、ですよね」

「……ん……」

「違うんですか？」

「ちがっ……わ、ない……よ。本気で——好きだよ」

「先生も、先輩を愛しているんでしょう？」

「そう……だと思う」

「じゃあべつに、他のことはどうでもいいです」

「——え？」

先輩が困惑した様子で、逸らしていた視線を螢に注ぐ。

「……黙っててくれるの？」

「言いふらす必要ないでしょ」

「でも——、……」

反射的に切り返そうとした先輩は、しかし言葉を詰まらせて視線をさまよわせた。螢が誰かに他人のスキャンダルを吹聴《ふいちょう》する姿が思い浮かばなかったのかもしれない。

僕も、螢がそんなことをするとはまるで思えなかった。というか、ふたりが想い合っていると確認したあたりから——いや、なんなら準備室から出てきた八代先生と話したあたりから、螢の関心はどんどん薄れていっている気がする。職員室を出たときにはあった声の張りが、いまはない。

謎の存在だった『八代先生』がここで誰と何をしているのか、ついでにその理由まで、ひと目であっさりわかってしまったからかもしれない。

螢が他人に興味を引かれるのは、もっぱら『行動と本心が噛み合っていないと見抜いたとき』か『意図がわからないとき』だ。少なくとも、これまで首を突っ込んできた案件はそれがきっかけだった。

それから——さっきのやり取りを思い返すに、螢にとっては、ふたりが愛し合っているかどうかが重要だったらしい。それが確認できたから、いよいよ本当にどうでもよくなった……といったところだろうか。

……前にもあったな。愛しているかどうか、螢が気にしたことが。

三崎颯斗のことを知るために六組へ行ったときだ。あのときも、螢は彼が六條清乃さんのことを愛していたか否か、情報をくれた女子生徒に訊いていた。

螢は、そこに愛があるかどうかに重きを置いているのだろうか。意外——と言ったら失礼かもしれないけれど、ちょっと驚く。

「……変だって思った？」

不意に先輩が尋ねた。

ハッと我に返って先輩を見れば、彼女の視線は、螢から僕に移っていた。

いまの問いかけが自分に向けられたものだと気づいて、慌てて口を開く。

「あ、いえ、べつに……バレたらまずいとは思いますけど、お互いに真剣なら――」

「違うの。そうじゃなくて……なくてさ」

弱々しくて女の子らしかった口調が、ふと、いつものボーイッシュなものに変わった。しかし、まだ暗い色を帯びている。

冴木先輩は自嘲《じちょう》気味な微笑を浮かべながら続けた。

「ほら、わたしって普段、全然女子らしくないでしょ。だからさ、こんな……いつも男みたいに振る舞ってるくせに、って……」

ああ、やっぱりそれを気にしていたのか、と思った。

先輩は、自身の普段の振る舞い《イメージ》が『恋する乙女』とは遠く離れていることを――恋愛に夢中になることが自分には似合わないということを自覚しているのだろう。だから恥ずかしくて、嘲笑されると怯えている。

実際にそういう感覚を味わったことはないけれど、見たことはある。

いつだったか、僕の前で泣きながら内心をぶちまけた七桜の姿が脳裏に蘇る。

――でも、冴木先輩は七桜とは違う。

先輩が気にしているのは想い人ではなくて、それ以外の周囲の目だ。彼女は幸せを摑んでいて、だから七桜と僕のように道を大きく踏み外すことはきっとない。

僕は無理矢理ふたりを重ねようとする頭を振って七桜の幻影を振り払い、薄く笑ってみせた。

「そう思われても仕方ないけどさ」

「思ってませんよ」

「……本当かな。いいんだよ、べつに気を遣わなくても」

「本当ですよ。『誰も』とは言いませんけど、たとえば演劇部《うち》の部員とかは、先輩が誰かを好きでも、それを変だとは」

「あっ」

唐突に、先輩の顔色が変わった。

思わず「えっ？」と目を瞠った僕に、彼女は焦った様子で言った。

「部活の子たちには、絶対に言わないで」

「あ、ええ、もちろん」

「わたしと八代先生がつき合ってるってことだけじゃなくて——そもそもわたしに好きなひとがいるってことを、絶対に誰にも言わないで。お願い」

必死に言い募る先輩に面食らって、咄嗟に上手く返事ができない。

そこに、螢が口を挟んだ。

「加賀沙苗」

冴木先輩が弾かれたように螢を見る。その直前に彼女が息を呑んだのを、僕は見逃さなかった。

「——でしたっけ、あの一年生の名前」

「……うん。あの子はわたしのことを、すごく尊敬してくれてるから。本当のことを知ったら、たぶん……」

失望するかもしれないな、と思った。

加賀さんは、女子らしさに乏しい冴木先輩をこそ慕っていた。

けれど八代先生に恋をしている先輩は、普通の女の子そのものだ。

恋人としての顔がどんなものかまでは知らないけれど、キスをされて蕩けるような声を漏らしたり、彼への好意を恥じらいつつもはっきり口にする冴木真佑里は、加賀さんの理想とはほど遠いだろう。

「そんなに重要ですか、それ」

「え？」

「加賀沙苗のことも愛してるんですか？」

「……どういう意味？」

吹聴しないと言われたとき以上に戸惑いながら先輩が訊き返す。

僕も、螢の考えていることがわからず眉をひそめた。

怪訝な眼差しを受けた螢は、だって先輩、と続けた。

「隠すの、しんどいんでしょう？」

「……っ」

図星を指されたらしく、言葉を詰まらせて目を逸らす先輩。

螢は淡々と続ける。

「バレたら大事《おおごと》になるから、教師とつき合ってることを秘密にするの自体は当然としても——恋をしていることさえひた隠しにするのは、周りが先輩に対して持ってるイメージから外れるのが怖いからですよね」

「……っ」

「先輩に勝手な偏見《イメージ》を持ってる周りの人間、その代表が、あの一年生」

「勝手じゃ、ないよ。みんながわたしを『女らしいことが似合わない』って思ってるのは、わたしがそう思われるような振る舞いをしてるせいなんだから……」

言われっぱなしは耐え難かったのか、だんだんと消え入りそうになりながらも、先輩は反論する。

しかし——周囲の目を気にしていること。そして、自分に偏見を持っている人間の最たる者が加賀沙苗だということは、否定しなかった。

冴木先輩本人からしてみても、先輩を『そこらの男子よりよっぽど格好良くて優しい、王子様みたいなひと』と持て囃《はや》す人々の中で、加賀さんが飛び抜けているのだろう。

苦々しく眉間に皺を寄せる先輩に、螢は尋ねる。

「あの子が先輩に対して持ってる理想《イメージ》を裏切らないために、苦しいのを我慢してまで本当の姿を隠すのは、あの子のことも愛しているからですか？」

これまでの『確認』とは違って、純粋に気になって『質問』している声音。

しかしその態度はまるで、「そうでもなければ、苦しいのを我慢してまでイメージを保とうとするのを理解できない」と言っているようだった。

苦しいならやめてしまえばいい。

なのにやめないのは、そこに愛があるからか。

——そうとは限らないだろう。

僕の内心での反論に太鼓判を押すように、先輩は「違うよ」と呟いた。

「べつに、愛してるからってわけじゃ……。さなちゃんのことはもちろん、大事な後輩だと思ってるけど」

「愛していない相手のために、精神をすり減らすんですか」

「…………さなちゃんとか、みんなのために、わたしは……わたしのイメージを、守ろうとしてるわけじゃ……ないよ」

しばらくの沈黙の後、ひどく苦しげに、先輩は言葉を紡ぐ。

彼女がまるで嘔吐《えず》くように話す理由が、僕にはわかった。

——向き合いたくない自分の醜さに向き合わされて、あまつさえそれを言語化させられているからだ。

後に続く言葉がどんなものか、聞かなくても想像ができる。

気づけば僕も顔をしかめていた。

先輩の唇が動く。

「……怖いんだよ。わたしが誰かのことを好きで、そのひとのことになると、まるで普通の女の子みたいになるって、みんなに知られてさ。それで嘲笑《わら》われたり、面白がっていじられたりするのが……怖い。だから隠してるんだ。みんなの理想を壊したくないんじゃなくて、みんなのことを信用してないんだよ」

自己嫌悪か、それとも周囲への黒い感情のせいか。だんだんと声音が低くなって、最後には憤《いきどお》りも滲んでいた。

「……なるほど」

螢が呟く。どうにもわからなかった理屈が解明されたからか、彼女はどことなくすっきりした様子だった。

……一方で僕は、なんとも言えない心持ちになる。

冴木先輩はもしかしたら、八代先生に恋をするよりもずっと前から、恋というものに、密かに憧れていたのかもしれない。でも「自分には似合わない」という意識や周りからの扱いのせいで、本心を素直に出さないスタンスが染みついてしまったのかもしれない——そんな想像が脳裏をよぎったのだ。

先輩がいつからいまのようなイメージを定着させたのかもわからないし、本人にそれを確かめるのも不躾だから、想像の域を出ないけれど。

——でも、もしそうなら。

何年も自分の本当の姿《おもい》を隠していて、これからも隠し続けるのだとしたら——それはなかなかに苦しい道だろうと、僕は思った。

だって七桜は、それが理由で壊れたのだから。

でも、先輩には隣で支えてくれる、本物の恋人がいる。

それこそが最大の七桜との違いだ。八代先生は僕のような気休めの代用品なんかじゃない。だからきっと、先輩は大丈夫だ。

安堵の息がこぼれる。けれど同時に、あまりよくない気配の形容しがたい何かが、胸の奥に生まれたのを感じた。

なんだ？　とその正体を探ろうとした矢先、

「じゃ、準備しようか、ハル」

「えっ？　――あっ」

さっきまでの緊張感漂う重々しい雰囲気から一転、からりとした口調で螢に促されて、僕はつい間の抜けた声を上げた。

そうだ、そもそもここに来たのは、一限目の授業の準備をするためだった。すっかり失念していた。

慌てて時計を見れば、もう大体の生徒が学校に到着しているような時間になっている。これ以上のんびりしていたら間に合わない。

準備室に戻ろうと踵を返した僕は、しかし駆け出す直前で踏み止まり、呆けた様子の先輩に言った。

「ああ、先輩――約束は守ります。絶対に誰にも、先輩のことは言いません。螢も、言わないよね」

「うん」

「なので、その……」

安心してください、とは言えなかった。

僕と螢は口をつぐむ。けれど、だからといって、先輩の秘密が他の誰にも露見しない保証はないのだ。先輩や八代先生がどこまで上手く隠せるかにかかっている。

……まぁ、僕たちにバレたのを鑑《かんが》みるに、あまり信頼できないけれど。

冴木先輩もわかっているようで、

「……ありがとう」

と、あまり晴れやかとは言えない微笑を浮かべた。


今日の部活は予定どおり、今年の文化祭でやる劇の内容についての会議だった。

部長の仕切りで、まず大枠のジャンル決めが行われる。

恋愛、コメディ、ホラー、ミステリー、サスペンス、ファンタジー、SF、ヒューマンドラマ——全部で八つのジャンルが部員たちによって提案され、黒板に書き出される。

多数決が取られ、結果、今年の劇のジャンルは『恋愛』に決定した。

「珍しいじゃん、真佑里。ファンタジーじゃないんだ？」

部長がうきうきした調子で指摘する。

冴木先輩が票を投じたのは『恋愛』だった。

先輩は曖昧な笑みで歯切れ悪く返す。

「あー、うん、まぁね。今年で最後だし、スノウを演じるのも楽しかったから」

「うんうん、いいと思うよ！」

上機嫌に頷く部長。しかし僕はいまのセリフを聞いて、いよいよ焦りに似た感情をおぼえた。

スノウを演じるのも楽しかったから――って、それじゃ単に恋愛モノをやりたいんじゃなくて、恋愛モノでヒロインを演じたいと考えているのが丸わかりじゃないか。

嫌な予感がして、ちらりと加賀さんを見遣る。案の定、彼女は物言いたげな眼差しを先輩に注いでいた。

あんまりボロを出すと、僕や螢が黙っていても、加賀さんに悟られてしまいそうだ――と、僕が密かにやきもきしているうちにも、会議は進行していく。

ジャンルの次は、脚本に盛り込む要素についてだった。

各々《おのおの》ひとつかふたつ、「こういう展開がほしい」とか「こんなキャラがいてほしい」というのを挙げていく。

ちなみに僕は『三角関係』、螢は『魔法使いが出てくる』、冴木先輩は『純愛』、加賀さんは『騎士が登場する』だった。

全員の意見が出揃うのに、そう時間はかからなかった。しかし、黒板一面に書き連ねられた文字をひと通り読み返した部長は、困った顔で副部長を振り返った。

「おおむね被ってないと思うけど、どう？」

「うーん……確かに被ってはいないけど、舞台を先に決めたほうがよかったな」

「……やっぱり？」

どうやら部員たちは『現代の学園モノ』と『童話のような世界観での物語』の二派に分かれているらしかった。どちらともつかない意見もあったけれど、それを除いてもかなりバラつきがある。

どうしようか……という、若干気まずい雰囲気が流れ出したそのとき、去年も脚本を担当した武田《たけだ》深月《みづき》先輩が声を上げた。

「二本、考えてみようか？」

思わぬ助け船に、部長がすぐに飛びつく。

「えっ、でも大丈夫？　大変じゃない？」

「とりあえず、あらすじと登場人物の簡単な設定だけでいいなら、そんなでもないよ。……あ、でも、今年もわたしが脚本担当でいいのかな」

「ああ、それもそうか。誰か、脚本書いてみたいひと、いる？」

副部長がぐるりと部員たちを見回す。

ざわめく室内。ちょっと興味がありそうな素振りを見せるひとはいるものの、実際に名乗りを上げる者はいない。

これは今年も武田先輩が書くことになりそうだな、と思った矢先。

思い切って、といった感じで、加賀さんが手を挙げた。

「……書いてみていいですか、一本。採用するかどうかは後ででいいので――というか、書けるかもまだわからないですけど」

「お。じゃあコンペ形式かな。どう？　香撫さん、武田」

副部長が水を向けると、

「いいじゃん！　もし加賀ちゃんが『やっぱりダメ』ってなったとしても、そのときは武田ちゃんのヤツだけで考えればいいんだし。ね？」

「うん。そうなると全部で三本だから、その中からみんながいいと思うものを採用する感じかな」

「だな。みんなもそれでいいか？」

異論は出なかった。

会議は幕を閉じ、残りの時間は基礎トレーニング――発声練習やストレッチなどをやって、本日の活動は終了となった。


解散が宣言された後、螢と話しながら帰り支度をしていると、螢がふと口をつぐんで、視線を僕からべつの何かに移した。

なんだ？　と彼女の視線を追ってみれば、連れ立って部室から出ていく冴木先輩と加賀さんの姿が目に留まる。手にはスクールバッグを持っているので、ただ帰るタイミングが重なっただけかもしれないけれど……。

そんなことを考えてみるが、また何かよくない展開になりそうな気配がすると、僕は悟っていた。

様子を見に後を追うべきか、と悩むより早く、螢が僕の腕を摑む。

「行こう」

返事はいらないとばかりに大股で歩き出す螢。危うく引きずられそうになった僕は、慌てて足を動かした。

ふたりが足を止めたのは、東校舎一階の階段裏にある、教員用の狭い昇降口の手前だった。いまの時間は一階全体に人気《ひとけ》がなく、しんとしている。

尾行しているのがバレないよう、僕と螢は忍び足で階段を上り、踊り場から手すりの隙間を覗き込むようにして聞き耳を立てた。

「……あの、先輩。もしわたしの脚本が採用されたら、先輩が主役の騎士をやってくれませんか？」

「えっ」

困惑した声を上げる先輩。一方で僕は得心がいって、なるほどと心の中で呟いた。

加賀さんが脚本担当に名乗りを上げたのは、自分がキャラクターとして描いた『理想の冴木先輩』を、先輩本人に演じさせたいがためか。

「お願いします」

念を押すように頼まれた先輩は、ひどく歯切れの悪い物言いでぼそぼそと答える。

「でも、配役はみんなで話し合って決めるものだから……。それに今回は、わたし……その、いつもとは違う役をやってみたいなって、思ってて……」

それを聞いた加賀さんは一転して、不信感を募らせた声音になった。

「……先輩、最近どうしたんですか？　部内発表会のとき、先輩は絶対カレンか王子役だと思ったのに、スノウだったし、文化祭の劇の内容決めのときも、なんか変だったし……。格好いい役やるの、嫌になったんですか？」

「嫌になったわけじゃないけど……」

「じゃあ、なんでですか？　先輩には格好いい役が一番似合うし、先輩じゃないひとが王子とか騎士をやるんじゃ、レベルが落ちちゃいますよ」

冴木先輩をその気にさせるためか、本気でそう思っているのか、加賀さんは納得できない様子で言う。

先輩は押し負けそうになっているのか、何も言わない。

たっぷり二十秒ほど続いた沈黙ののち、ようやく冴木先輩が、何かを決心したような硬い声で話しはじめた。

「……わたしがヒロインを演《や》るところを、見せたいひとがいるの」

八代先生のことだと、僕はすぐに悟った。

同時に、そんなふうに思う相手は多少なりとも特別な——たとえば想い人とかだろうと、容易に想像がついてしまうと思って、咄嗟に焦りを覚えた。

イメージを壊すのを怖《おそ》れていたのに、よりによってとくにそれを気にしていた加賀さんの前でそんなことを言ってしまっていいのだろうか、と。

しかし、冴木先輩はおそらく、覚悟の上で言ったのだろう。

真実を隠し続けることが苦になったのか、加賀さんを信じると決めたのかはわからないけれど、先輩はさらに続ける。

「……あのね、さなちゃん。わたし……本当は全然、格好いいキャラなんかじゃないんだ。普段は見栄張ってるだけで、実際は全然違う。香撫もわたしのこと、王子様とか言うけど、そんなんじゃ全然ないの。似合わないって自分でもわかってるけど、お姫様とか好きだし、かわいいものには憧れるし……恋だって、普通にしたいと思うし」

加賀さんは何も言わない。困惑して、言葉を失っているのかもしれない。

対して先輩は、徐々に震えを帯びはじめた声で、ついに決定的な言葉を口にした。

「……昔から周りに女としてあんまり見てもらえなくて、わたしもそれに流されて、格好つけるのが普通になっちゃったけど、わたしのことをちゃんと女の子扱いしてくれるひとが、いるの」

「……そのひとのこと、好きなんですか？」

ようやく加賀さんがひと言を発する。

その声に温かさは微塵も感じられなくて、僕はぞっとした。ここから顔は見えないけれど、加賀さんが決して好意的ではない表情をしているのが、容易に想像できた。

加賀さんの問いに、先輩はどうやら頷いたらしい。

滲み出る不快感でますます低くなった加賀さんの声が廊下に響く。

「誰ですか、それ」

「……ごめん、言えない」

「なんでですか。わたしの知ってるひとですか？　……べつに嫌がらせしたりしませんよ。誰にも言いませんから、教えてくださいよ」

迷っているらしい雰囲気の沈黙が降りる。

なんとなく冴木先輩が言ってしまいそうな気がして、言っちゃ駄目ですと、僕は心の中で念じた。

しかし、その念は届かなかった。

「――八代先生」

「先生？」

よく耳を澄ませていないと聞こえないほどの声量だったけれど、加賀さんは聞き逃さなかった。

即座に復唱する。

そして、信じられないほど低くて侮辱的な響きの言葉が、僕の耳を打った。

「は？　正気ですか？　最悪……」

「――さ、さな、ちゃ」

「恋してるって時点で『ない』のに、相手が教師とか、信じられない」

萎縮《いしゅく》しきった様子の冴木先輩に取り合わず、加賀さんはまるで独り言のようにぶつぶつと吐《は》き捨てると、やがて大きな溜息を吐《つ》いて、

「……わかりました。もういいです。つき合わせてすみませんでした」

ひどく投げやりで億劫そうなその言葉を最後に、スリッパの音がひとつ、遠ざかっていった。


無音が続く中、僕は踊り場にしゃがみ込んで、ぼうっとしていた。

――加賀さんの、あの手の平の返しよう。

容赦のない軽蔑のこもった声。先輩に浴びせかけた罵倒《ばとう》の数々。

脳内で繰り返し蘇る彼女の声に、だんだん苛立ちが湧いてくる。

理想が裏切られてショックだったのはわかる。でも、彼女が冴木先輩に抱いていたのは、彼女

の勝手な理想だ。

確かに先輩は普段から、まるで男子のような、爽やかで格好いい振る舞いをしていたけれど、数日前に加賀さんが僕と螢を相手に熱を込めて言った『女子の醜さなんてひとつもない完璧なひと』なんて人物評は、どう考えても彼女の過大評価――否、歪んだ理想の押しつけだった。

なのに、いざ先輩の本当の姿を垣間見《かいま》たら「最悪」だの「信じられない」だの――一体何様のつもりなんだ？

徐々に熱を帯びはじめた遅咲きの怒りに、自分の表情が険しくなっていくのを感じる。

据わった目で虚空を眺《なが》めながら思索に耽《ふけ》っていたのは、どれほどの時間だったか。

僕の後ろでしゃがんでいた螢が不意に立ち上がり、足音を殺して階段を下りはじめた。

一階に降り立った彼女はそうっと教員用昇降口の様子を窺うと、僕に向かって手招きをした。

「いまなら気づかれないから、下りてこい」ということらしい。

僕はスリッパを脱いで手に持つと、爪先立《つまさきだ》ちで階段を駆け下りた。

螢と合流し、廊下を走る。

部室の近くまで一気に駆け抜け、無事気づかれることなくあの場から離れられたことに安堵の息を吐《つ》いた僕は、スリッパを履き直しながら、

「……どうする？　この後」

と、螢に尋ねた。

――たぶん僕は、螢に期待した。

螢が「加賀沙苗を追いかける」と言ってくれたら、胸の内で燻《くすぶ》っているこの怒りを加賀さんに

叩きつける機会に、きっと恵まれる。

しかし螢は、そんな僕のずるい意図を見透かしたのか、

「ハルはどうしたいの？」

と尋ね返してきた。

「僕は――」

返答に詰まる。

……いいのか？　わざわざ追いかけて、加賀さんの歪みを、思い上がりを、第三者の立場からでも『間違っている』と突きつけて、彼女の心をズタズタにしてやりたい――なんて、そんなこと、言っていいのか？

…………いや。

「――どうもしない」

「ふん？」

「どうもしないよ。……少なくとも今日は、もう」

「明日になったら変わるの？」

「わからない。……ただ、加賀さんがみんなの前で露骨に冴木先輩を貶《けな》すような真似をしたときは――もしかしたら、我慢できないかもしれない」

「ふぅん。そっか」

「…………」

「じゃあ、今日はもう帰ろっか」

「……そうだね」

本当は言ってやりたかった。

お前は結局自分の理想を見ていただけで、先輩のことは何も見ていなかったんだと。

先輩のすべてを称賛しているように見せかけて、実際は自分にとって都合のいい部分ばかりを取り上げていただけに過ぎないんだと。

——でもその言葉は、自分にも深々と刺さる言葉だと、気づいてしまった。

気づいてしまったら、あれだけ激しく燃えていた怒りとそれに伴う衝動は、すっかり大人しくなってしまった。

言えない。言える立場じゃない。

僕も彼女と同じだ。誰のことも、きっとちゃんと見ていない。

もし本当に加賀さんがみんなに見えるところで冴木先輩を侮辱したとしても、僕は今日ほどの激しさをもって彼女にぶつかってはいけないだろう。

せいぜい、不愉快なのを隠さない表情で彼女を諫《いさ》める程度が関の山な気がする。

いつか僕が、彼女のような歪みを、後ろめたい気持ちを少しも抱くことなく指摘できるようになる日が来るとして。

それがいつのことになるか、いまの僕にはさっぱり想像ができなかった。

「……お疲れ様です」

という、すっかり覇気《はき》が失われた加賀さんの挨拶を聞いたのは、あれから一週間ぶりのことだった。

このところずっと沈鬱な面持ちだった冴木先輩が、弾かれたように彼女を振り返ったのが目に入る。けれど、その表情に光が差したのはほんの一瞬で、すぐに曇ってしまった。……まぁ無理もないだろう。

加賀さんは視界の端に先輩の姿を捉えているのか、彼女のいる方に顔を向けない。

ふたりの間に渦巻く澱《よど》んだ空気が僕の目に映りかけたそのとき、後からやってきた部長が、加賀さんの姿に声を上げた。

「ああっ、加賀ちゃん！　久し振り！　ずっと来てなかったけど大丈夫？」

「はい。すみません、一週間も休んで」

「いやいや。連絡はくれてたし、気にしないで。脚本はどう？　書けた？」

無理だったんじゃないだろうか、と僕は思った。

加賀さんが書く気でいたのは、自分の理想を詰め込んだ『完璧な冴木先輩』を表現するための戯曲だ。

しかし筆を執る直前に、その理想の像が根幹から砕け散ってしまった。それじゃあきっと、書こうにも書けないだろう。

しかし加賀さんは首を縦に振った。

僕は思わず目を瞠った。口から「えっ」という驚きの声がこぼれるよりも早く、瞳を輝かせた部長が弾んだ声を上げる。

「書けたの！」

「……はい、一応。台本そのものはまだですけど、あらすじとキャラ設定を……」

「全然オッケー！　充分だよ！　紙に書いてきたの？」

「いえ、全員に見せるならデータのほうがいいかと思って、スマホのメモ帳に」

「おお、気が利くぅ！　武田ちゃんは紙だっけ？」

上機嫌で加賀さんの頭を撫でた部長は、彼女の手を引き、窓際の席でノートにペンを走らせている武田先輩の方へ歩いていく。

遠ざかっていく加賀さん。

僕は密かに冴木先輩へと視線を移す。彼女は下唇を噛んで俯いていた。

……部外者とはいえ、複雑な気分だった。

ふたりに仲直りしてほしいとは、正直思っていない。いつまでもぎこちないのは疲れるものだけれど、和解してもきっと、あのときできてしまった溝は、すぐには埋まらないだろう。

僕としては、加賀さんが間違っていると思う。だから彼女が自分の歪みを自覚し、反省して、冴木先輩に謝るべきだと思っている。

しかし、僕がそれを促せるわけがない。これが同族嫌悪に他ならないとわかっているからだ。加賀さんは僕のことを知らないけれど、だからといって、自分の醜さを棚に上げて説教するなんて、とても無理だ。

「どんな内容かな。加賀沙苗の脚本」

唐突に投げ込まれた独り言のような問いかけに、僕はハッとした。

驚いたものの、いまの声が誰のものかは考えなくてもわかる。螢だ。

僕が冴木先輩から隣の席へと視線を移すと、螢は加賀さんの方を見つめていた。

表情は窺えない。けれどその背中から好奇心を感じ取った僕は、なんとなく嫌な予感がして、咄嗟に口を開いた。

「すぐにわかるよ。武田先輩は筆が速いから、たぶんもう書けてると思うし。コンペ形式で決めるって、副部長が言ってただろ？」

「……そっか。楽しみだね」

螢が僕の方を振り返って言った。

その表情は穏やかで、僕は笑い返しつつ、そっと安堵の息を吐《つ》いた。


思ったとおり、武田先輩は二本の脚本のアイディアを固め終えていた。

副部長の提案で、スマホのメッセージアプリを使ってそれらを部員全員に共有し、全員が三本すべてを読み終えたところで多数決を取ることになる。

『演劇部』とシンプルに銘打たれたグループチャットに、まずは加賀さんの考えた脚本案が送られてくる。

内容は、おおむねこんな感じだった。

とある国の王子・エリクは美しく賢く思い遣りがあり、皆に慕われていた。

しかし、実はとても気が弱かった。

彼はその本性を周囲に隠していたが、唯一、従者のロランとは秘密を共有していた。

ある日お忍びで辺境の町に行ったエリクは、美しくも勇ましい少年・ルイと出会う。エリクはルイの活発で物怖じしない姿に憧れを抱き、彼と友情を交わす。

しかし暴漢に襲われたことをきっかけに、ルイが実は女性であったことが判明。ルイは自分が女らしくないことを自嘲するが、エリクはますますルイを好きになる。

後日、ルイへの恋心を自覚したエリクは、ロランに彼女の素性を調べさせる。

ルイの正体は隣国の姫君であった。互いの身分が対等だと知ったエリクは喜ぶが、ルイはすでに他国の王子と婚約していた。

諦めきれないエリクは、ロランの協力で密かにルイと再会し、直接本心を確かめる。

ルイの婚約はいわゆる政略結婚であったが、ルイは婚約者のことを本気で愛していた。しかしその一方で、彼に蔑《ないがし》ろにされていることに寂しさを募らせていた。

どうにかルイを助けたいと思い悩むエリク。そんな主人を見かねたロランは、森の魔女に『ルイの心から婚約者への恋心を消してほしい』と願うことを進言する。それが叶えば、ルイの心はエリクに向くと考えたのだ。

エリクはその案に飛びつき、ロランは自ら、エリクの代理人として魔女のもとに出向く。

魔女は願いを叶える。しかしルイは唐突に湧いた大きな喪失感《そうしつかん》に苦悩し、憔悴《しょうすい》してしまう。

ルイの異変を知ったエリクは、彼女の心を手に入れるためになりふり構わなかった自分を悔《く》いる。そして再びルイに接触すると、犯した罪を告白し、償いたいと訴える。

しかしルイはエリクを許し、「婚約者への恋心は失ったけれど、彼を大事に思う心は残っている」「これからはひとえに未来の王の伴侶《はんりょ》として彼を支える」と宣言する。

エリクは失恋に涙する反面、ルイの気高さが健在なことに安堵し、彼女の幸せを願いつつ身を引くのだった。

……なんというか、重い。

端々に加賀さんが最近抱えている苦い思い——冴木先輩への憧れと失望、先輩を変えた八代先生への恨み、捨てきれない先輩への期待なんかが混じり合って滲んでいるように思えて、胸焼けがする。

ただ、ほろ苦くもハッピーエンドで締め括られているところには、わずかにだが明るいものが見出せる気がする。

これは、『先輩の変化を受け入れる』という加賀さんの意志の表れなんだろうか。それとも、単に物語として後味の悪い終わり方を避けた結果なのか。

もし前者なら、加賀さんはこの物語のどの役を、冴木先輩に演じてほしいと思っているのだろう。もしくは、先輩には出てほしくないのか。

どう思う？　と訊くように、螢に目配せをする。しかし、

「……螢？」

「…………」

蛍の瞳はスマホの画面を見つめているようでいて、実際はどこにも焦点が合っていないようだった。

「ねぇ、蛍？」

もう一度呼びかけても、蛍はぴくりとも反応しない。

ポンと軽い音がして、新しいメッセージ——武田先輩の一本目の脚本案が送信されてきても、瞬きひとつしなかった。

「……蛍。蛍っ」

「——ん」

少し声を張って呼びかけてようやく、蛍の意識は手元に戻ってきたらしかった。

ぱちぱちと瞬きを何度か繰り返し、うたた寝から目覚めたかのような様子で、蛍は僕を見た。

「いま、何か言った？」

「呼んだんだよ。なんか、ぼーっとしてたから。……どうかしたの」

どうにもただごとじゃない気がして、僕は問いかける。

しかし蛍は「なんでもない」と素っ気なく返すと、武田先輩の脚本に黙々と目を通しはじめた。

蛍がいま何を考えていたのか——加賀さんの脚本に何を感じたのか。訊きたかったけれど、「なんでもない」と答えたときの声音がどことなく硬かったことを思うと、しつこく尋ねるのは憚られて、僕は口をつぐんでスマホに視線を戻した。

グループチャットに脚本が三本すべて出揃うと、部長が時計を見つめて言った。

「んーと、じゃあ四十分になったら多数決ね。どれが劇にしたら一番面白そうか、自分がどの役をやりたいかを考えて投票すること」

――武田先輩の脚本は、どちらも安定した面白さだった。

核となるジャンルは同じ『恋愛』だけれど、毛色はそれぞれ違う。一本目は貴族の屋敷が舞台のミステリー風味、二本目は現代日本の高校が舞台の青春物語だった。

前者はそれほど複雑ではないけれど凝《こ》った仕掛けで推理のし甲斐があり、後者は設定が身近で共感できる部分が多い。どちらも観客を引き込む魅力が充分にあると思う。

……たぶん、何も知らなかったら、僕は武田先輩の一本目の脚本に票を投じていただろう。でも、僕は加賀さんが何を思ってあの脚本を書いたのか、想像ができるだけのことを知っている。

加賀さんの脚本は、結構暗い内容だ。あのままの雰囲気で劇にしたら、文化祭でやるには重苦しくなりすぎてしまう。けれど、まだあらすじの段階だ。手を入れる余地はある。

何より、その善し悪《あ》しはともかくとして、生々しい感情を込めて練り上げられたであろう物語が劇となった光景を、見てみたいと思った。

やがて時間となり、部長が黒板の前に立った。

「じゃあ、加賀ちゃんのがいいひと。挙手して」

……できれば、各々紙に書いて投票する形式がよかったのだけど、仕方がない。

手を挙げる前に、僕は視線だけをぐるりと巡らせた。

まだ選びあぐねているのか、それとも「これがいい」と思いはしたものの、先輩後輩という一種のしがらみ、もしくは加賀さん個人への感情が邪魔をするのか。一、二年生で手を挙げる者は、なかなか現れない。

ひょっとして僕が口火を切ることになるのかと思いつつ、手を机から浮かせる。

しかし肘が伸びきる前に、さっと手を挙げた人物がいた。

「……冴木先輩」

呟いたのは、たぶん加賀さんだった。

さっきまで背中を丸めて俯いていた冴木先輩は、いまは背筋を真っ直ぐに伸ばし、斜め後ろから見てもわかるくらいに真剣な表情を浮かべている。

彼女につられるようにして、後輩たちがひとり、またひとりと手を挙げはじめる。

最終的に何人が加賀さんの脚本を支持したのか、僕は挙手しながら数えようとしたけれど、それよりも部長のほうが早かった。

「オッケー、下げていいよ。じゃあ次、武田ちゃんの一本目、貴族が出てくるほうのがいいと思ったひとー？」

何人だったかは公表しないまま、多数決を進行していく部長。

ほどなくして集計は終わり、結果が発表された。

「八：六：五で、加賀ちゃんの脚本に決定！　おめでとう加賀ちゃーん！」

「……あ、は……はい……」

加賀さんは呆然《ぼうぜん》とした声をこぼした。

僕も、彼女の脚本はひとを選ぶだろうと思っていただけに、驚いた。

冴木先輩が選んだというのが大きかったのは言うまでもない。……しかしそもそも、冴木先輩はよく加賀さんの脚本に票を投じたものだ。

　部長が挙手を促してから冴木先輩が動きを見せるまでにかかった時間を考えるに、加賀さんにどう思われるか気にしなかったわけではないはずだ。きっと怖かっただろうと思う。それでも手を挙げたのだ。

　……すごいな。

　尊敬とも劣等感ともつかない思いで先輩を見つめていた僕は、ふと思い出したことがあって、目を瞬いた。

　そういえば、螢は武田さんの一本目の脚本に挙げていたっけ。

　あらすじに目を通しているとき、唯一わかりやすく反応を見せたのが加賀さんの脚本だったので、螢も僕と同じ意見だと思っていたのだけれど。

　むしろ逆で、加賀さんのだけはお気に召さなかったのだろうか。

「で、どうかな加賀ちゃん。台本、なるべく早めにほしいんだけど、どれくらいで書けそう？」

「一週間……いえ、三日ください」

「えっ、そんなに短くて大丈夫？」

「大丈夫です」

「んー、じゃあ明日から数えて三日ってことで。頑張ってね」

　加賀さんの肩をぽんぽんと軽く叩いた部長は、今日はこれで解散にしようかと言った。

　お疲れ様でしたという声がまばらに上がり、みんなのんびりと帰り支度をはじめる。

　ぐっと伸びをした僕は、さて……と思案する。

今度こそ、螢に加賀さんの脚本をどう思ったか尋ねてみようか。どこに引っかかったのか、なぜ選ばなかったのかについては触れないほうがいいにしても、あの脚本から加賀さんのどんな思いを螢が読み取ったのかを訊くくらいなら、たぶん大丈夫なはずだ。

決心して螢に視線を投げようとした僕は、しかしその直前、加賀さんが冴木先輩におずおず歩み寄っていく姿を目撃して、動きを止めた。

ひと言ふた言交わした後、ふたりは硬い顔を並べて部室の隅に移動する。

僕は無言で席を立った。螢も後についてくる。みんなに流されるようなかたちで僕たちは部室を出て、黙然と廊下を進み——途中でくるりと体を反転させた。

気配を殺し、ドアの陰から中を覗く。部室に残っているのは冴木先輩と加賀さんだけだ。

「……あの、先輩」

「……何?」

ふたりともひどく緊張しているのが、遠目でもよくわかった。

加賀さんは落ち着かない様子で両手を握り合わせ、視線をさまよわせている。対する冴木先輩も、加賀さんから視線を逸らさないものの、普段のように話しやすい雰囲気をつくろうとする素振りは見せなかった。

気まずい沈黙がふたりの間を流れる。

そこそこ長い時間それは続いたけれど、やがて加賀さんが、腹を括ったらしい面持ちで口を開いた。

「この間は、すみませんでした」

「えっ……」

「先輩が誰かと恋愛するのを、わたしがとやかく言う権利、なかったです。なのにあんな、偉そうなこと言って……本当にすみませんでした」

「いや、でも相手が相手だし……失望させちゃったのは、わたしが悪いことだから……」

「……納得したわけじゃないです、正直。相手が教師だってことも、ぶっちゃけ『ありえない』って、いまも思ってます。……でも、真剣なんですよね」

「………うん」

冴木先輩が譲《ゆず》れない思いのこもった目で頷くと、加賀さんは傷ついたように、眉間の皺を深くした。そして低く呟く。

「……先輩はわたしの憧れだったんです。格好良くて優しくて、女子だけど男子みたいで、いろいろできて。……だから、先輩が普通の女子みたいに恋愛してるのが、ショックで」

「……うん」

「あのとき、先輩はもうわたしの憧れの先輩じゃなくなったと思いました。すごい嫌悪感が湧いてきて、騙されてたような気分になりました。……でも」

加賀さんの声が、だんだんと震えを帯びはじめる。

「……劇の内容を考えてるとき、騎士とか王子様とか、そういう役《キャラ》のイメージが、どうしても先輩になっちゃって。先輩は全然そんなんじゃなかったんだから、こういう格好いい役をやるのはべつのひとじゃないとって、自分に言い聞かせて。でもそうすると、いままでに見てきた先輩の格好いいところがフラッシュバックして、それで——き、嫌われたんだろうなって思ったら、怖くなって」

語尾が上擦り、顔が一瞬ぐしゃりと歪む。しかし涙がこぼれる前に、彼女は袖で目もとを乱暴に拭った。

「……許してくださいとは言いません。そんな簡単に許せることじゃないと思いますし」

「そんなことは——」

先輩はすぐに否定しようとしたけれど、加賀さんは強い語調でそれを遮った。

「いいんです。それだけひどい態度を取ったって、わかってますから。嫌われたくないっていうのもわたしの勝手な考えだし、先輩の思うようにしてください」

今日に至るまで散々思い悩んだゆえなのか、加賀さんの口調は、多少の未練を漂わせつつも固い決意が感じ取れるものだった。しかし。

でも、最後にひとつだけ——と、加賀さんは頭を下げた。

「お願いします。今回の劇に、メインの役で出てください。できれば、姫の役で」

姫。ルイ。

高貴な身分の女性ながら、勇ましい少年のような立ち居振る舞いの、婚約者を一途《いちず》に想い、友情を重んじ、恋心を奪われてもなお気高く生き続けようとする、劇中で一番強い人物——か。

冴木先輩が演じることを想定して書いたというならば、ルイがどういうキャラなのか、読んだときよりずっと明確に理解できた。

言われてみれば確かに、加賀さんの憧れる冴木先輩の要素が、ルイには詰め込まれている。

あんなことがあった後でも、まだ自分に「主役を演じてほしい」と言ってくれるのか。そう言いたげな表情で固まっていた冴木先輩は、やがて決意のこもった眼差しで、噛みしめるように言った。

「……配役はみんなで決めるものだから、絶対にやるよとは言えないけど。姫役になれるように、全力を尽くすよ」

「――ありがとうございます、先輩」

震えが戻ってきた声でそう返した加賀さんの表情には、捨てきれなかった冴木先輩への好意が溢れていた。

思わず、目を奪われる。

紆余曲折《うよきょくせつ》あって、いまでもすべて納得はできていないけれど、それでも失われはしなかった『好き』という強い感情。それをとても眩《まぶ》しいと思った。

しかしずっと見ていたくはなくて――むしろできるだけ目に入れたくなくて、僕は苦々しい心持ちで加賀さんから目を逸らし、今度こそ部室を後にした。

すぐに螢が追いかけてくる。彼女は待ったをかけるように僕の前に回り込むと、こちらの顔をじっと見つめながら言った。

「羨《うらや》ましそうだね、ハル？」

「――は」

息が、詰まる。

「そんなんじゃないよ」と返したいのに、螢の視線が僕の瞳の奥――頭の中まで見透かしている気がして、喉を緩く絞められているような感覚に襲われる。

なんでわかるんだ。見ただけで本心が窺えるほど、僕の表情は雄弁なのか？　そんなはずはない。もしそうなら、悠一郎にも紫理にも、とっくに見透かされている。

だから——やっぱり螢は『特別』なのだ。

螢を見つめる僕の胸に、期待と好意と恐怖と警戒とが、いっぺんに押し寄せてくる。

なんとも複雑な心境の僕に、螢はすうっと目を細めてみせた。

「やっぱりキミって面白いね」という彼女の声が聞こえるようだった。

第四章

◆　◆　◆

「ねぇ、今日泊まっていい？」

七桜がこうして夜に突然うちに泊まりに来ることは、昔からたびたびあった。

一番多いのは、親と喧嘩《けんか》したとき。

そのときは決まって不機嫌なのを隠そうともしない表情と声色で、「いい？」と訊きつつ拒否するのは認めないという圧力を漂わせている。

けれどいま目の前にいる七桜は、どこか思い詰めた雰囲気の硬い笑顔を浮かべていて、声にも張りがなかった。

何かあったんだろうなと思う。きっと悠一郎絡みのことだ。

最近は親子喧嘩より、あの子との諍《いさか》いのほうが多い。

こんなふうに神妙になっているのは珍しいけれど、どうせまたあの子にキツい態度を取ってしまって、それであの子からも強い敵意を返されたとかで、自己嫌悪に陥っているのだろう。

一体何度目だと内心呆《あき》れたものの、追い返す理由はとくにない。

僕が黙ってドアを大きく開けると、七桜は妙に慎重な足取りで中へ入ってきた。そして「おばさんは？」と、いつもなら訊かないことを訊いてくる。

言うまでもないだろと思いつつ、僕は「いないよ」と答えた。母さんはいつもどおり、会社に泊まり込みだ。今月はまだ一度も顔を合わせていない。まぁ好きでやっている仕事だし、二時間ほど前に電話で聞いた声も元気そうだったので、心配はしていない。

　それよりもと、僕は七桜に訊き返す。

「夕飯は食べた？」

「……うん」

「お風呂《ふろ》は？　沸いてるけど」

「んん……じゃあ後で――やっぱり、いま借りる」

「わかった」と頷くと、七桜は洗面所へと入っていった。

　夕飯は食べたと言っていたけれど、あの返事の様子じゃ、たぶん少ししか胃に入れていないのだろう。気分が落ち着いたらお腹が空いたと言い出しそうだし、素麺《そうめん》でも茹《ゆ》でておこうか。

　あとは……と思考を巡らせた僕は、着替えの問題に気づいた。

　七桜は例によって手ぶらで来た。卯月《うち》家に子どもは僕ひとりだし、家族ぐるみのつき合いとはいえ、七桜用の服がうちに常備してあるわけではない。かと言って、一旦家に取りに戻れというのは、まぁ無理だろう。

　七桜がさっき着ていたのは、たしか部屋着だ。だったら風呂上がりにそれを着直しても問題ないのかもしれない。でも一応、何かしら出しておくべきだろうか。

　それとも、紫理に七桜がうちに来ていることを伝えるついでに綾坂家へ行って、七桜の服を取ってくるか――などと考えていると、

「ねえ。ハルの服、貸してくれない？」

という声が、通り過ぎた洗面所から僕の背中に飛んできた。

わかった、と答えつつ振り返った僕は、

「――ちょっ」

目に入った光景に絶句して、すぐさま首の向きを戻した。

いくら幼馴染みといっても、お互いもう中学二年生だぞ。ドアの陰から半分だけとはいえ、バスタオルで前を隠しただけの姿を異性の前に晒すなんて、何を考えているんだ。羞恥心をどこへやった？

「……出しとくから、さっさと入って」

「はーい」

僕のつっけんどんな物言いに、七桜はちょっとつまらなそうな声を返した。

本当にどういうつもりなんだか。

七桜は、うちに泊まるのがこれが初めてじゃないように、うちの風呂に入るのも、今回が初めてじゃない。前回はたしか先々月だ。

そのとき――は、服を脱いだ後に声をかけられることはなかったけれど、前例がないわけではない。去年だったか、シャンプーが切れていると訴えられたことがあった。そのときは大声で呼ばれて、詰め替えの受け渡しも、ドアの隙間から手だけ伸ばされた。

だから今回のような真似は、いわば異例なのだ。

七桜の裸を見たことは何度もある。でもそれは幼稚園児のときの話で、いまはもう分別のつく中学生だ。いまさらあいつ相手に欲情したりしないけれど、異性だと認識してはいるし、羞恥も覚える。七桜だって僕と同じはずだ。

まぁ十中八九、からかっているだけだろう。

考えるだけ無駄だと軽く頭《かぶり》を振って、僕はキッチンに立った。


なるべく無難なものをと考えて洗面所に出しておいた僕の服――まだ二回程度しか袖を通していない半袖シャツ――をまとって、七桜はダイニングに現れた。

しかしなぜか着ているのは上《それ》だけで、一緒に置いておいたジャージのズボンは穿《は》いていない。曰く、風呂から上がったばかりで暑いから、らしい。だったら半ズボンを出すからと言ったけれど、いらないとあっさり拒否された。

シャツの丈は七桜にとってはやや長めで、太股の半ばあたりまで届いている。とはいえ、動けば下着が見えてしまいそうなギリギリ具合だ。やっぱり今日の七桜は羞恥心をそのへんに放り捨ててきたんじゃないかと、僕は溜息を吐《つ》いた。

そんな僕の呆れ顔に構わず七桜は、

「どう？　彼シャツみたいじゃない？」

なんて冗談を言って、にやにやしている。

「はぁ？」と冷めた反応を返す一方で、僕は内心ほっとした。七桜の調子が多少回復してきたように思えたからだ。

しかし茹でておいた素麺には、七桜は手をつけなかった。「あとで食べるよ」と言って、そんなことよりもとばかりに、僕の部屋に行こうとせっついてくる。

七桜がうちに泊まるときは、僕の部屋を彼女に貸す。そして僕は父さんの部屋で寝るのがお決まりだった。一階に客間はちゃんとあるのだけれど、別々の階で寝るのは寂しいからと七桜は嫌がるのである。

それにしても――時刻はまだ二十一時にもならない。寝るにしては早いし、なぜそんなに早く部屋に行きたがるのだろう。まぁ一階《ここ》にはテレビもないので、食事も風呂も済んだのなら、あとは寝室に行くだけなのは違いないけれど。

……あれ？　でもさっき、素麺は「あとで食べる」って言ったな。朝ごはんとしてって意味だったんだろうか。

妙だなと訝りつつも、理由を訊いたところでまともに答えてくれる気がしなかったので、大人しく従うことにする。僕が素麺を冷蔵庫にしまう間、七桜は妙に落ち着かない様子だった。

二階に上がり、僕の部屋に七桜を通す。

七桜がベッドに腰を下ろしたのを見て、やっぱりもう寝るつもりなのかと僕は思った。来たときより幾分落ち着いたように見えるけれど、胸の奥の苛立ちはまだ収まらないのかもしれない。

僕はひとつ息を吐《っ》いて、

「朝ごはんはうちで食べていいけど、その後は帰って支度しろよ。制服とかバッグとか、持ってこなかったんだし」

と言い含めてから、「おやすみ」と踵を返そうとした。

――が、

「ま、待って」

七桜がどこか焦ったような声を上げ、僕の裾を摑んだ。

振り返ってみれば、七桜はなんだか気まずそうに俯いて、膝を擦《こす》り合わせている。

「何？」と促すと、七桜の口が躊躇いがちに小さく開かれる。

しかし、「あの……」という以上の言葉はどうしても詰まってしまうようで、唇を開いては無言のまま閉じるという行為をしばらく繰り返した。

いよいよ、これはいつもとは違う、深刻な事態かもしれないと僕が思いはじめた頃。七桜はようやくひと言、意を決した様子で発した。


「あのさ、ハル。……わたしたち、つき合わない？」


「――は？」

たった一音発するのに、やけに喉に力が要った気がした。

頭が真っ白になるとはこういうことかと、つい他人事《ひとごと》のように思う。

頭が上手く働かない。でも何か言わないと。

そんな焦りに似た感覚に突き動かされて――いや、有り体に言って、僕は混乱していたのだ。だからよく考えずに、頭に浮かんだ言葉をそのまま口にした。

「なんで？」

心底意味がわからないという本音がだだ漏れな、なんならどこか不愉快そうな印象さえ持たれそうな声だと、我ながら思った。感情の出力が全然コントロールできていない。

僕の責めるような語気に七桜は怯んだものの、不格好な笑みを浮かべて答えた。

「なんで、って……それは、だって、好きだから……」

七桜の瞳が僕を捉える。

ハルのことが、と続けるかのようなその目を、僕は軽蔑を込めて見つめ返した。

「適当なこと言うなよ。それで僕が納得するわけないだろ。お前が誰のことを好きか、僕が一番知ってるんだから」

「……っ」

七桜は反論してこない。やっぱりごまかされてくれないかと、苦しそうに顔を歪めて僕から視線を逸らす。

当然だ。だって僕は、結論も進展もない七桜の悩みや泣き言に、これまで散々つき合わされてきたのだから。

「諦めたのか？　悠一郎のこと」

七桜が好意を寄せているのは、誰よりも仲の険悪な、あの義弟だ。

その恋のはじまりは、ふたりが親たちによって引き合わされたとき。

つまり、いわゆる一目惚れというやつだったらしい。

とはいえ、いきなり骨抜きにされたわけではない。ひと目で好みと感じたのは、あくまで外見や、そこから抱いた印象の話だ。中身――性格や相性は別問題である。

何しろ相手はただの同世代の男子ではなくて、父親の再婚相手の息子だ。いまのいままで赤の他人だったにもかかわらず、会ってすぐに「近いうちにひとつ屋根の下で一緒に暮らす姉弟《きょうだい》になる」と言われてあっさり納得し、簡単に気を許すほど、七桜はオープンな性格ではない。

さらに言えば、悠一郎も悠一郎で、当時から綾坂家の面々に対して警戒心をまるで隠さない態度を取っていたのだという。そもそも再婚に納得していなかったのかもしれない。

親たちに促されて挨拶を交わすことになったとき、あの子は笑顔を見せるどころか「よろしく」とさえ言わなかったらしい。

「……どうも」と、姉妹のどちらともろくに目を合わせないまま、低く呟いただけだったのだとか。

当然、七桜はそんな悠一郎の態度にカチンときた。無愛想で生意気そうで明らかに協調性がなくて、家庭内の雰囲気を険悪にするだろうことが想像に難くない、面倒くさそうなやつだと思った。

けれど一方で、その刺々しい態度は自分たちをまだ信用していないからだろうと推測して、いずれ彼の信用を得られたなら、明るくてかわいい笑顔で「七桜」と呼んでくれるのではと期待した——らしい。

実際、七桜のその想像は当たっていた。悠一郎は心を開いた相手には無邪気な笑顔を見せるし、親しみのこもった声音で名前を呼ぶ。

——でも、悠一郎が心を開いたのは七桜にではなかった。

むしろ日ごとに悠一郎の七桜に対する警戒心は膨らんでいき、いつしか敵意にまで成長した。

無理もない。なぜなら七桜は悠一郎に、何かとキツく当たっているからだ。

悠一郎が加わるまで、七桜は僕たち三人の中で一番年下だったせいか、昔から奔放《ほんぽう》であまり素直じゃない。中学生になってその傾向は一層強くなったように思う。とはいえ、決して暴力的でも傲慢《ごうまん》でもない。

だからたぶん、悠一郎に対する刺々しい態度は、おおむね照れ隠しなのだろう。

でもそれはあくまで『七桜にとっては』であって、七桜の本心を知らないであろう悠一郎からしてみれば――いや、もし知っていても嬉しいと思っていないのなら、ただの理不尽《りふじん》な仕打ちでしかない。

いまや悠一郎は七桜の姿を見るだけで不愉快そうに表情を歪め、同じ空間にいることさえ拒否する有り様だ。

そのうち七桜は自分の捻くれた性格を嫌悪するようになり、これまでの天邪鬼《あまのじゃく》な態度を後悔し、修復がほとんど絶望的になってしまった自分と悠一郎の関係を嘆いて思い悩むようになった。

そしてこの件について、僕ばかりを頼るようになった。

七桜曰く、「ハルは綾《う》坂《ち》家の人間よりもずっと悠一郎と仲がいいし、悠一郎と同じ男子だし、何よりわたしに変に気を遣ったり、無駄に心配したりしないから」らしい。

確かに、紫理は七桜に対して過保護気味だから、妹の力になろうとして空回りする可能性はかなり高い。親に相談するのも、いろいろとハードルが高いだろう。

でも僕だって、異性の幼馴染みに恋の相談――というか愚痴《ぐち》なんて聞かされても、扱いに困る。

さりとて「自業自得だろ」と一蹴するのもさすがに気が引けて、これまで辟易しながらも七桜の嘆きにつき合ってきた。べつにそれはいい。

でも――さすがにこれは、ちょっと面倒だ。

諦めたのか？　という僕の問いかけに、七桜は苦々しい面持ちで押し黙っている。

それが否定の表れであると察した僕は、ほぼ同時に七桜の「つき合わない？」という提案の意図を理解して、眉間に皺を寄せた。

「僕に、あの子の代わりをしろってことか」

「…………」

この沈黙は肯定だろう。

——考える。自問する。

馬鹿言うな、と切り捨てることは簡単だ。でも、果たしてその必要はあるのか？

悠一郎の代わりとして七桜の恋人になることを、僕は嫌だと感じるのか？

そんなの御免だとは、存外思わなかった。

本命の代用品にされるのも、綾坂七桜の恋人というポジションに据えられることも、七桜とデートやキスをするのも……ひと通り想像してみるけれど、不思議と嫌悪感は湧いてこない。

むしろ、考えようによっては儲《もう》けものなんじゃないかとさえ思った。

だって、僕に恋人ができる未来なんて、想像できない。

僕はべつに嫌われ者ってわけじゃないけれど、人気者というわけでもない。友だちと呼べる相手は両手の指より少ないし、その中に女子はひとりもいない。まともに交流のある女子は、七桜と紫理だけだ。僕に好意を持ってくれていそうな女子も思い当たらない。

恋人という存在や、それによってもたらされる幸せへの憧れはあるけれど、自分がそれを手にできる可能性は、とても低い気がする。

だったら……たとえ僕に気がないどころか、他に本命の想い人がいる幼馴染みが相手のごっこでも、甘い体験を味わえるだけラッキーじゃないか。

「七桜はそれでいいの？」

「……えっ？」

「僕とあの子とじゃ、いろいろと、だいぶ違うと思うけど」

七桜の不安げな瞳が大きく見開かれる。

何を言われたのかさっぱり理解できていない様子でぽかんと口を開け、ふらふらと視線をさまよわせた七桜は。

しばらくして、頼りない声で言った。

「……嫌じゃ、ないの……？」

自分から提案したくせに、断られるとばかり思っていたらしい。

まぁ、『好きなひとがいるけど両想いにはなれそうにないから、そのひとの代わりをやってくれ』なんて身勝手な話を、あっさり承諾してもらえると本気で考えていなかったことには安心した。

僕は小さく肩を竦めた。

「べつに。七桜がそれでいいなら、いいよ。でもお前、僕相手に恋人っぽいこと、できるの？」

「それは、えっと……」

七桜の顔がじわじわと赤くなっていく。

『恋人っぽいこと』というのが、手を繋ぐとかデートに行くとか、そういう程度の軽いことばかりではないと、ちゃんと悟れたらしい。

再び沈黙が部屋を満たす。

かなり長い間黙っているので、これは駄目なやつかと思い、

「聞かなかったことにするよ。もう寝な。気が滅入ってるんだろ」

とでも言い置いて、今度こそ部屋から出ていこうと、僕は息を吸い込んだ。

しかし、

「ぅわ——っと……!?」

いきなり服を思い切り引っ張られたかと思うと、僕はベッドの上に引き倒された。

手を出すのが間に合わなくて、顔から突っ込む。ついでに勢い余って、つむじのあたりを壁にゴンとぶつけた。鈍い衝撃が脳天から上顎あたりまで突き抜ける。

じんじんと痛む頭のてっぺんを押さえながら、僕は体を捻った。

「お前、いきなりどういう——っん」

体が仰向けになりきる前に、僕の視界が、七桜の緊張で強張った顔に覆い尽くされた。

そう認識した直後、僕の口が塞《ふさ》がれる。

確かな熱と、柔らかい感触。微かな震え。

感じたのは、ほんの一瞬のことだった。

「……っ、できるよ。だから……いい?」

僕に覆い被さった七桜は、いまにも溢れ出しそうな何かを必死に押し留めているような面持ちでそう訊いてくる。

「いいよ」

僕は七桜の目を真っ直ぐ見つめたまま、全身の力を抜いた。

僕と七桜との間にあった物理的な距離がゼロになる。

いっぺんにのしかかってきた重みに呻きをこぼす僕に縋《すが》りつくようにしながら、七桜は神妙な声で言った。

「ごめんね、ハル。ハルだってべつにわたしのこと、好きでもなんでもないのに……」

「ん……まぁ、あの子っぽくやれとか言うんじゃないなら、そこまで面倒でもないよ」

「……ハルは、どこまでならセーフなの？」

「言われる前に察して動くのとかあんまり自信ないし、何をしてほしいか、その都度言ってくれないとだけど……まぁ、大抵のことは大丈夫だと思うよ。あ、『貢《みつ》げ』ってのは無理だからな」

ちょっとした冗談のつもりだったのだけれど、七桜はくすりとも笑わなかった。

滑ったなぁと遠い目で天井を見つめていると、甘えた響きのか細い声が鼓膜を震わせた。

「……じゃあ、ぎゅってして」

その程度ならお安いご用だと、僕はすぐに腕を七桜の背中に回した。

しかし、さっそくダメ出しされる。

「……もっと」

「もっと？　って……」

これ以上どうしろとと思いつつ、とりあえず七桜を抱き締めたまま寝返りを打つ。

七桜はむずかるように唸ると、自分の脚を僕のそれに絡めてきた。

「…………」

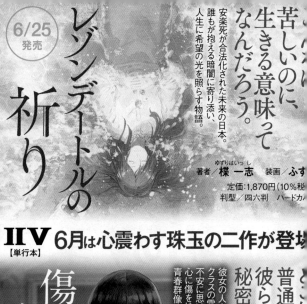

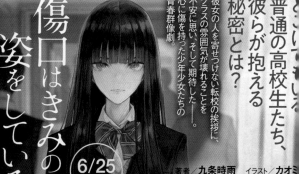

IIVが贈る 完全無料コミック!!
日々の生活をちょっとだけ丁寧《ぜいたく》に。
ブラック企業勤務サラリーマン×わけありJK
異色のふたりによるほっこり同居生活記!
「丁寧な暮らし」ラブコメディ★
ヨナカの小さな贅沢
Yonaka no chiisana zeitaku
岡野く仔
子書籍版にて好評配信中!
成田良悟
シャークロアシリーズ
炬《ともしび》島《じま》のパンドラシャーク
イラスト/しまどりる
第1歯〜
第4歯
好評配信中!!

IIV 毎日頑張るあなたを
クイーンシャムロック
QUEENSHAMROCK
トラ太郎
真剣勝負!!
仕事もゲームも
オールイン
IIV公式HP
無料連載
pixivコミック月例賞受賞作品が連載
数字に強くて負けず嫌いな高坂みつ
ポーカーに出会い、今まで見ていた世界が変わっていく—
豪華作家による人気シリーズ小
時雨沢恵一
レイの世界-Re:I-
Another World Tour
イラスト／黒星紅白
1st～5th
Step
好評配信中!!
IIV
時雨沢恵一
黒星紅白

……たぶん、こういうことをされたら普通、ドキドキしたり、さらに先の展開を期待したりするものなんだろう。

しかし、僕の胸に昂揚感は微塵も湧かなくて、その事実に僕は少し落胆した。

やっぱり、そう単純でもないか。

このごっこ遊びを続けるうちに、七桜を本気で、恋愛的な意味で好きだと思えるようになれたら――などと密かに考えていたのだけれど、その兆《きざ》しさえまだ見えない。

そうなれるよう努力し続けたら叶うだろうか。愛情がなくてもあるように振る舞っていたら、やがて本当になるだろうか。

保証はない。確信も持てない。

でも、試してみる価値はきっとある。

僕は七桜の頭をそっと撫でた。

緊張しているのか、それとも抱き合っているだけでも満足なのか、それまで無言で身動ぎもしなかった七桜の体が、一瞬びくっと震える。しかし拒絶の気配はない。

嫌じゃないんだな……と何度か繰り返し手を上下させた僕は、ふと気まぐれに、七桜のうなじを指の腹でなぞった。

「ひゃ……っ」

小さな悲鳴を上げた七桜が、戸惑いの眼差しで僕を見上げてくる。

僕は指をさらに上へ滑らせて、彼女の頭を片手で支えるようにする。

……なんとなく、そうすれば、いい感じの流れができる気がしたのだ。たぶん、映画か何かでそういうシーンを見たのだと思う。

「あ……う……っ」

七桜が、羞恥と迷いと驚きの入り混じった呻きをこぼす。どうやら『ここからの展開』を、僕と同じように想像したらしい。

嫌がるかなと思ったけれど、七桜は一瞬挑みかかるような上目遣いで僕を見つめ返した後、瞼を閉じて唇をほんの少しすぼめた。

一見僕に身を委《ゆだ》ねたようでいて、実際にはガチガチに緊張しているのが、かすかに震えている睫毛と眉間の皺でわかる。

そんなに構えなくてもいいのに……と、思わずその様子を観察してしまう。しかしあまり長く間を置くのも酷だと思い、僕はゆっくりと七桜の顔に自分のそれを寄せる。

……この期に及んでも、とくに何も感じない。

不思議なほど、いっそ失望するくらいに自分の胸が凪《な》いでいることを自覚しながら、僕は再び唇が重なるギリギリのところで、スッと目を閉じ——

◆　◆　◆

——ハッと、僕は目を開いた。

全身がびっしょり濡《ぬ》れている。心臓は痛みを覚えるほど早鐘を打ち、口の中の水分は根こそぎ飛んでいた。

……最悪な夢だった。

緩慢な動作で体を起こす。しかしすぐにベッドから立ち上がる気にはなれなくて、僕はマットレスの縁《へり》に腰かけて項垂れた。

盛大に溜息を吐《つ》く。このところ、夢見が悪いことには気がついていた。けれど目が覚めると同時に記憶が急速に色褪《いろあ》せていって、汗でべたついた体や、暴れる心臓の不快感を鎮《しず》めているうちに、完全に忘れてしまっていた。

でも、今回はとうとう、夢が脳裏に焼きついた。たぶん、ここ数日見てはすぐに忘れていた夢も、いまのと同じ内容だろうと思う。

あの日の記憶を夢に見るのは、ずいぶん久し振りだ。ふとした瞬間にその断片が脳裏に蘇ることはたびたびあっても、あれほど鮮明に思い出すことは、一年以上なかった。

どうしていま、また繰り返し反芻してしまうようになったのか。

考えようとした僕は、しかしどうにも思考の回転が鈍くて、すぐに投げ出した。

時計を見る。時刻はまだ五時にもなっておらず、カーテンの隙間から差す陽《ひ》の光も淡い。

しかし、二度寝する気にはとてもなれない。僕は重い体を引きずるようにして自室から出た。

空腹感はないけれど、なんでもいいから好きなものを食べよう。そうでもして少しでも気分を上向かせないと、一日中、陰気な顔で過ごすことになりそうな気がする。そのせいで悠一郎や螢に詮索されるのはごめんだ。

不快な汗と一緒に陰鬱な気分を吹き飛ばすつもりで熱いシャワーを浴びた後、僕は「さて」と声に出して気合いを入れた。

「ハル兄、なんか具合悪い？」

「いや……大丈夫」

空腹じゃなかったのにホットケーキを焼いて無理矢理腹に詰めたのが悪かったのか、それとも、まだ脳裏に焼きついている夢の記憶が胃腸にダメージを与えているのか。

そこはかとない気持ち悪さを堪えて口角を少し上げてみせると、悠一郎は釈然としない様子ながら「ならいいけど……」と引き下がる。

しかし、

「で、どうなの？」

と、さっきとは質の異なる怪訝な瞳を僕に向けた。

「え……っと」

知らず知らず聞き流してしまっていたようで、どうにも思い出せない。

視線を泳がせると、遠目に校門が見えた。

「ごめん、なんだっけ」

苦笑を浮かべつつ問い返すと、悠一郎は「だから」と、少し不満そうに目を細めて言った。

「ハル兄は、鷹宮先輩とつき合ってるの？」

「えっ」

予想もしていなかった質問に、僕は思わず足を止めてしまった。

声を上げてから一拍遅れて理解が追いつき、心臓が跳ね上がる。

『つき合う』という単語に、また今朝の夢——これまでの人生で最大の過《あやま》ちを犯した日の光景が脳裏をよぎる。

そしてその一瞬、まるで夢の続き……否、二年前そのものにいるような錯覚に襲われる。

違う。いまは何もかもが終わった後だ。七桜はもういない。悠一郎が言っているのは七桜とのことじゃない。

僕は心の中で必死に自分にそう言い聞かせながら、歩くのを再開しつつ、上手く取り繕えていないだろう表情で答えた。

「つき合ってないよ。なんで？」

とは言いつつ、心当たりはある。が、悠一郎はそれについて把握していないはずだ。

僕と悠一郎は学年だけじゃなく、所属している部活や委員会も違うので、一緒に帰ることが少ない。だから悠一郎は僕がここ数日、部活が終わってから家へ帰るまでの間に何をしているか、知らないはずなのだ。

しかし悠一郎は、なんでも何もと言うような半眼で僕を見た。

「最近いつもより帰ってくるのが遅いし、夕飯もあんまり食べないから。部活の後、どっかで何か食べてきてるんじゃないのかなと思ってさ。でもハル兄がひとりでそういうことするなんて思えないし、だとしたら誰かと一緒にだろうな——って考えると、オレ以外じゃ鷹宮先輩くらいしかいないでしょ？」

……ぐうの音も出ない。

僕が言葉を詰まらせて苦い顔を浮かべると、

「本当に毎日、鷹宮さんとどこかでお茶してるの？」

と、悠一郎は半信半疑な視線を投げかけてくる。

「いや、べつに毎日寄り道してるわけじゃないよ。まぁ、何度か……三回かな。喫茶店に行ったけど」

「今日も行くの？」

「どうかな……」

濁すと、悠一郎は一層怪訝な面持ちで言った。

「なんでそんなことしてるの？」

「………」

また言葉に詰まる。言いたくないというよりも、なんと表現したらいいのか、すぐには整理ができなかった。

——僕は最近、螢ともっと親密になりたいと強く思うようになった。

初心を思い出したのとは少し違う。あまり認めたくないことだけれど……冴木先輩の一件で、近頃はずいぶん鳴りを潜めていた『恋人という存在への憧れ』が、また熱を帯びはじめたのだ。

いや、べつに恋人じゃなくてもいい。あくまで恋人のような、心から、打算や義務感なんかが混じらない純粋な気持ちで『特別』だと思える相手がほしい。

けれどそれを望むには、未だに払拭《ふっしょく》できずにいる苦手意識が障害だった。

恋人がほしいくせに、恋人たちがするようなことに対して強い忌避感、嫌悪感が、僕にはある。もっと厳密に言うなら、女子が意中の相手に対してすること――相手を振り向かせるためのさまざまなアプローチや、恋人に見せる態度や言動などを、ひどく気持ち悪く感じてしまうのだ。

理由はわかっている。七桜だ。

当時はなんとも思っていなかったあの不毛で不純な関係。その記憶は、いまでは僕の抱える途方もない罪悪感の核となっている。いっそトラウマと言ってもいいかもしれない。

恋心が透けて見える女子の行動や言葉は、在りし日の、僕を悠一郎に見立てて空虚な恋人ごっこに興じていたときの七桜を、僕に思い出させる。

でも、螢は違う。

螢は他の女子とは違って、容姿や声、そして何より振る舞いに性別を感じさせない。だから――まぁ、ときどきわざと女子らしい振る舞いをして僕をおどかしてくることがあるし、隙あらば僕の抱える事情を暴こうと目を光らせているから、完全には気を許せないけれど――その点では、安心してつき合っていられる。

『特別』と言うなら悠一郎こそが最有力じゃないかという意識もある。しかし、あの子を慰《なぐさ》みものにするのは絶対に駄目だ。

悠一郎は義理の従弟《いとこ》だけれど、感覚としてはもはや弟に等しい。それに何よりあの子は、七桜の死によって人生が狂ってしまった、僕が支え、守るべき存在だ。

そんな相手を――しかもありのままのあの子ではなく、半ば強いられるようなかたちで女装をしているあの子の姿に理想を見出して『特別』扱いするなんて、あまりに罪深い。

だから現状、螢が一番、僕の『特別』に近い。

——そう、だから、だ。

螢はまだ僕の『特別』ではないけれど、そうなってくれたら……と思っている相手だ。だからここ数日、積極的に彼女と雑談したり、放課後にお茶に誘ったりした。

つまりは恋人ごっこのようなもの。

螢とふたりきりで放課後を過ごして、デートのような気分を密かに味わっていたのだ。

……ただそれは、心地がいいばかりの時間でもなかった。

穏やかで満ち足りたような気持ちを味わっているうち、徐々に自責の念が侵蝕《しんしょく》してくる。

僕はまた、他人を都合のいいように利用している、と。

恋人じゃない相手を恋人のように見立てて、ひとり悦《えっ》に入っている。未だに『特別な存在』がいないために解消できずにいる飢《う》えを、『特別』ではない他人を勝手に使って慰めている。

これじゃ二年前とほとんど同じだ。悔いているはずの過去なのに、懲《こ》りずに繰り返している。

だったらいっそ告白すればいいのか？　螢が僕の『特別』になってくれたら、こんな罪悪感を抱くこともなくなるかもしれない。

告白に踏み切る理由としては最低かもしれないけれど、七桜と違って、螢には本当に惹かれているし、嘘の愛を囁くことにはならない。恋人関係になってから恋心を膨らませるのだってアリなはずだ。

——でも、そもそも僕は、螢を本気で好きだと思っているんだろうか。

冷や水を浴びせかけられて目が覚めたかのような感覚に唐突に襲われて、改めて自覚する。

僕が螢を好きなのは、普段の彼女が性別を感じさせなくて安心するからだと。そして、はっきり好きだと思えるのは、そこだけだと。

好奇心が強いところも、ストレートな物言いも、いつも冷静なところも――感心するし、螢の魅力だと思う。

でも、「そういうところも好きだ」とは言えない。何しろその特徴のせいで、これまで何度もトラブルに巻き込まれているのだから。

……やっぱり僕は、螢に告白するべきじゃない。少なくともいまは。

冴木先輩の件でぶり返した『特別』への憧れは、少し時間を置けばきっと落ち着く。

だから、デートごっこはもうやめよう。もっと真っ当なやり方で、彼女のことをよく知る努力をしよう。

螢のことが、ちゃんと好きだと思えるように。

「コケるよ、ハル兄」

「え――あっ」

悠一郎に「いい加減帰ってこい」と叱責《しっせき》するような声で言われて我に返れば、僕はとっくに校門を通り抜け、昇降口前にある階段の手前まで来ていた。

思っていたよりもずっと長い時間、僕は悠一郎そっちのけで思索に耽っていたらしい。

僕が黙考していた間、悠一郎は僕に何度も声をかけたのかもしれない。けれど全部無視されてさすがに不満だったのか、ムスッとした半眼で僕をじっとりと睨んでいる。

しまったという顔をした僕に、悠一郎は呆れたような溜息を吐《つ》いてから言った。

「今日も部活あるの？」

「いや、休みだよ」

階段を上りつつ答える。

加賀さんはあれから、本当に三日で台本を書き上げてきた。

台本が完成すると、数日間にわたって部員全員での読み回しが行われた。大体の内容をみんなが把握したところで、話し合いと、役によっては軽いオーディションを経て、すべての役割分担が決められた。

僕は去年と同じく裏方の美術班。一方螢は演技こそ未熟なものの、そのビジュアルを買われて、魔女の役に抜擢された。「長い髪に中性的な顔と声。正体不明でミステリアスな魔女にぴったり！　演技は鍛《きた》えればよし！」とは、誰よりも螢を推した部長の言だ。

そして冴木先輩は、加賀さんの望んだとおり、姫の役を演じることになった。

ここまでで一段落。文化祭の準備に本腰が入れられるのは、夏休みに突入してからだ。

というわけで、いまの演劇部の活動日は週三であり、今日は休みである。

悠一郎は僕の返答に「じゃあ」と表情を明るくした。

「今日はオレと一緒に帰ろ。で、どっか寄り道しようよ」

「いいけど……」

「あ、やっぱり寄り道じゃなくて、一旦帰って着替えてからでいい？」

「面倒じゃないか？」

僕とふたりでただ遊びに行くだけなのに、着替える必要はない。なのにわざわざ……ということは、つまり女装するという意味だろう。

ほんの一、二時間程度のためにわざわざ女装しなくても……と言った僕に、悠一郎は「だって」と笑った。

「どうせ夕方には着替えるし、そっちのが行けるとこ増えるでしょ。男だけじゃ入りにくいカフェとかさ。あ、ゲーセンでプリクラでもいいよ。オレともデートしようよハル兄」

イタズラっぽい目でねだる悠一郎。

冗談だとわかっているけれど、なんだか蛍と放課後を過ごしていた真意を見抜かれたような気がして、背中を冷たいものが流れる。

僕は少しの間どう答えたものか逡巡したものの、結局、

「……わかった。じゃあ、服を見に行こう」

と言った。

悠一郎が持っている女モノの服は、すべて七桜のものだ。だから、今日の放課後に着る服も必然的にその中から選ばれる。

それはつまり、どの服も、悠一郎にとって嫌な記憶を呼び起こさせる代物ということだ。おかげで、ただでさえ嫌々やっている女装が、さらに苦痛になる。

だからせめて、女装自体はやめられなくても、着る服が新しいものなら——七桜ではなく悠一郎自身が選んだものなら、少しは気分が軽くなると思ったのだ。

「服？　ハル兄、新しいやつほしいの？」

「僕じゃなくて、お前のだよ」

「え、でもオレ……」

言い淀む悠一郎。

悠一郎が考えていることはなんとなくわかる。たぶん金欠とか、「どうせ自分の趣味では選べないし……」とか、そのあたりだろう。

僕は悠一郎の頭をぽんぽんと軽く叩いた。

「お金は僕が出すからさ。好きなのを選びな」

僕の言葉に悠一郎は難しい顔でしばらく黙り込んだけれど、やがて妙案を思いついたというように僕を見た。

「じゃあ、ハル兄が選んでよ」

「え？」

「オレの服。女物のやつね」

「そ、それはちょっと——」

僕が断り切らないうちに、悠一郎は一年生の下駄箱《げたばこ》が並ぶ方へさっさと歩いていく。

悠一郎が着る服、しかも女装用のやつを、僕が選ぶ？

……不安だ。自分のファッションセンスの善し悪しはともかく、うっかり、単純に僕が悠一郎に着てほしい服を選んでしまいそうな気がする。

厄介なことになった。でも頑なに拒否して悠一郎を傷つけてしまうのは避けたい。

仕方ない。せめて、良さげなものを見つけてもすぐに差し出さず、「それは本当に悠一郎に似合うと思って選んだものか？」「これを着た悠一郎が見たいという我欲に目が曇ってないか？」

とよく自問しよう。

固く決意しながら、僕は自分の下駄箱の扉を開いた。

「……ん？」

スリッパの上に、ふたつに折られた小さな紙がちょこんと載っている。

手に取って開いてみれば、それは薄々予想していたとおり、手紙だった。

『今日の放課後、東校舎の裏・図書室の前で待っています』

文面は端的で、差出人の名前はどこにもない。紙はメモ用紙。桜の花が縁に描かれたかわいらしいデザインで、筆跡も丸みを帯びているあたり、女子からの手紙に思える。

桜か……とつい苦い顔になりながら、僕は考える。

ずいぶん簡潔だし、ラブレターと思い込むのは軽率だろう。もしかしたら罠《わな》かもしれない。少し前にラブレターもどきを書いてひとを誘い出した記憶がちらりと蘇る。

そもそも、誰かから恋文をもらうような心当たりがさっぱりない。かといって、他に匿名《とくめい》で呼び出される覚えもない。一体誰が何の目的でこんなものを？

「ハル兄ー？」

とっくに靴を履き替えて待っていた悠一郎の急かすような声が鼓膜を震わせた。

考えても仕方がない。とりあえず放課後になったら指定の場所に顔を出してみよう。悠一郎との先約があるから、どんな用事だろうと早々に切り上げることになるけれど。

僕は手紙をブレザーのポケットに突っ込むと、さっさとスリッパに履き替えて悠一郎のもとに向かった。

配役が決まってからこっち、螢は台本と向き合っている時間が多くなった。

今朝も僕の登校に気づかず、妙に難しい顔でページを睨んでいる。

前に一度「どうかした？」と声をかけたことがある。しかし螢は「たいしたことじゃないよ」と、あまりそうは思えない様子で僕を一蹴し、追及を拒むように台本を閉じてしまった。

以来僕は、螢が台本を読んでいるときに声をかけるのは遠慮している。けれどいつまで経っても彼女の表情から険が取れる気配はなくて、僕の心配と好奇心とが入り混じった関心も、ずっと胸で燻ったままだ。

何がそんなに……と思いながら、僕は自分の席に腰を下ろし、螢の横顔を観察した。

螢のことは少なくとも他の生徒より把握しているつもりだけれど、それはあくまで「他のひとよりは」であって、「よく知っている」とは言えない。

むしろ、わかっていないことだらけだ。

たとえば、この学校に転校してくる以前――中学時代や育った環境のこと。他人の『違和感』の正体を追究したがる理由に、『そこに愛があるか否か』を重要視する意味。それらの根幹にあるもの。

そういう本質的な部分だけじゃない。思えば僕は、螢の好きなものとか趣味とか、友だちなら知っていて当然のようなささやかなことさえ、未だにほとんど知らない。出会ってからもう一ヶ月以上経ったのに、だ。

ストレートに訊くのが一番手っ取り早いのはわかっている。

……ただ、家族のことや過去を螢に尋ねたとき、彼女から同じ質問を返されるのが、僕は怖かった。

いっそ全部バラしてしまえば楽になれるのだろうけど、そんな思い切りの良さはとても持てないし、話すとなったら僕だけのことじゃ済まない——綾坂家の事情についても触れなければならなくなる。僕の話もだけれど、悠一郎や紫理のことまで部外者である螢にべらべら話すのは気が進まない……。

「……んん……」

つい呻きそうになって、僕は机に顔を伏せた。

どうにか直接的な方法を避けつつ、自然な感じで螢のことを知りたい。

……となると、思いつく方法はひとつ。

螢と、学校の外で一緒に遊ぶ。——今度はちゃんと、友だちとして。

僕はまだ一度も、完全にプライベートな螢と会ったことがない。お茶だって、三度とも部活が終わったその足で行った。学校での交流の延長みたいなものだ。

それに、僕と螢は仮にも『友だち』だけれど、そうなった経緯が一般的な感じとだいぶ違っているせいか、なんとなく、あまり友だちらしいつき合い方をしていない気がする。

とりあえず、まずは無難に映画にでも誘ってみようか。

思考にひとまずの決着がついて、僕はやれやれと伏せていた顔を上げた。

瞬間、

「起きた？」

「うわっ！」

いきなり誰かと目が合ったことに驚いて、弾かれたように上体を起こす。

誰か――机に突っ伏す僕の顔を覗き込もうとしゃがんで待ち構えるような人間なんて、このクラスにふたりといない。

思わず椅子ごと後ろに下がった僕に、螢はスッと立ち上がって言った。

「おはよう、ハル。いつ来たのか気づかなかったよ」

「お、おはよう。五分くらい前かな」

跳ね上がった心臓を落ち着けながら、螢の表情を改めて観察する。

台本に向き合っていたときに浮かんでいた複雑な色は、その影すらない。興味か好意かいまひとつ判然としないものによって形づくられている、見慣れた微笑。無理に取り繕っている気配も、やはり感じない。

「何？」

「あっ、いや」

螢が不思議そうに小首を傾げたのを見て、つい凝視してしまったことに気づき、咄嗟にごまかす言葉が出かかる。

僕はそれをすんでのところで呑み込み、一拍置いて、思い切って言った。

「あのさ、螢。……今度、休みの日にどっか行かない？」

「どっかって？」

「どこでもいいんだけど……ほら、僕たちってまだ休みに一緒に遊んだこと、ないだろ？　友だちなのにさ」

……ちょっと、『友だち』を強調しすぎた気がする。べつに友だちなら休みに校外で遊ぶのが当然ってわけでもないだろうに。いけない、『自然な感じ』を変に意識しすぎている。

螢は案の定、僕の言葉に引っかかりを覚えたらしく、眉をひそめた。

けれどすぐに微笑して、「いいよ」と言った。

「でもボク、遊ぶ場所とかよく知らないから、ハルが決めて」

今朝した悠一郎との約束といい、いまといい……センスが問われるようなもののチョイスをまるごと委ねられるのは、やっぱり結構なプレッシャーだなと改めて思う。

「映画とかどう？　ショッピングモールの中にある映画館なら、観終《みお》わった後に買い物とか食事もできるし」

「わかった。何観るの？」

「えーと……」

よし、とりあえずはスムーズに約束を取りつけられた。安堵の息を小さく漏らす。

僕はスマホを取り出し、螢にもディスプレイが見えるよう傾けて、近くの映画館の上映スケジュールを検索した。

すべての授業を無難にこなし、休み時間には螢と映画に絡めた話を交わしつつ、悠一郎に似合う服が多く揃っていそうな店をネットで探し——そうして一日の約三分の二が終わる。

そして放課後。締めのホームルームが終わってから五分が過ぎた頃。

僕は、件の手紙で指定された場所に向かっていた。

悠一郎には前もって、校門前で合流しようと連絡しておいた。少し待たせてしまうことになるかもしれないけれど、仕方がない。せめて誰が相手でどんな話でも、どうにか早めに終わらせよう。「ひとを待たせている」と言えば切り上げやすいはずだ。

下駄箱に入っていた、女子っぽい字で書かれた差出人不明の手紙に、放課後、人気《ひとけ》のない校舎裏に呼び出される。

まるで愛の告白をされるかのようなシチュエーションだけれど、まさか本当にそんな展開が待ち受けているとは思わない。

一番想像しやすいのは、イタズラの可能性だ。ベタな手法の誘いに乗ってのこのこ現れたところを罠にかけられるとか、そわそわした様子を陰から見られていて「残念でした！」と笑われるとか。

ちょっと悲観しすぎだろうか。でも告白よりそっちのほうが現実的な気がする。もしくは僕と螢が岡野くんにやったのと同じで、蓋《ふた》を開けてみれば色気のないただの聞き取りか。

適度な警戒心と、成り行きに任せようというある程度の気楽さを抱えて、僕は歩く。

やがて校舎の側壁の終わりが見えてくる。その角を折れて真裏に回ると、目的地に先客がいるのが遠目にもわかった。

筆跡からの想像は当たっていたらしい。女子だ。胸のリボンの色を見るに、僕と同じ二年生か。

歩く速度を落とさずに、僕はさっと周囲に視線を走らせる。物陰や上階の窓からこちらの様子を窺っている人影はないようだった。とりあえず、あの女子を囮《おとり》にしたイタズラ企画ではないらしい。

僕と女子との間の距離が残り三メートルほどになったとき、近づいてくる僕に真っ直ぐな眼差しをずっと注いでいたその子は、待ちかねたとばかりに胸の前に手を当て、安堵したような笑顔を浮かべた。

それを見た途端、胸がざわつきはじめる。嫌な感じのざわつきだ。

自惚《うぬぼ》れかもしれないけれど――好意を感じたのだ。

「来てくれたんだね、卯月くん」

「……きみが、手紙をくれたひと？」

想像以上に親しみのこもった彼女の口調に、僕は眉をひそめた。

好意的なだけじゃなく、なんだか以前にも面識があるような態度だ。覚えがないのだけれど、どこかで会ったことがあったっけ、この子。

そんな内心を、女子は悟ったらしい。笑顔が少し曇った。

しかしすぐに穏やかな笑みをつくり直して、彼女は答える。

「そうだよ。ごめんね、突然こんな方法で呼び出して。人前で話しかけるのは、その、恥ずかしくて。……わたしのこと、覚えてない？」

「……ごめん」

やはり、これが初対面じゃないのか。

少なくとも彼女はうちのクラスの生徒ではない。顔と名前が一致しないクラスメイトはまだ多いけれど、顔を見れば、いたかいないかの判断くらいはできる。

じゃあ去年のクラスメイトか？　それとも同学年みたいだし、合同授業で一緒になったことがあるとか？　……わからない。思い出せない。

早々に諦めて、視線で「きみは誰？」と尋ねてみる。彼女は心なしか残念そうに眉尻を下げながらも、それを酌み取ってくれた。

「相原《あいはら》寧々《ねね》、だよ」

本当に覚えてない？　と食い下がってくる彼女——相原さん。

不躾とは思いつつ、彼女をじっと観察してみる。身長や体格は平均的。顔立ちも普通だけれど、化粧を少ししているようで、明るい印象だ。しかし、僕を真っ直ぐ見つめる目が、ときどき耐えられなくなったように逸れる。緩く握り合わせた両手の指も落ち着きなくもぞもぞしていて、物怖じしなさそうな雰囲気の裏に緊張が見え隠れしている気がする。

記憶を探ってみてもピンとこなくて、僕は小首を傾げる。

その瞬間、相原さんの顔から微苦笑が消えた。その、愛想がひと欠片も含まれない冷たい表情に、僕はどきりとする。失望——とは、どこか違う気配の感情が見えた気がした。

しかしそれは本当に一瞬のことで、僕が思わず息を詰めた直後か、ひょっとしたら同時に、彼女の表情はもとに戻った。

「えっと、わたし、家政科部なんだけど……」

ここまで言ったらわからない？　と言うように、相原さんは再び言葉を切る。

家政科部……？

記憶の引き出しを漁《あさ》ってみる。

これまで家政科部と関わったことがあったっけ？　普段なら考えられない。となれば、特別なときだ。たとえば文化祭。去年の文化祭で、彼らが開いていた店に行ったとか？

……いや。閃く。それよりもっと密接な、しかし僕個人としてはさほどでもない関わりが、ひとつ思い当たる。

「もしかして、去年の文化祭の劇で、衣装をつくってくれた？」

家政科部と言われて僕は料理を想像したけれど、それは家政科部ではなくスイーツ研究部の領分だ。我が校の家政科部は、もっぱら裁縫《さいほう》が活動内容である。

うちの演劇部はたびたび、劇で着る衣装の製作を彼らに依頼することがある。直近では去年の文化祭がそうだった。

僕の回答に、相原さんは嬉しそうに瞳を煌《きら》めかせて大きく頷いた。

「そう！　採寸のとき、卯月くんに手伝ってもらったんだよ」

「ああ」

あのときの！　と言わんばかりのリアクションを取る。が、採寸の手伝いをした記憶はあっても、自分がサポートについた相手が確かに相原さんだったという記憶は、僕の中には残っていなかった。

「久し振りだね。……それで、僕に何か話でも?」

相手の正体を把握するだけで、ずいぶん時間をかけてしまった。さっさと本題に入らないと、悠一郎に悪い。

僕が促すと、相原さんはさっきまでの明るさを引っ込め、俯いて視線をさまよわせはじめた。組み合わせた両手の指がまた、落ち着きなく動く。

どうにも言い出しにくい話らしい。「えっと……その……」というか細い呟きが彼女の唇の隙間から漏れているのが聞こえる。

——また、嫌な予感がした。ざわざわと落ち着かない不快感が、胃の奥から這《は》い上がってくる。

この雰囲気……まさか本当にそうなのか?

いや、まだわからない。焦るな。必死にそう言い聞かせて、鳩尾のあたりの気持ち悪さを鎮める。もし予感が的中したらと思うと、意識がふうわりと遠退きそうになる。しかし、聞く前からそうだと決めつけるわけにもいかない。

聞きたくない気持ちもあるけれど、ここまで来て逃げるのもどうかという話だし、早く言ってほしいという思いが膨らみはじめる。

しかし、そんな僕の内心に相原さんは気づかず、まだまごついている。

さすがに「さっさとしろ」と急かしはしないけれど、悠一郎を待たせていることもあるし、事ここに至ってまだ踏ん切りがつかない彼女が腹を括るのをのんびり待っているわけにもいかない。

僕は頭の中で十秒数えると、微苦笑を浮かべて困惑しているふうを装いながら言った。

「……あの、申し訳ないいんだけど、僕この後予定があって」

本当のことだ。なんならそっちのほうが先約である。

僕の遠回しな催促に、相原さんは慌てた様子で顔を上げた。

「あっ、ごめんなさい！　待って、いま言うから……！」

胸に手を当てて深呼吸をひとつ。

それからその手を、祈りを捧げるポーズのようにきゅっと握り。

相原さんはこの上なくストレートに、僕が一番怖れていたセリフを口にした。


「卯月くんのことが好きです。つき合ってください」

三十分ほど前に送った、

『今日はちょっと遅くなります。七桜も一緒。夕飯は食べてくるから、僕も七桜もいらないってことで。急でごめん』

というメッセージに対する紫理の返信は、突然の予定変更と彼女を蔑ろにすることについて僕が抱いた罪悪感を、軽々と吹き飛ばすようなテンションの高さだった。

『はーい！』という文字が入ったご機嫌な感じのうさぎのスタンプの後、

『あんまり遅くなりすぎないようにね。帰ってくるときに一報ください。七桜ちゃんのことよろしくね』

という文章が続く。文末は桜の絵文字で締め括られている。

目を通し終えた僕はスマホをしまい、ちらりと、目の前にある試着室を一瞥する。そのドアがまだ開きそうにないことを確認すると、そっと溜息を吐《つ》いて壁に体を預けた。

……どうしたものか。

相原さんの声が、表情が、脳裏に蘇る。


彼女に「つき合ってください」と言われてすぐに、僕は「他に好きなひとがいるからごめん」というお断りの言葉を口にしようとした。

しかし、直前で詰まった。

『好きなひと』とはまだ言い切れないいんじゃないか？　という声が頭の中でして、そこから芋《いも》づる式のように、

『お前《ぼく》はいつまで、自分に好意を持ってくれている相手を、女子が苦手だからというだけで邪険にするつもりなんだ？』

『蛍だけじゃなく、この子のことだって、もっとよく見るべきなんじゃないのか？』

『ずっと逃げ続けてきたものに向き合ういい機会なんじゃないか？』

『お前《ぼく》が蛍を恋愛的に好きになる確信も、蛍がお前《ぼく》のことを恋愛的な意味で好きになってくれる保証もないのに、ここで彼女の申し出を蹴《け》っていいのか？』

『この子はお前《ぼく》のことを好きだって言ってくれてる。たとえ一方にだけでも、確かに愛はあるんだ。七桜のときよりずっと健全じゃないか。愛されているなら、愛し返せる可能性だって高いん

じゃないか？』

いくつもの自問がいっぺんに迫《せ》り上がってきて、僕の頭の中を埋め尽くし、喉を潰したのである。

絶句する僕を見て、相原さんはどうやら僕が、ほんの少しの縁から交際を申し込まれたことに困惑していると解釈したらしい。焦った様子で、あれこれと言葉を継いだ。

曰く。出会いのきっかけとなった件の採寸のとき、演劇部員の男子の中で一番穏やかそうに見えたとか。笑った顔が優しかったとか。男子相手の採寸が恥ずかしくて躊躇っていたら、記録係と交代してくれて嬉しかったとか。

当時のことをすっかり忘却してしまっていることもあって、自分のことを言われている気がまったくせずに呆然と聞き流していると、少しも響いていない気配を感じ取ったのだろう、相原さんは肩を落として、切実なものが滲んだ声音で言った。

「卯月くんからしてみたら、今日初めて会ったも同然の相手に告白されて、わけわかんないだろうけど……わたしにとってはずっと、卯月くんは憧れのひとだったの。だから……考えてみてほしいの。わたしのこと、好きじゃなくてもいいから――つき合ってみてもいいかどうか。……ね」

お願い。

そう言われて僕は、

「……わかった。じゃあ、ちょっと……考えてみるよ」

と、絞り出すように返して、その場を立ち去ったのだった。

それから約束通り校門前で悠一郎と合流し――近場の店を一、二時間ほど見て回って済ます予定だったのを急遽変更して、電車で四駅ほど行ったところにあるショッピングモールにまで足を延ばした。

本当なら遊びは早めに切り上げて家に帰り、ひとり身の振り方について真剣に悩むべきなのだけれど。

……悩むにしても、少し長めのインターバルがほしかった。

一、二時間程度の、散歩と大差ない気晴らしでは足りない。だからここへ来たのである。

ちなみに一旦家へ帰る気にもなれなかったので、僕は制服姿のままだ。一方悠一郎は、綾坂家に戻って女装してきた。ただ急いでくれたのか、それとも面倒だったのか、首から上は素のままだ。

いまは、悠一郎が試着室で、僕が選んだ服に着替えているのを待っている最中だ。試着してみて、よかったら買って、そのまま着ていくなんて言うものだから、ずいぶん悩んでしまった。

悠一郎とああだこうだ言いながら服を選んでいる間は、そのことしか頭になくて、とても気が楽だったし、楽しかった。

悠一郎も隣で楽しそうにしていて――こんなふうに、僕たちだけで日常から距離を置いて羽を伸ばすのは、なんだかずいぶん久し振りな気がした。

……しかし、こうしてひとりきりになると、忘れかけていたものがすべて存在感を取り戻す。さっきまで膨らんでいた楽しい気分を呑み込んで、いつもよりさらに質量を増した気さえする。

「どうしよう」と呟く代わりに、僕は重々しい溜息を吐《つ》いた。

螢をもっとよく知って、本当に彼女が好きなのかどうか確かめようと決意した矢先にこの展開は、はっきり言って戸惑う。

僕は、螢を好きになりたいと思っていた。いまは手放しで「好きだ」とは言えないけれど、彼女に惹かれているのは確かで、それをもっと確固たるものにしたかったのだ。

なのに——自分が誰かから「好きだ」なんて言われる可能性は、もうずいぶん長い間、諦めていたのに。

もしあったとしても、螢以外にはあり得ないだろうと思っていた。それは彼女なら僕の魅力に気づいてくれるだろうとか、そういう自惚れじゃなくて、彼女以外に親しいと言える女子がいないからだ。

まさかたった一度、ほんの少し一緒に何かしただけで僕に入れ込むような子がいるなんて、夢にも思わなかった。

相原さんは本当に僕のことが好きなのか？　と疑う気持ちもあるにはある。

彼女の主張を鵜呑みにするよりも、たとえば「文化祭を彼氏と一緒に回りたいから、確実に独り身《フリー》で落としやすそうな僕に目をつけた」とか、そういう可能性を考えたほうがしっくりくる。

……でも、もしそうだとしても、答えは出さなきゃいけない。

あのとき湧き出た自問が、再び頭の中で声となって響く。それから、ぶつ切りの思考が続く。

——相原さんは僕のことが好きで。僕は螢のことを好きになりたいけど、なれるかはまだわからなくて。螢は僕と親しくしてくれているけれど、恋愛感情まで持ってくれるかは別問題で。

——七桜とつき合ったときと同じ轍《てつ》を踏むのは避けたい。愛していないのに打算で関係を結んで、いいように利用して、それだけで終わってしまったあの最低な行いを、また繰り返したくない。でも考えてみれば、僕が七桜を最後まで恋人として愛せなかったのは、七桜が僕を愛しているわけではなかったからというのも少なからずあったと思う。だから、すでに僕を愛してくれているひとが相手なら、違う展開になれるんじゃないかという気もする。

――僕は女子が苦手だ。でも、いつまでも逃げ続けるわけにはいかないと思っている。そしていまは、相手とちゃんと向き合って、そのひとの本質を見るべきだと考えている。そうしようとしていた矢先に相原さんが現れて、僕に「つき合ってほしい」と言ってきた。

だから――だから、僕は……。

結論が出かかって、しかし本当にそれでいいのか？　とまた自問自答を繰り返そうとした、そのときだった。

ガチャッとドアの開く音がして、

「どう？　ハル兄」

と、悠一郎が言った。

壁から背中を離して、視線を上げる。

試着室の中でモデルのようにポーズを取っている悠一郎は、ウィッグを被っていないにもかかわらず、いつものように下手な女子よりずっとかわいらしい――しかし、いまはどこかひと味違う雰囲気をまとっていた。

そう感じる一番の理由は、着ている服の方向性――有り体に言って、七桜らしさをほとんど感じないコーディネートだからだろう。

全体的に寒色でまとめていて、七桜の色《ピンク》はどこにも取り入れられていない。襟ぐりの広い七分袖の白いブラウス。肩では黒い太めのリボンが蝶結《ちょうむす》びになっている。膝丈のトレンチスカートは紺色で、お腹のあたりに同じ紺色の蝶結びがあしらわれている。学校指定の靴下は脱いでいて素足だけれど、まるでストッキングを穿いているかのような滑《なめ》らかな肌だ。

うん、

「よく似合ってる」

「かわいい？」

「――うん」

頷くのに、一瞬躊躇した。

ついさっき――悠一郎のこの姿を目にしたとき。僕はつい油断して、彼に自分の『理想』を見て悦に入ってしまったんじゃないかと、そう思ったのだ。

僕の選んだかわいらしい女物の服を、悠一郎が男の顔のまま着て、僕に笑いかけている。

大事な僕の従弟《おとうと》。僕と同性で、懐《なつ》いてくれていて、そういう意味では変に気を遣うことなくつき合える。

でも、女の子のように見えるときもあって。それは大抵、女装をしているときだけれど――いまは、あくまで悠一郎として女子の格好をしている。

七桜を演じているわけじゃない。意識してもいない。

だからいつにも増して魅力的に見える。

でも駄目だ。

悠一郎は大事な従弟《おとうと》で、支えるべき存在で、僕のねじくれた欲望の対象になんかしてはいけないんだ。

………そうだ。

唐突に気づく。さっきは思いつかなかったけれど、これも重要な判断材料じゃないか。

悠一郎にこれ以上、理想を見てしまわないように。そのためには、他に集中して目を向けるべきものを得なければ。

ならやっぱり、僕は——。

「そ、そんな真顔でじーっと見ないでよ。さすがにちょっと恥ずかしいんだけど」

悠一郎が戸惑った様子で体を縮こまらせる。

思考に気を取られていた僕は、その声に、いつの間にか目の前の悠一郎を通り越して遠くを見つめていた視線を手前に引き戻しつつ平静を取り繕った。

「ごめん、想像以上にいい感じだったから。買うのそれでいい？」

「うん。オレもこれ気に入ったし。でも本当にいいの？　お金……」

「いいんだって。ああそれと、この後靴も見に行こう。せっかくだしさ」

「えっ、いやいいけど、さすがに靴は自分で——」

僕が靴まで買ってやる気でいると悟って恐縮する悠一郎を、いいからいいからとあしらって、僕は店員を呼ぶ。

笑顔で歩み寄ってきた女性店員と言葉を交わしながら、僕は形容しがたい心持ちに目を細めた。

悠一郎のことがどうでもよくなるなんて日はきっと一生来ない。……でも、こんなふうに、ふたりきりでショッピングに来て服を買ってあげるなんてことは、ひょっとしたらこれが最後になるかもしれない。だってこういうのは、恋人ができたなら他の相手にはやるべきではないことだろうから。

本当の恋人ができる。

大事な従弟《おとうと》を慰みものにしなくて済む。

……どちらも望ましいことのはずなのに、なぜか晴れやかな気分には到底《とうてい》なれそうになかった。


翌日、放課後。

部活が終わって部室を出た瞬間、

「卯月くんっ」

「え――あ、相原さん⁉」

突然後ろから、しかも若干下の方から響いたその声に振り返ってみれば、ドアがあるのと同じ壁に背中を預けて床にぺたりと座り込んでいる相原さんが目に入った。

「……もしかして、待っててくれたの？」

そんな死角で？　という突っ込みは呑み込む。

「うん。一緒に帰ろうと思って」

相原さんがにっこりと微笑んで立ち上がる。

その直後、部室の中から螢が現れ、目が合った。

「あっ……」

「――――」

驚いているのか、螢はわずかに目を瞠り、僕と相原さんを交互に見る。

そして「誰？」という視線で僕を射貫いた。

「あ……えっと」

螢には相原さんから告白されたことも、それをオーケーしたことも報せなかった。

螢と僕は『友だち』だ。絡む相手がお互い以外にほとんどいないから、友だち以上の関係のように錯覚してしまうだけで……だからわざわざ、相原さんとのことを報告する必要はない。

……そう思って言わなかったのに、螢に黙って恋人をつくったことが、なんだかやっぱり後ろめたかった。

「相原さん。この子は――」

とりあえず相原さんに螢を紹介することで間を持たせようと口を開く僕。

しかし螢のフルネームを言う前に、相原さんが続きを引き取った。

「知ってるよ。先月転校してきた鷹宮さんでしょ？　初めまして」

「……どうも」

胡乱な表情で応じる螢。

雰囲気が修羅場《しゅらば》めいている気がして手汗が滲む。

ふたりの視線がいっせいに僕を捉える。螢はさっきと同じ「こいつ誰？」という目。一方相原さんは「わたしを彼女に紹介して？」という目。

いつの間にかカラカラに渇いた喉から、僕は声を絞り出した。

「螢。この子は相原寧々さんって言って、その——つき合ってるんだ」

「——つき合ってる」

螢の瞳が大きく見開かれる。

その目が再び相原さんを捉えると、相原さんは螢に軽く会釈をして、「じゃあ」と僕に向き直った。

「帰ろう、卯月くん」

「あ、ああ……うん。じゃあ……また明日、螢」

おずおずと片手を上げてそう言うと、螢の瞳はスッともとどおりに——否、細められた。

その目つきを僕は知っている。……何かを探るときの目だ。

「……また明日」

しかし螢は食い下がることなく僕と同じ言葉を返して、すぐに踵を返した。

自分でもよくわからない気まずさが胸を占める。

遠ざかっていく背中に何か声をかけたいのに、何を言ったらいいのか、さっぱり思いつかない。

ただただ螢の後ろ姿を見つめていると、くいくいっと袖が引かれた。

「ねぇ、卯月くん」

「——ん？」

少しの間とはいえ相原さんをほったらかしにしていたことに気づいて、慌てて彼女を振り返る。

相原さんは螢を見つめたまま言った。

「……卯月くんて、鷹宮さんのこと、名前で呼んでるんだね」

「えっ、ああ、まぁ……うん……」

まずい、と直感的に思った。

恋人を差し置いて他の女子をファーストネームで呼ぶのは駄目な行為だったか。

挽回《ばんかい》しようとして、僕は咄嗟に口走った。

「――あの、相原さんのことも名前で呼ぼうか」

「本当？」

キラキラと輝く瞳がこちらを向く。

そこに浮かんでいる喜びの色に、フラッシュバックする記憶があった。

『名前で呼んでもらえるのって、なんかいいよね』

『ハルの場合はお互いに昔からずっと名前呼びだからほとんど変わんないけどさ。恋人同士ってやっぱり名前で呼び合ってこそっていうか』

『……あの子はわたしのこと、そもそも呼ばないし』

――ああ、そうだ。七桜が言ったんだ。恋人は名前で呼び合うものだって。

きっと七桜は、悠一郎とも気兼ねなく名前で呼び合える日を夢見ていた。

悠一郎が七桜を名前で呼んだことはついぞなかった。それどころか、自分から声をかけることさえ、ないままだった。いまでも、七桜のことを指すときは「あいつ」や「あの女」と言って、頑なに名前を呼ばない。

「じゃあ寧々って呼んで。『さん』とか『ちゃん』はいらないから。わたしも卯月くんのこと『ハル』って呼んでいい？」

「わかった。いいよ」

想像以上の食いつきの良さに面食らいながら僕が頷くと、相原さんは堪えきれなかったように声を立てて笑い、僕の腕を引っ張った。

「じゃ、帰ろう、ハル」

「――――」

その言い方。

似ている。

七桜に――僕を悠一郎に見立てていた頃のあいつに。

「ハル？」

固まって動けなくなった僕を、相原さんが怪訝そうに振り返る。

その顔がほんの刹那《せつな》、七桜そのものに見えて、僕は目眩を覚えた。

体がぐらりと傾《かし》ぎそうになるのをぐっと堪える。しかし気づけば早鐘を打っていた心臓は鎮まらず、呼吸が浅く、荒くなる。

僕は息を吸うのをやめて、肺に残った空気だけで言葉を紡いだ。

「……うん。帰ろう、寧々」

意識して別人の名前を呼ぶことで平静を取り戻そうとしたものの、効果はそれほどなかった。

そういえば相原さんの家がどこなのか知らないなと気づいたのは、校門を通り抜けてしばらく経ってからだった。

あまりにも自然な足取りで僕の横を歩くものだから、当たり前のようにそれを受け入れていたけれど……。

「相——寧々の家ってこっちなの？」

「んー……ちょっと違うかな」

「え」

「あ、気にしないで。そんなに外れてるわけじゃないから」

「でも、このままだと……」

僕の家に着いてしまう。

まだ陽が高いとはいえ、恋人《カノジョ》をひとりで帰らせるどころか、男の僕のほうが彼女に送られるなんて、格好がつかない。

しかし相原さんは首を横に振った。

「いいの、本当に気にしなくて」

語気がさっきよりも少し強い。

何か僕を自宅に近づけたくない理由があるのだろうかと訝ると、相原さんはそれを悟ったのか、一転して恥ずかしそうに俯きながら言った。

「実はその、ハルの家を見てみたいなって……」

「ああ、そういう」

その可能性は考えなかった。

だったらせめて、中に招いてお茶でも振る舞うのが礼儀か。しかし下手に引き留めて、学校から帰宅した紫理がこっちに来たらまずい。

僕が七桜以外の女子とつき合っていると紫理に知られたら、何が起こるかわからない。ショックを受けるだけならまだいい。もし悠一郎に飛び火したり——真実を思い出すような展開になったら最悪だ。

……仕方ない。相原さんには悪いけれど、適当な理由をつけて中へは入れないようにして、荷物だけ置いたら彼女を自宅まで送ろう。

僕は密かにそう決意して、さりげなく話題を変えつつ歩を進めた。

それから十五分ほどで、僕の家に到着した。

——さて。どう理由をつけたものか。

道中の雑談はほとんど途切れることがなくて、考える余裕がなかった。親がいるからと言うのが一番無難か？　実際には誰もいないけれど、車は置いてあるし、不審に思われる要素はないはず……。

などと考えながら、ちらと相原さんの様子を窺う。

彼女は黙って僕の——ではなく、隣の綾坂邸をじっと見つめていた。

僕の家に興味があったんじゃないのか？

綾坂家に何か気になるところでもあるのか？　と怪訝に思い、彼女が綾坂邸のどこを見ているのか、視線を追ってみる。

その先にあったのは、

「……っ」

まさか。

いや、きっと深い意味はない。ただの偶然だろう。

「……そっちはお隣さんだけど、何かあった？」

「え？　あ、ううん。かわいい窓だなって思って」

そのひと言が、僕に確信を抱かせる。

相原さんが見つめていたのは、七桜の部屋の窓だった。

桜を模したジェムジェルがぺたぺたと貼りつけられたガラスの向こうで、窓辺に座ったうさぎのぬいぐるみがこちらを見下ろしている。白いカーテンがバックにあるおかげで、ジェムジェルやうさぎのピンクがよりはっきり目に映る。

いまは悠一郎が寝るときだけに使われているあの部屋は、カーテンを閉め切って久しい。中には入っても、こうして外から二階を見上げるのはいつぶりだろう。そういえば七桜は窓辺のディスプレイに凝ってたっけと思い出す。

……いや、そんなことはどうでもいい。相原さんがあの部屋を見つめているのは、どうにも気分が悪い。

彼女の関心を七桜の部屋から逸らせようと、僕は思いつくままに言った。

「ちょっと待っててくれるかな。バッグだけ置いてくるから」

「え？」

「家まで送るよ」

「いいよ、そんな」

「でも」

「まだ明るいし、大丈夫だよ。それより」

食い下がる僕に構わず、相原さんはさっとスマホを取り出した。

「連絡先教えて？」

「あ、ああ……」

さっきの話を続けられるような雰囲気ではなくなってしまったと感じて、僕は少し戸惑いながらスマホを出した。

ほんの一分も経たないうちに登録完了のポップアップが画面に表示され、直後に『大好きだよ』というハートの絵文字つきのメッセージが相原さんから送られてくる。

思わず顔に苦いものが滲みそうになるのを咄嗟に抑えて、画面から相原さんに視線を移すと、彼女はご満悦な笑みを浮かべ、「それじゃ」と踊るような足取りで僕から距離を取った。

「夜、メッセージ送るから、返信してね。また明日ね、ハル！」

「あっ、ちょ——」

引き留めようとする僕に笑顔で手を振ると、相原さんはそのまま走り去っていった。

昨夜の相原さんとのメッセージのやり取りは、想像よりもずいぶん大人しめなものだった。文体はともかく、内容は短めで、勢いがあまりなかった。

告白されたときとつき合いはじめてからで、相原さんの態度は戸惑いを覚えるほど印象がずいぶん違う。メッセージでの彼女は、どちらかといえば以前の印象に近かった。

つまり、どこか控えめで慎重な感じ。

一方でつき合いはじめてからの彼女は、活発で少し強引で――この変わりようはどういうことなんだろうと、つい考えてしまう。

後者のほうが素なんだろうか。控えめな態度は緊張の表れなのか？

正直、僕としては告白に応える前に彼女が見せていた振る舞いのほうが好みというか、心穏やかに受け止められるのだけれど、活発な態度が素で、僕に心を許してくれている証拠であるのなら無下にはできない。

ともかく、彼女と良好な関係を築けるように――決して彼女を自分の欲に利用しないように、心を砕かなければ。

学校に着いたら、相原さんのクラスに顔を出そう。来ていたら挨拶をして、デートの約束でもしておこうか。来ていなければ待てばいい。

そんなことを考えつつ、紫理が残していった朝食の洗いものを片づけていると、身支度を済ませた悠一郎が二階から下りてくる。

他愛のない雑談を交わしつつ玄関へと向かい、靴に片足を入れようとした、そのときだった。

鞄の中から、デフォルト設定の着信メロディが流れ出したのである。

こんな朝から誰だろうと思いつつ急いでスマホを出してみると、

「えっ」

「？　誰？」

「あー……ちょっと待ってて」

片足を引っ込め、廊下を引き返す。

玄関から三メートルほど距離を取ったところで、僕は応答のボタンをタップした。

「もしもし」

『おはよう、ハル。もう起きてた？』

相原さんだった。

ああ、電話でモーニングコールをすべきだったのかと、さっそく反省させられる。

七桜は隣の家に住んでいたし、昔から寝起きの悪いあいつを叩き起こしに部屋に行くのが当たり前だったから、そんなことしたことがなかった——なんて、つい思い出してしまった過去を即座に頭の中から払い除《の》け、僕は答えた。

「ああ、うん。もう家を出るところだよ」

『あ、そう？　じゃあ丁度よかった』

「うん？」

『えへへ……実はね。わたし、いま、ハルの家の前にいるの』

「えっ……!?」

思わず玄関の方を振り返る。

僕の形相に驚いた悠一郎がぎょっと目を見開き、それから怪訝そうに眉根を寄せた。

『一緒に登校しようと思って。待ってるね』

絶句しているうちに通話は切れた。

――まずい。

悠一郎に相原さんのことを知られる。

それの何がまずいのか、冷静に思考する余裕はなかった。頭の中では警鐘《けいしょう》がけたたましく鳴り響き、指先が冷たくなっていく。

しかしどれだけ考えても、いまから回避する方法は思いつかない。

「ハル兄？　……なんか顔色悪いけど、いまの電話、誰から、何の用だったの？」

「いや、その……」

軋《きし》むような鈍《のろ》さで思考を巡らせる。

ふたりが顔を合わせてしまえば、紹介しないわけにはいかない。そしてそうなれば、僕が相原さんとつき合っていることを悠一郎に明かすことになる。

悠一郎はどう思うだろう。自分の知らないうちに、僕に恋人ができていたことを知ったら――。記憶を探る。僕が七桜とつき合っていたときはどうだっけ。いや、そもそも悠一郎は僕と七桜が恋人関係でもあったことを知らないのか。

じゃあ一昨日の朝は？　僕と螢の関係を訝ったときの悠一郎を思い返してみる。ショックを受けている様子はなかった。でもあれは悠一郎が先んじて予想していて、しかもそれが外れたからこその落ち着きだったのかもしれない。参考にならない。

悠一郎を傷つけたくない。……でも、もう……。

「……学校、行けそう？」

気遣わしげな目で僕を見つめる悠一郎。

「大丈夫」という言葉を絞り出そうとした僕は、すんでのところで思い留まり、緊張で吐《は》きそうになるのを堪え、俯いて言った。

「……あのさ、ユウ。言っておきたいことが……あって」

「……何？」

「………恋人ができた……んだ。僕」

応えはなかった。

たっぷり十秒、耳鳴りがしそうなほどの静寂が流れる。

おそるおそる視線を上げてみる。

悠一郎は絶句して、険しい表情で僕を凝視していた。

ショックを受けているというよりも、これは……軽蔑の眼差しなんだろうか。いままで黙っていたことに憤っているのか？　それとも、僕が誰かとつき合うこと自体が許せないのか？

なぜ睨みつけられているのか、いまひとつわからず、僕は困惑と怖れの入り混じった心持ちで悠一郎を見つめ返すことしかできない。

さらに数秒が経って、悠一郎はようやく言葉を返した。

「……ハル兄は、そのひとのこと、ちゃんと好きなの？」

「──うん」

「……。さっきの電話はそのひと？」

「うん。家《うち》の前にいるんだって」

「あっそう。オレ、先に行ったほうがいい？」

「いや……一緒に行こう。嫌じゃなければだけど……」

「嫌じゃないよ、べつに。じゃ、行こう」

「……うん」

これほど不機嫌そうな悠一郎の声を聞くのは、ずいぶん久し振りな気がする。まるで七桜を相手にしているときのような態度に、僕は肝が冷えた。

「ユウ。……黙ってて、ごめん」

「違うよ、ハル兄。ハル兄は何も悪くない」

「え？」

じゃあ何に怒っているんだ、と僕が続けるより先に、悠一郎は玄関のドアを開けた。そのまま躊躇うことなく、外へ出ていく。

その背中になぜか嫌な予感がして、僕は急いで後を追った。

相原さんは、我が家の門扉《もんぴ》の前で待っていた。

「相──寧々」

「……え、あれ？」

呼びかけに反応して振り返った相原さんは、案の定困惑した様子で僕の家と綾坂邸を交互に見、小首を傾げた。

「ハルの家って、こっちじゃなかったの？」

「ああ、えっと。実はこっちの家、親戚なんだ」

「親戚……？」

——ん？

相原さんの反応は、驚いているというより、訝っていると表現したほうがしっくりくるものだった。

隣の家が身内というのはそこまで珍しいことではないと思うのだけれど、嘘だとでも思われたのだろうか。

「じゃあそっちの子は……」

相原さんの瞳が悠一郎を捉える。

紹介しようと悠一郎に視線を移すと、彼は警戒心を隠すことなく、相原さんを凝視していた。

その面持ちは昔を思い出させた。

「従弟《いとこ》の綾坂悠一郎だよ。ユウ、彼女がさっき話した、相原寧々さん」

「はじめまして、悠一郎くん。ハルくんとおつき合いさせてもらってます」

「……どうも」

やっぱり、綾坂家に来たばかりの頃そっくりだ。

もっと言えば、当時七桜に対して取っていた態度によく似ている。

さっき、恋人ができたと悠一郎に明かしたときから、なんだか昔に戻ったような気がする——

などと思うのと同時に、悠一郎が気に入らないのは僕が隠しごとをしていたことではなく、相原さんの存在のほうらしいと気づく。

もしや親が再婚したときの感覚を思い出させてしまったんじゃないだろうかと、僕は不安になった。

ある日突然、母親から、再婚の計画と、その相手にふたりの娘がいることを知らされた。引き合わされたのはそれから間もなくだった——と、いつか悠一郎が忌々しそうに語っていた覚えがある。いまの展開は、それをなぞっているに近い。

一方で、悠一郎の無愛想な態度に相原さんは気を悪くしていないだろうかと、そちらも気にかかった。相原さんは僕を好きだと言ってくれたのだから、七桜の二の舞になることはないにしても、あの頃と似た状況になるのは——僕の恋人である女子と悠一郎の仲が険悪になって、その板挟みになるのは避けたい。そうなってしまったら、僕はいま以上に過去に苛《さいな》まれることになる……！

なんとかフォローしないと、と慌てて相原さんを振り返る。

しかし相原さんは、悠一郎をじっと見つめたまま静止していた。

「……？　どうかした？」

「っあ、や、すごく綺麗な子だなって思って。ごめんね、まじまじ見ちゃって」

ただ見惚《みと》れていただけにしては、何か思うところありげだったようなと訝る僕。

対して悠一郎は、

「べつに。……そろそろ行こう」

笑顔で取り繕う相原さんに素気なく返して、僕の腕を引いた。

「ああ、うん」

引きずられるようにして足を踏み出しつつ、僕は相原さんに「ごめん」と「一緒に行こう」という念を込めた視線を送る。

相原さんは「気にしないで」という仕草を見せてくれたものの、やはり恋人の身内に警戒されているというのはこたえるのか、僕の隣を歩きつつも学校に着くまで思案顔で、口数も少なかった。


そんな気まずい朝は、ありがたいことに、その日だけで終わった。

というのも、あの後相原さんのほうから、一緒に登校するのはなしにしようと提案してきたのである。

「でも帰りは一緒に帰ろうね」

小指がすっと差し出されて、僕がそれに応えると、相原さんはパッと花が咲くように笑った。

それ以降、僕たちの交際は極めて順調だった。

平日は大体メッセージでやり取りしつつ、ときどき——たとえば朝、登校してからホームルームがはじまるまでの間や、日に四度か五度ある十分休憩のうちの何度か、昼休みの終わり頃などに、他愛のない雑談をしたりして、部活が終われば昇降口で待ち合わせて一緒に帰る。たまに寄り道もする。

一方休日は、学校で一緒に過ごせなかった時間を埋め合わせるかのように、ほとんど必ずと言っていいほどの頻度でデートを重ねた。

ショッピングにゲームセンター、映画館、喫茶店、ライブ、物産展、ケーキバイキング。図書館や美術館、公園、神社、ときには当て所《ど》なく近場を散歩することもあった。そのとき相原さんは「調子に乗って、ちょっとお金使い過ぎちゃった」と苦笑いをしていた。それは僕とのデートを楽しんでくれていたということで、悪い気はしなかった。

僕も、相原さんとのデートはとても楽しかった。たびたび彼女のアプローチに苦手意識が刺激されることはあったけれど、過去にまったく関係がない彼女との時間は、古傷が疼《うず》くことがほとんどなかったから。むしろ、あの頃抱けなかった恋愛感情の片鱗《へんりん》を味わえている気さえしていた。

——そうして、気づけばあっという間に三週間以上が経っていた。

迫りつつある期末テストにそろそろ備えなければと周囲が慌ただしくなりだし、部活も休止期間に入った頃。

僕も最近は遊んでばかりだったから、今日からしばらくは勉強に専念しようと決意したその矢先、相原さんが言ったのである。

「ねえ、一緒にテスト勉強しない?」

「いいよ。場所はどうしよう。図書館とか?」

「ハルの家《うち》がいいな」

「え」

反射的に身構えてしまったけれど、断る理由は思いつかなかった。

いや、あるにはある。悠一郎や紫理はときどき、うちにひょっこり顔を出す。家が別々といっても従姉弟《いとこ》だし、感覚としてはほとんどきょうだいだ。家を訪ねるときには事前にアポを取るとか、そういう遠慮はお互いない。いつも唐突に、なんなら合鍵を使って入ってくることもある。だから相原さんを――というか、身内以外の人間を――家に招くのには躊躇いがあるのだ。

しかし要約するとそれは「恋人を家族に紹介したくないから家に招きたくない」ということになってしまって、そんなことは言えるわけがなかった。

他にそれらしい理由も閃かず、僕は結局、相原さんの提案を承諾した。

「いらっしゃい」

「お邪魔します」

今日は勉強会なのだが、場所が恋人の家だからだろう。相原さんの装いは、これまでのデートで着ていたどの服とも違う、上品な雰囲気だった。

「似合ってるね、その服」

と言えば、相原さんは「ありがとう」と照れ笑いを浮かべ、恥ずかしさをごまかすように、持っていた手土産《てみやげ》らしい紙袋をこちらに差し出した。

お礼を言いつつそれを受け取り、彼女を僕の部屋へと案内する。

中へ入ると、相原さんは緊張と昂揚が入り混じった様子で周囲を、控えめだが興味津々《きょうみしんしん》に見回した。

「なんとなくイメージしてたけど、やっぱり綺麗だね、ハルの部屋。綺麗っていうか、すっきりしてる感じ」

「そう？　まぁ、物は多くないと思うけど」

「少ないくらいだよ。趣味っぽいところって、本棚くらいじゃない」

確かにそうかもしれないなと思った。ひとを招くときのマナーとして掃除はしたけれど、物はとくに減らしていない。普段から物欲は薄いし、本にしたって、買うよりも図書館で借りるほうが多いくらいだ。なんなら各収納スペースにも、趣味やしがらみのあるものは何もない。──それは、二年前にすべて処分したから。

だからこそ、彼女をひとりきりにしても安心していられる。

「お茶を持ってくるよ、少し待ってて。麦茶でもいい？」

「うん、ありがとう。あ、さっき渡したケーキもよければ」

「わかった。じゃあ、ありがたく」

ドアを閉めて、聞き耳を立てることもなくさっさと階段を下りる。相原さんがこっそり、彼氏の部屋にいかがわしいものがないかチェックするようなタイプかどうかはわからないけれど、たとえクローゼットまでひっくり返されても何も出てこない。

何も──前の恋人《カノジョ》の存在を示唆するものは、一切。

そう思っていたのに、運んできたケーキとお茶をテーブルに並べた後、相原さんはなんでもないことのように言ったのである。

「ねぇ、ハルが前につき合ってた子って、どんな子だった？」

「────」

うっかり「なんで」と口走りかけて、ギリギリで呑み込む。

それじゃ『いた』と認めているも同然だ。もっと上手い躱し方を、幸いにも僕はすぐに思いついた。

「そんなにモテるように見えるかな、僕」

見えないでしょ、と続けるのを、苦笑で代える。

しかし相原さんは「うん」と頷いたのだった。

「だってハル、優しいもん。それに、あの鷹宮さんと仲良しなんでしょ？」

前半部分だけなら、恋人に対するおべっかと解釈して笑顔で流せた。けれど、後に続いた言葉に、僕は複雑な心境になる。

螢との関係はまだ続いている。教室にいるときは普通に話をするし、部活にも一緒に行く。しかし、以前よりも疎遠《そえん》になったのは確かだった。

螢は部活の時間以外では台本を読まなくなった。内容をすっかり覚えたからかと思ったけれど、どうもそうではないらしい。彼女はまた気になる何かを見つけたようで、頻繁に姿を消すのである。

今度はどんな案件に首を突っ込んでいるのか、気になりはした。好奇心と心配が半々。しかし螢がいくら性別を感じさせないといっても、恋人を差し置いてべつの女子と校内を歩くのはさすがに自重すべきだろうと思って、後は追わなかった。「友だちだから」と言ってどこまで通用するかわからないし、たとえ相原さん本人が許容しても、周囲の捉え方はきっともっとシビアだ。

……一ヶ月前とは比べものにならないほど、僕はいまの螢のことを知らない。把握していない。

だから彼女を『友だち』と呼べはしても、『仲良し』と言われて頷いていいのかはわからなかった。

曖昧な顔で黙り込む僕に、相原さんは続けた。

「鷹宮さんって、ほとんど誰とも打ち解けようとしないって聞いたよ。でもハルにだけは優しいって話も。実際、わたし見たじゃない。つき合いはじめた最初の日に」

「ああ……」

あのときの僕と螢は、それほど親しげな振る舞いを見せなかったと思うのだけれど。いや、螢が普通に言葉を——なんなら別れの挨拶まで交わすというだけで、親しいと判断するには充分なのかもしれない。

「もしかして、鷹宮さんがそうだったりする?」

「違うよ」

反射的に否定の言葉が口からこぼれる。

そこに「螢みたいな子じゃなかった」という本音が載ってしまったのか、相原さんはさらに食いついた。

「ねぇ、教えて。いたんでしょう?」

「……なんで知りたいの?」

「いなかった」と主張しようかとも思ったけれど、相原さんはなぜか、自分が僕の『初めて』ではないと確信しているらしい。

無理にそれを覆《くつがえ》そうとしたら、きっと不審に思われてしまう。

僕は観念して、「いた」と認める。しかし詳しく話すのはそれ以上に避けたくて、往生際悪く問い返す。

　すると相原さんは、微笑はそのままながら、どこか物憂げな面持ちになった。

「だって……告白したの、わたしからだったでしょう？　ハルはオーケーしてくれたけど、正直な話、べつにわたしのこと、好きじゃなかったんだろうなって思って」

「そんな——」

　そんなことはない、と言うのは簡単だ。しかしそれは嘘で、どれほど本当らしく言っても白々しい響きになるだろうというのは、想像するまでもなくわかった。

「ね？　だってハル、あのときまでわたしのこと、忘れてたでしょ」

　言葉もない。

　相原さんは苦笑する。

「それはいいんだけどね、全然。たいした縁があったわけじゃないし。でも、こうしてつき合えてるんだから、もっとハルのこと知りたいなって思って。好みとか、重要でしょ」

　そんないじらしいことを言われてしまうと——いじらしすぎて、少し気持ち悪かったけれど——抵抗する気は失《う》せてしまった。

「……明るい子だった。ちょっと天邪鬼だったけど。ずいぶん振り回されたよ」

「振り回されたって、どんなふうに？」

　うん、たとえば、関係の修復が絶望的になってしまった本命の代わりを演じさせられたり。

　とは、当然言えない。

「突然うちに来て『泊めて』って言ったり、僕を化粧の練習台にしたり、どうしてもほしいぬいぐるみがあるけど自分じゃ取れないからって、連日ゲームセンターに連れて行かれたり――」

もっとも、これらは恋人関係になる前、ただの従兄妹《いとこ》同士だった頃の話なのだけれど。

ただ記憶の糸をたぐり寄せていると、必要ない思い出まで蘇ってきて、表情が苦りそうになる。

それを、手元の問題集に視線を落とすことでごまかしながら話すと、相原さんは「へぇ……」と感慨《かんがい》深そうに相槌を打った。

「見た目は？　あ、顔とか体型がどうっていうことじゃなくて、服とか、アクセサリーの趣味ってことね？」

七桜のファッションはとくに僕の好みだったわけではないのだけれど、それを正直に言うと「じゃあ彼女のどこが好きだったの？」と訊かれて墓穴を掘りそうな気がしたので、余計なことは言わずに質問に答える。

「淡いピンクが好きで、服や小物もそういう色が多かったよ。あと、桜とうさぎも好きだった。アクセサリーはあんまりつけてなかったな。ネイルくらい」

すると相原さんは、なぜか意表を突かれたように目を丸くした。

「何？」

「あ、いやっ……なんかちょっと、意外だなって。ハルってそういう子が好きなんだ？」

「…………」

僕は曖昧に笑ってごまかした。

相原さんは満足したのか「ふうん……そっか……」と、僕から聞いた情報を咀嚼するように呟いて、

「大事だったんだね、その子のこと」

「——え?」

僕の反応は、心底呆《ほう》けたものだったのだろう。

相原さんは「自覚なかったの?」と苦笑した。

「だってハル、いまの話、全然嫌そうな口調じゃなかったよ」

思いもしなかった指摘に、さっきの自分の様子を思い返す。

……確かに、声に出して語った部分は、とくに嫌な記憶ではなかった。

大事、か……そうだな、大事だった。七桜は大事な従妹だった。

おそらくそこを勘違いしたまま、相原さんは言った。

「教えてくれてありがと」

そのひと言が、この話はここまでというサインだった。

何も言えなくなった僕に構わず、彼女はケーキに舌鼓《したつづみ》を打った。

「美味《おい》しい」


——それからだった。

期末テストの準備期間中は授業が半日だけなので、いつもより学校を出る時間が早い。

本来であればこの時期の放課後はテスト勉強に充《あ》てるべきなのだけれど、遊んでいる生徒もなかなか多い。

相原さんもどうやらそういうクチだったらしく、初日こそ真面目に勉強をしたけれど、翌日からは同じように「一緒に勉強しよう」と僕に提案しつつも、本質はデートと大差ない感覚だった。

まあ、それはいい。放課後、わざわざ一旦帰宅して着替えてから再度合流するのも、あまり集中できないドーナツやコーヒーのチェーン店で勉強するのも、息抜きと称して遊ぶ時間のほうが長いことも、目をつぶれる。

……しかし、最初に勉強会を開いたあの日から、明らかに僕の前の恋人《カノジョ》――七桜を意識した格好や振る舞いをするようになったことは、看過できなかった。

しかもなぜか、ぞっとすることに、その模倣《もほう》はだんだんとオ、リ、ジ、ナ、ル、に、近、く、な、っ、て、き、て、い、る。

そのことに気づいた当初は、まさかと一笑に付した。単に、振る舞いの質が多少変わったな、くらいの印象だったのだ。けれど日ごとに、その違和感は強くなっていった。

そしてテスト本番を明日に控えたいまや、相原さんのいろんな姿が、頻繁に七桜と被るようになっている。「ハル！」と呼ばれるたび、腕を引かれるたび、笑いかけられるたび、七桜の面影がフラッシュバックする。

勉強会初日以来、七桜のことを相原さんには語っていない。名前さえ教えていない。なのにどうして、あいつにどんどん近づいていくんだ。

「ハル？　どうかした？」

クレーンゲームでうさぎのぬいぐるみを取ろうと奮闘する相原さんを逃げ出したいような気持ちで見つめていると、不意にこちらを振り返った彼女が首を傾げた。

「いや…………それ、ほしいの？」

「うん。でもキツ――」

「本当に、ほしいの？」

僕の語調に、含むものがあると気づいたのだろう。

「何が言いたいの？」という目で見つめてくる相原さんに、僕は笑みをつくろうとして、けれど表情筋を上手くコントロールできないまま、言葉を絞り出した。

「あのさ……いいんだよ、べつに、僕の前の恋人《カノジョ》のことなんて意識しなくて。僕がいまつき合ってるのは、きみなんだから」

だからもう、桜色の服も、うさぎの小物も、前より一層明るい口調で話すのも、やめてくれないかな。

そう続けようとした僕を、しかし相原さんはどこか冷たさを孕んだ口調で遮った。

「好きでやってるんだよ、わたし」

有無を言わせないようなその言い様に、僕は少し怯む。

でもやめてほしいんだよ僕は、という念を込めて見つめるも、相原さんは違う解釈をしたらしかった。

「ハルこそ、気にしないでいいよ。もしわたしと前の恋人《カノジョ》を比べちゃうことがあっても、わたしは大丈夫だから」

「――え？」

「確かに、この間聞いた話に影響されちゃってるとこはあるかもだけど、ピンクも桜もうさぎも、前から好きだったの。本当だよ」

……本当に、それだけなんだろうか。

じゃあ口調は？　その振る舞いは？

告白してくれたときと比べたら、全然印象が違う。どうしてそんなふうに変わったんだ？　僕とのつき合いに慣れてきただけ？

問い詰めたい気持ちに駆られる。けれど、相原さんは七桜を知らないはずなのだ。だから似せているわけもない。

じゃあ、いまの彼女が七桜に似ているように見えるのは——僕が未だに、恋人のことさえ、七桜が由来の偏見と苦手意識をもって見ているせいなのだろうか？

……僕は今回こそ、ちゃんと恋人を大事にしたい。愛したい。

だから、疑うわけにはいかないのだ。信じなければ。

相原さんは七桜を知らないし、意識していない。

きっと僕に問題があるのだろう。女子が相手だと、すぐに七桜と絡めて捉えてしまうのが癖になっている。相原さん相手にはそれを自重しようと気を張っていたつもりだったのだけれど、大部分は伏せたとはいえ七桜の話を彼女にしてしまったから、神経質になっているのだ。きっとそうだ。

——相原さんは、七桜とは関係ない。

「……貸して。僕がやってみるよ」

財布を出しつつ筐体《きょうたい》に歩み寄る。相原さんは僕の横に移動しつつ、期待に煌めく瞳を細めて笑った。

◇　◇　◇

……どうも気に入らない。

あのひと――相原寧々のことが。

オレの知らないうちにハル兄とつき合ってたから、というだけじゃない。今朝あのひとが笑顔でオレに挨拶をしたとき、オレの脳内で苦いものが弾けた。

初めて綾坂の家の人間に引き合わされたときの記憶。

突然知らないおっさんとその娘ふたりに会わされたかと思ったら、再婚するなんて言われて、オレの意志はないもののように扱われて、母さんに「お姉ちゃんたちと仲良くしなさいね」なんて作り笑顔で言われたときに覚えた、とびきりの不快感。あれによく似たものを感じた。

だから最初は、「いつの間にか身内になっていた」というのが、姉さんやあの女と被るからかと思った。もしくは恋人の身内だからという理由で、たいして仲良くなるつもりもないのに、こちらを取り込もうとしているのが見え見えだったからかもしれない、と。

でも違う。何かが違う。

あのひとはオレを、単なる『恋人の身内』として見てはいないみたいだった。

顔をまじまじ見られたとき、あのひとの視線はどう考えても「綺麗だから見とれていた」なんてものじゃなくて、言うなれば、オレの存在を疑っているような感じだった。

それに何より――今朝家を出る前、「そのひとのことがちゃんと好きなのか」と訊いたとき、ハル兄はすぐに答えなかった。

それだけで充分だった。

ハル兄はまた、好きでもない相手とつき合っているんじゃないかと疑うには。

ハル兄は押しに弱いところがある。「どうしても」と言われて、とくに断る理由が思いつかなかったら、多少気が進まなくても受け入れてしまう。

きっと前もそうだったんだろう。

あの女のことだ。彼氏がほしいけど真っ当につくろうとしたら上手くいかないと思って、甘えやすいハル兄にその役をねだったとか、そんなことに違いない。

相原寧々、あのひとも、そういうクチじゃなかろうか。

ハル兄のことは本当に好きなのかもしれないけれど、両想いではないとわかっていながら――わかっているはずだ。ハル兄の態度は、恋をしているそれじゃない――つき合わせるなんて、あの女と大差ない。

考えるほど苛立ちが募っていく。

「好きじゃないならつき合うなんてやめときなよ」と言いたいけれど、あまり聞き入れてもらえる気がしない。ハル兄は結構律儀なのだ。オレが「どうしてもあのひととハル兄がつき合ってるのが気に入らない」と言えば別れてくれるだろうけれど、冗談で済ませられるレベルを超えた我《わが》儘《まま》を言って困らせるのは嫌だ。

だったら――本当に大丈夫な相手か、見定めるしかない。

昨日から、オレは相原寧々という女子のことを密かに調べて回っていた。

ハル兄にあのひととの交際を打ち明けられてから、一ヶ月近くが経っている。その間何をしていたのかと言えば、有り体に言って様子見だった。

いくら信用できないとはいえ、それは初見での印象だし、もしハル兄が幸せそうなら手は出さないでおこうと思ったのだ。

実際、しばらくの間ふたりは順調なつき合いをしていた。デートはちょっと頻繁すぎるような気がしたけど、それ以外はとくに問題はないみたいだった。ふたりのデートについてオレが把握しているのは行き先と行き帰りの時間くらいのものだけど、ハル兄の様子が以前とたいして変わらなかったのを考えると、変なことはしていなかったのだろう。

……しかし一ヶ月が経って、ここ最近——期末テストの準備期間がはじまったあたりから、様子がおかしくなりはじめた。

ハル兄が、明らかに憔悴していっているのだ。

少し前まで、デートから帰ってきて一緒に夕飯を食べるとき、平静を装いつつもどことなく浮かれた気分が抜け切っていない感じだったのに、最近はとても疲れた、思い悩んでいるような面持ちでいるのが常になった。

準備期間初日、相原先輩がハル兄の家に来たとき、何かあったんだろうとオレは察した。

もしや早くも破局の危機にあるのかと思って、ふたりの放課後デート——もとい、外での勉強会の様子を、一度こっそり見に行ったことがある。でも、オレの予想したような雰囲気は少しもなかった。

代わりに気になったのは、相原先輩の服装だ。

気のせいかもしれないと思ったものの、一見して「あの女みたいな格好をしてる」と、オレは顔をしかめた。

ハル兄が教えたんだろうかとも考えた。けど、どうもしっくりこなかった。

ハル兄にとってあの女の死がかなり深い傷になっていることは、オレも察しがついていた。

……まあ、仕方がないことだと思う。オレは大嫌いだし、憎んでいると言っても過言じゃないけれど、ハル兄にとっては物心つく前からずっと一緒にいた従妹《いとこ》なのだ。おかしくなってしまった姉さんほどにはショックを受けていないにしろ、いまでもその死を引きずり続けている気配はいつも感じている。

そんなハル兄が、まだ一ヶ月程度しかつき合っていない相手にそんなデリケートな話をして、しかも似た格好をさせるなんて、とても思えない。

だとしたら、次に考えられるのは、相原先輩があの女のことを——ハル兄の過去を知っていてやっている可能性だ。

もしそうなら……一体どういうつもりで、あのひとはハル兄とつき合っているんだ？

なんとなく嫌な予感がした。

だから、いまに至る。

……しかし、現時点で摑めた情報は微々たるものだった。

情報収集をはじめたのがテスト本番の二日前だったのが悪かった。

一応、その日自体はまだよかった。授業が午後までちゃんとあったから。でもその翌日、つまり今日はもう午後の授業はなくて、ほとんどの生徒は最後のチャイムが鳴り終わる頃には下校してしまった。

そもそも調べものが得意じゃないし、人脈もそれほどないのに、情報源になりそうな人間がろくに摑まらないんじゃかなり厳しい。

辛《かろ》うじてわかったのは、名前、学年とクラス、所属している部活。

部活がわかったなら放課後そこへ行って、同じ部のひとに何か知らないか尋ねてみればいい――というのは、少なくともテストが終わる明明後日《しあさって》までは不可能だ。

他に何か、ひとに話を聞く以外の情報収集のしかたはないかと、オレは頭を捻る。

机に教科書とノートを広げ、指先でシャープペンをもてあそび、テスト勉強に励《はげ》んでいるふうを装いながら悩むことしばし。

本来は昼休み終了のサインである、午後一時を告げるチャイムが鳴り響いて、オレは「そろそろ帰らないとマズいかな……」と思った。

一応この図書室はテスト勉強をする生徒のために開放されているけれど、それも夕方までとはいかない。そろそろ閉められてしまう頃合いだろう。あたりを見回してみれば、残っている生徒はあと十人もいなかった。

今日という日、それも放課後に、学校にずるずると留まっていても無意味なことは理解している。しかし帰ってしまえば本当に何にもならない気がして、未練がましく留まっているのだ。

「どうすれば……」

呻くように呟いた、そのときだった。

「ああ、いた。ねぇキミ」

その言葉を聞くよりも早く、オレは突然視界に飛び込んできた、ひどく整った顔に驚いて飛び上がった。椅子の脚が床を引っ掻いて、耳障りな大きい音が鳴る。

「なっ……あ……!?」

勢いでぶれた目の焦点が再び眼前の人物に合うと、オレは見覚えのあるその顔に、さっきとは違った驚きを覚えた。

「た、鷹宮先輩……?」

「キミ、ハルの従弟《いとこ》だよね」

「そう、ですけど……」

初めてまともに話す。

ハル兄からいろいろと話は聞いていたけれど、本当に顔立ちだけじゃなく、声や口調まで中性的だ。

そんな感想を抱いた後、オレは最初の鷹宮先輩のセリフを思い出して、首を捻った。

なんだかオレを捜していたような口ぶりだったけれど、

「オレに何かご用ですか?」

「綾坂悠一郎」

質問を無視して、いきなりオレを呼び捨てにする鷹宮先輩。

年上とはいえずいぶん高圧的だなと少しムッとしたが、鷹宮先輩は無表情のままこう続けた。

「綾坂七桜って、キミの姉か、妹ってことで合ってる？」

「――――」

なんでこのひとの口から、その名前が出てくるんだ。

「違うの」

「なんで……」

違います、と返したい衝動もあったけれど、それよりも、なぜそんなことを尋ねるのかという疑問のほうが勝《まさ》った。

「……そう、ですけど」

「ハルとはどういう関係だった？」

「どうって、従兄妹《いとこ》同士で――」

「どっちかがどっちかのことを好きだったとか、そういうのは？」

――このひとは一体、どこまで。なんで。

鷹宮先輩は質問をするばっかりで、困惑するオレに対して説明するつもりがまったくないらしかった。

このままだと情報を抜かれるだけ抜かれた後「そう。じゃあ」と去っていかれそうな気がする。

オレは慌てて噛みつくように言った。

「待ってください。なんでそんなこと訊くんですか」

「……相原寧々から、ハルを取り返すためだよ」

「は」

思わぬ切り返しに、オレは絶句した。

相原寧々だって？　しかも、ハル兄を取り返す？

まさかこのひと、三角関係なのか？　でも、なんでそのためにあの女のことを知る必要があるんだろう。

「そこの子たち、もう閉めるわよ。片づけなさい」

司書の先生の声が飛んできて、混乱するオレの頭を叩く。

教科書とノート、そして開いたままのペンケースをバッグに放り込むと、オレは空いているもう片方の手で鷹宮先輩の腕を摑んだ。まだ質問に答え切っていないので逃げられはしないだろうけれど、念のためだ。

「外で話しましょう、先輩。詳しく聞かせてください」

ちょっと脅すようなつもりで低く囁くと、鷹宮先輩は「わかった」とすんなり頷いた。


オレが考えていた『外』というのは学校の敷地外だったのだけれど、鷹宮先輩は図書室から出るなりすぐに足を止め、口を開いた。

「相原寧々のことは知ってる？」

いくら人気《ひとけ》がないからって、痴情のもつれ的な話をこんな場所で躊躇いもなくするのか……と、若干面食らう。

でも、話が早いのは助かる。オレは司書の先生が図書室に鍵をかけて去っていくのを待ってから、神妙に答えた。

「ハル兄といまつき合ってるひと、ですよね」

「他には」

「……二年一組の生徒で、家政科部の部員で……」

「どうしてハルに告白したかは？」

ふっと、空気が変わった気がした。

いまの言葉は、単純に『好きだから』ではないと、言外に示唆している。

オレが表情を引き締めてじっと見つめると、鷹宮先輩はさっきの質問を繰り返した。

「ハルと、綾坂七桜。従兄妹《いとこ》同士だっていうの他に、どういう関係だった？」

——やっぱり、相原先輩とあの女は、何か関係があるのか。

相原先輩がハル兄に目をつけた理由が、あの女だっていうのか？

考えてみても読めるのはそこまでで、一体あの女が相原先輩にどんな影響を与えたのか、具体的な想像はできなかった。

「……短い間でしたけど、つき合ってました。あいつ——七桜のほうから言って」

「なるほど」

オレの答えに、鷹宮先輩は何かが腑に落ちた様子でそう呟く。

いい加減焦《じ》れったくなって、オレは再び先輩に噛みついた。

「ハル兄と七桜がつき合ってたことが、相原先輩とどう関係あるんですか？　鷹宮先輩は相原先輩の何を知ってるんですか。さっきハル兄を取り返すって言ってましたけど、それは鷹宮先輩がハル兄のことが好きだからですか？　それとも……相原先輩に何か、問題があるからですか」

最後の問いに、鷹宮先輩の目つきがスッと鋭くなる。オレはそれを肯定のサインだと解釈した。

詳しく聞かせろと訴える代わりに、一歩、先輩との距離を詰める。

少しの沈黙の後、先輩はオレに、端的なひと言を投げつけた。


「相原寧々は、綾坂七桜になろうとしてるんだよ」

◇　◇　◇

さすがにテスト当日は、相原さんも遠慮してくれた。

朝方に激励《げきれい》のメッセージを送り合うだけで、休み時間はもちろん放課後にも、僕たちは顔を合わせなかった。

最後の復習をしながら、僕は安堵の息を吐《つ》く。テストに対する不安や緊張は感じこそするものの、こんなに落ち着いた気分は、ずいぶん久し振りだった。

ほどよく張り詰めた静寂の中、目の前の問題にだけ集中する。教室の空気がテスト一色なおかげで、それ以外の雑念は一切浮かんでこない。それがいまの僕には心地よかった。

準備不足ゆえの不安と、ある種の解放感。それに心を浸しながら、ひたすらテストをやっつけること三日。

最後の化学もどうにかすべての解答欄を埋められた僕は、やがて鳴り響いたチャイムに肩の力を抜くと、ふと螢を見遣った。

螢はいつものごとく冷めた表情で机の上を片づけていて——不意に、目が合った。

「っ……」

思わず背筋を伸ばす僕。

取り繕うように「お疲れ様」と片手を上げてみせると、螢はおもむろに立ち上がって、迷いのない足取りで僕の席までやってきた。

「お疲れ様、螢」

「お疲れ様。部活、行くよね」

「？　うん」

「じゃあその後、ちょっとつき合ってよ」

「えっ……でも僕、帰りは——」

今朝、相原さんから送られてきたメッセージを思い出す。

昨日と一昨日は『テスト、頑張ろうね』というだけの内容だったけれど、今日はさらにもう一文あった。

『やっと一緒に帰れるね』

それに僕は『そうだね』と返したのだ。

しかし螢にとって、それは望むところであるらしかった。

「相原寧々と一緒に帰る約束なんでしょ。わかってるよ。ボクは彼女にも用がある」

「相原さんにも……？」

螢が彼女のフルネームを把握していることは、いまさら不思議には思わない。僕がつき合っている相手だからか、多少なりとも興味が湧くことがあったんだろうなと思う程度だ。しかし僕だけでなく彼女にまで絡む用件とは、一体どんなことだろう。

……たぶん、気軽な話ではないんだろうな。

経験則だ。そして、予想が当たっているなら、テストから解放されたばかりで精神が疲弊《ひへい》しているいま、あえて確かめる気にはならない。

「わかった。相原さんに伝えておくよ」

「うん。……ねぇ、ハル」

「ん？」

連絡は早めにしておいたほうがいいだろうと、スマホが入っているバッグに手を伸ばしかけた僕は、どこか改まった気配の螢の声に動きを止めた。

「ハルは、恋人に愛されたい？」

……普通は、愛し、愛されているから恋人になるはずだ。

でも僕は知っている。恋人は、相手を愛していなくてもなれるものだと。

だからこそ、

「――うん。お互いにね」

愛したいし、愛されたい。ちゃんと。

「そっか」

「会わせたい相手がいるんだ」

とだけ言って、螢は僕と相原さんの前をすたすたと歩いていく。

螢にひとを紹介されることがあろうとは思わなかったなと、多少の驚きを胸に僕は彼女の後についていく。途中、ちらりと隣の相原さんを窺ってみれば、彼女は僕よりずっと戸惑っている様子だった。そりゃあそうだろう。

しかし「そんなに身構えなくても大丈夫だよ」と声をかけようにも、僕も螢の目的を知らないので、下手なことは言えない。

一体僕たちをどこへ連れていって、どうしようというのだろうと眉をひそめつつ、黙って歩くことしばらく。

ようやく螢が足を止めたのは、校舎があるのとは少し離れたべつの敷地に建つ、いまはほとんど使われていない別館の前だった。

そしてそこで待っていたのは、

「は……!?」

我知らず、声が漏れる。

「……なんで」

取り乱した僕はつい食ってかかるように、螢と、もうひとりの人物に向かって口を開く。

しかしなんて続ければいいのか、一瞬迷い――その隙をつくかたちで、相原さんが先に口走った。

「……どういうつもり？」

これまでに聞いたことのない、明らかに怒りのこもった低い声。

てっきり「誰？」と戸惑うものとばかり予想していた僕は、思いもしない相原さんの反応を訝って、彼女を見た。

相原さんはやはり、僕がこれまで見たことのない、ひどく不快そうな険しい表情を浮かべて、目の前の人物と、その隣に並んだ螢を睨みつけていた。

「あんた誰。その格好、なんのつもり？　気持ち悪い。気持ち悪い……っ！」

気持ち悪いというのは、僕も同感だった。

だって、目の前の人物は、かつての七桜にそっくりのビジュアルをしていたのだから。

顔の横のひと房だけ三つ編みにしたセミロングの髪。こめかみにいつもつけていた細いヘアピン。かつて通っていた中学の制服。若干緩んだ胸のリボン。太股半ばあたりのスカート丈。そして何より、本気のメイクでつくったであろう本人そっくりの顔立ち。

ここまで完璧に七桜を模倣できるのは、ひとりしかいない。

「当てつけなの？　自分のほうが似てるって言いたいわけ？　何様よ」

「――ハル」

悠一郎が僕を呼ぶ。七桜そっくりの表情と口調で。

その瞬間、たったいま抱いた相原さんの態度や発言を不審に思う気持ちが吹き飛び、頭が真っ白になる。

心臓を直接素手で摑まれたような動悸《どうき》に襲われた後、僕は、一分の隙もなく七桜になりきっている悠一郎がひどく心配になった。

紫理の前でさえ、さりげなくファッションや演技に手を抜いて、完全に七桜をトレースすることは避けているのに。死んだいまでも憎み続けているあいつをそこまで真似て、苦痛でないわけがない。

なんでそこまでする？　螢が何か言ったのか？　というか、螢は何をどこまで知っていて、何がしたいんだ？　一体いま、僕は何をされてるんだ？

悠一郎だと頭では理解しているのに、七桜にしか見えない笑顔で、悠一郎がまた僕を呼ぶ。さっきよりも、さらに七桜らしい声音で。

「何、なんなの!?　あんた誰だって訊いてんでしょうが！」

相原さんが怒鳴りながら悠一郎に詰め寄ろうとする。

彼女の腕が乱暴に伸ばされようとしているのを目にした僕は、咄嗟にそれを摑んだ。

相原さんがすさまじい反応速度で僕を振り返る。

「ハル？　何、はなして」

「待って、相原さん。その子は」

「知ってるやつ？　誰なの、この……っ」

ごまかしは利かない。

僕はギリギリまで逡巡した末に、ちらりと当人を見遣って言った。

「……悠一郎だよ。僕の従弟《いとこ》の」

「綾《あや》ちゃんの、弟……！」

親の仇《かたき》でも前にしているかのごとき剣幕だった。

しかしそれに怯むよりも、つい口が滑ったのだろう、『綾ちゃん』という呼称に僕は気を取られた。

『綾』というのは確か、七桜が中学時代に友だちから呼ばれていたあだ名だ。

「相原さん、なんでその呼び方――」

「相原寧々は綾坂七桜の、中学のクラスメイトだよ」

螢だった。

この場の殺伐《さつばつ》とした空気や、愕然とする僕の視線などものともしない鉄壁の冷静さで、彼女は訥々《とつとつ》と語る。

「三年間同じクラスだった。ずいぶん憧れてたらしいよ、綾坂七桜に。いつも後ろをくっついて回ってたって聞いた」

「な……」

様々な言葉が胸の奥から噴き出し、いっぺんに迫り上がって、喉を潰す。

絶句する僕に構わず、螢はさらに続けた。

――曰く。中学時代の相原さんはひどく内向的で暗く、いつもひとりでいるような子だったらしい。

そんな相原さんが七桜と関わりを持ちはじめたきっかけは、ある日のグループワークで、女子でひとりあぶれた彼女を、七桜が自分の班に引き入れたことだった。以来、相原さんはたびたび七桜と話すようになったのだという。

「高校に入ってから、中学とはまるで別人になったとも言ってたな。『はっきり言っちゃうと、明らかにそれ、綾の真似でしょ』って感じの振る舞いをするようになったって」

この情報源となった人物はきっと、相原さんのことをかなり痛いやつだと思っていたのだろう。口調まで再現する気はないらしい螢の物言いからでも、それは察せられた。

……いや、そんなことはどうでもいい。

それよりも僕は、信じられない——否、信じたくない気持ちで相原さんを見た。

「……相原さん、知ってたの？」

七桜のことも、僕のことも。

声にならなかった部分を、相原さんは正しく酌み取ったらしかった。

「うん」

短い答え。

それだけで、ひとつのやり取りとしては充分だった。

「……なんで、僕を彼氏にしたの」

「聞きたいの？」

わからなかった。

ちゃんとできていたかは自信がないけれど、僕なりに相原さんを愛そうと努力した。相原さんをちゃんと相原さんとして見るよう、常に気をつけていた。それでもうっかり七桜を重ねてしまったときは、無関係な人間を幻視したうえに嫌悪感を抱いてしまった自分に怒りを覚え、同時に相原さんにとても申し訳ないと思った。

相原さんが僕を好きになったきっかけについてはいまいち納得できなかったけれど、本当に僕を好いてくれているんだなと、たびたび感じていた。そのたびに、今回は正しい恋人としての在り方ができていると安堵して、彼女に対して誠実でなければと気を引き締めた。

愛され、愛し返す。この理想に限りなく近い関係を維持するために、僕は相原さんを疑うのを控えた。たとえちらと心の中で疑っても、なるべく表には出さないよう努めてきた。

——なのに、全部思い違いで、無意味だったのか。

それを言葉ではっきりと肯定してほしいのかと訊かれたなら、……僕は、目を伏せることしかできなかった。

沈黙は肯定と受け取られたらしい。相原さんは投げやりな口調で言った。

「綾ちゃんの彼氏だったたって聞いたから。ごめんね。ショック？　本当はわたしが、ハルのこと好きでもなんでもなくて」

「…………」

違う。確かに愛されていなかったことは残念だけれど、そこまでショックではない。むしろ「そうか、そうだよね」と納得してしまえる。

僕にとって一番ショックなのはきっと、この一ヶ月余りで僕がしてきた努力が、自戒が、すべて徒労だったことだ。全部無意味で、想い想われるという理想の関係に続いてはいなかったということだ。

しかし、言葉を返す気力は、もう残っていなかった。

「でもね、ハルとのデートは楽しかったよ。ハルも楽しかったでしょ？　だからさ、続けられると思うの、これからも。だって、いまの話でわたしのことが好きじゃなくなっても、綾ちゃんのことは好きなままでしょ？」

相原さんは希望を繋ごうとするように、優しい口調で言う。

彼女が言わんとしていることを、僕は悟った。

聞きたくない。口にさせまいと、僕は「無理だよ」と食い気味に答えた。

相原さんは取り合わなかった。

「ハルが綾ちゃんの彼氏じゃなくなったのは、綾ちゃんが死んじゃったからでしょ。だから、わたしを綾ちゃんの代わりにしていいよ。わたしもそのほうが幸せだから」

ああ——ああ。

結局こうなるのかという絶望感が僕を呑み込んでいく。

叶わない望みなのか。誰かの代わりでも妥協でもなく、本気で好きだと思ったからつき合うという普通のことが、僕には許されていないのか。

どうしてまた誰かの代用品なのか。しかも今度は、僕がその扱いをする側に回るなんて。

冗談じゃないと思うのに、強く拒絶する気力が湧いてこない。

このまま項垂れていたら流されてしまう。

じわじわとした焦りに視界がゆっくりと回りはじめた、そのときだった。

「ハル兄はあいつのことなんか、好きじゃありませんでしたよ」

「はぁ……？」

第三者、それも七桜をトレースしている悠一郎が口答えしたのが、よほど癇《かん》に障ったらしい。相原さんは再び顔を黒い感情に歪め、悠一郎をぎろりと睨みつけた。

「あんたには訊いてない。適当なこと言わないでくれる」

「適当じゃない、事実ですよ。そうでしょ、ハル兄」

水を向けられて、僕はびくっと体を強張らせた。

悠一郎……気づいていたのか。僕と七桜がつき合っていたことだけじゃなく、好き合っていなかったことも。

おそるおそる悠一郎を見る。彼の瞳に僕を責める色はなく、むしろ助け船を出したつもりであるようだった。

「……そうだよ。僕は……七桜のことを、好きになれなかった」

「……は？」

心底信じられないと言わんばかりに、相原さんは口角を吊り上げる。

「綾ちゃんだよ？　あの、みんなの人気者だった、男子にも女子にも、先生にも好かれてた、あの綾ちゃんを……？」

「…………」

どれだけ言い募られようと、事実は変わらない。

僕は最後まで、七桜を恋人として愛せなかった。

あまつさえ、彼女の葬儀の日――もはやその事実が覆しようがなくなったことに、落胆したのだ。

たとえ何年経とうと、この記憶が美化されることはない。してはいけない。

いかにお互い様だったとはいえ、散々利用しておいて、「結局七桜は僕にとって『特別』な存在にはなってくれなかった。がっかりだ」――なんて、死んだ従妹《いとこ》に対して思うのは、どうあっても許されることじゃない。

「……じゃあ何？　ハルに『綾ちゃんみたいにわたしを愛して』って言っても、できないってこと？」

「……そう、だね」

「……何それ」

僕が肯定の言葉を絞り出した途端、相原さんは舌打ちさえしかねない雰囲気で吐《は》き捨てた。

「じゃあ全然意味なかったってことじゃない。ああもう、やだ。だったらもう、本当に終わりだね？」

何が終わるのかは、言われなくてもわかった。

相原さんは七桜に憧れて、七桜になりたくて、僕に近づいたのだ。七桜の彼氏だった僕に七桜と同じように愛されれば、さらに七桜に近づけると考えて。

しかしその目論見《もくろみ》は、『僕が七桜を愛していた』という前提が根本から崩れたことで破綻《はたん》した。

だからもう、相原さんは僕に執着する理由がない。

つまり破局だ。

僕にも、未練はない。

ひとつ頷いて終止符を打とうとした――矢先。

「あ、でも」

という相原さんの、一転して光が差したような声が、僕に待ったをかけた。

「ハルが綾ちゃんのことをいまでもよく覚えてるのは確かだよね。好きか嫌いかはともかく。じゃあさ、わたし、どれくらい似てた？　どのあたりが似てなかった？」

「え……」

「教えてよ。それくらいならいいでしょ？　綾ちゃんみたいになりたいの、わたし。でもプライベートのときの綾ちゃんのこと、わたしよく知らなくて。だから」

「いい加減にしろよ」

険のある鋭い一声が、まくしたてる相原さんを斬りつけた。

悠一郎である。

彼は七桜のヘアスタイルを模したウィッグを乱暴に脱ぐと、軽蔑の眼差しで相原さんを射貫いた。

「あの女に憧れるのはあんたの勝手だけど、あいつを『誰からも好かれる素敵な女の子』だとか本気で思ってるなら、あんたは一生あいつにはなれませんよ」

「なっ……!?」

憧れてやまない七桜を貶された怒りか、自分の望みを一蹴された屈辱か。相原さんは顔を歪めて絶句する。

「帰ろう、ハル兄。鷹宮先輩も。これで全部終わりだよ」

「ちょっと、待ちなさいよ！」

僕の腕を摑んでさっさとこの場を後にしようとした悠一郎に、わなわなと震えていた相原さんが嚙みつく。

するとと悠一郎は僕を思い切り引き寄せ、背に庇《かば》った。

「まだ何かあるんですか？　いい加減に」

「……相原さん」

悠一郎の低い唸りを制すように、僕はようやく、はっきりと言葉を紡いだ。

「……悪いけど、協力できない。僕は七桜を――七桜の面影を、誰かの中に見るのは、もう充分だから」


「お腹空いちゃった」という悠一郎のひと言をきっかけに、僕たちはファミレスに入った。

悠一郎はティラミス、螢は夕食も兼ねているのかリゾットを注文し、僕はあまり食べる気がしなかったので、つき合いで小盛りのポテトを頼む。

料理はわりとすぐに運ばれてきた。店員が去ったところで、僕は神妙に口を開いた。

「……ふたりとも、ありがとう。助けてくれて」

「助けたっていうか、オレ、あのひとのこと気に入らなかったから。それで蓋を開けてみたらあんなんで、放っておけなかっただけだよ」

「そっか……。相原さんのことを調べたのは、螢だよね？」

「うん」

食べながら頷いた螢は、口の中が空になると、理由を語りはじめた。

「ハルは女子が苦手なはずなのに、なんで相原寧々の告白を受け入れたんだろうと思って。相原寧々が他の女子とは何かが違う特別な相手だっていうなら、何が違うのか、ざっと調べたんだ」

そこから七桜のことにまで行き着くのだから、やはり彼女は侮れない。

「じゃあ螢は、七桜のこともう、結構把握してるの……？」

「まぁ、それなりにね」

あまり七桜の話題を深掘りすると悠一郎が不機嫌になるのはわかっている。しかし、螢がどこまで把握しているのか、知っておきたかった。

「どのくらい？」

「ハルと悠一郎のいとこで、十四歳で死んでるってこと。ハルとつき合ってたこと。学校で見せてた大体の人柄。それから悠一郎の女装が、七桜を嫌々真似てのものだってこと」

相原寧々を相手にするのに、少し協力してもらったからね、と。

螢はそう言って、またリゾットに向き直った。

……そうか。ということは、螢はもう、僕の抱えている事情のほとんどを、今日で知ったことになる。伏せているカード――悠一郎への複雑な感情や、紫理のことについて――は、まだあるけれど。

ただ、ついに知られてしまったという思いより、隠しごとが減って少し肩の荷が下りたという心持ちのほうが大きい。

たぶん螢は、相原さんの思惑《おもわく》に利用されていないことのほうが重大だからだ。

きっと、まだ知られていた僕を助けようとしたんじゃなくて、いつものように、僕と相原さんにそれぞれあった『気になるところ』を暴こうとしただけなのだろう。そこへ悠一郎が協力者に加わって、結果ああいう終幕を迎えることになった。

でも、昔と似たような展開になりかけていたところを救われたのは事実だ。

「……ありがとう、本当に」

改めてお礼を言うと、黙々とティラミスを食べていた悠一郎が不意に、僕の目の前にメニューをバッと広げた。

「ねぇねぇハル兄、オレ、この桃パフェも食べたい」

言葉はもういいから、まだ感謝するならここは奢りで、ということだろうか。

「べつにいいけど、夕飯……」

「入るよ、大丈夫。でもこれ、ちょっと多いんだよね、量が」

言っていることが矛盾している気がする。

「だから——鷹宮先輩、パフェ半分食べませんか？」

「ボク？」

螢が顔を上げると、悠一郎は彼女に何かアイコンタクトを飛ばし、通じ合ったのか、

「じゃ、これでチャラね」

と言うが早いか、店員の呼び出しボタンを押した。


店を出たときには、時刻は十八時を回っていた。

胃袋の空きはともかく、そろそろ急がないと夕飯の時間に間に合わなくなる。

紫理に連絡をするのも失念していたので、僕は逸《はや》る気持ちを抑えながら、僕たちとは別ルートで帰るという螢に別れを告げた。

「それじゃあ螢。今日は本当にありがとう」

「……ハル」

また明日、と続けようとした僕を、螢が遮った。

面持ちがどこか真剣味を帯びている気がする。心なし身構えつつ、僕は先を促した。

「何？」

「ハルは、綾坂七桜を恋人として愛せなかった償いを、相原寧々でしたかったの？」

「――――」

言葉に詰まる。

同じ過ちを二度は犯すまい、今度こそ正しい道をと意気込んでの交際だった。それを深くよく考えてみれば、つまりはそういうことなんじゃないかと思ったのだ。

しかし、それは『代用品扱い』と何も変わらない。それでは駄目なのだ。あくまで『過ちを繰り返さないことを心がけている』止まりでなければ。さらにその先に、『挽回』やら『償い』やらを希求してはいけない。

そんなことを考えているうち、螢がぽつりと、僕だけに聞こえるような声量で呟いた。

「もしそういうことなら、その相手は、ボクでもいいんじゃないのかな」

「——え？」

つまり、どういうこと？

と、僕は咄嗟に尋ね返せなかった。

第五章

夏休み中における演劇部の活動は、いまはほとんど使われていない、ちょっとした洋館風の外観が魅力的な二階建ての特別校舎——通称『別館』で行われている。

他に別館を使っている部活はない。実質、建物まるごと、我が部の貸し切り状態だ。しかし残念なことに、クーラーがあるのは二階の大部屋だけだった。

この猛暑の中、クーラーなしで部活なんて五分と保《も》たない。なので僕たちは冷気に満ちた一室を、役者陣と裏方班とで半分に分けて使っている。

朝の八時半を少し回った頃。

今日も汗だくになりつつ別館にやって来た僕は、部屋に入った瞬間たちまち全身を包んだ冷気を堪能《たんのう》しつつ、室内をざっと見回した。

部活は九時から。すでに大体の部員は揃っていたけれど、螢の姿はまだなかった。

螢のことをちらとでも考えると、僕が相原さんと別れたあの日、螢が最後に残した言葉が蘇る。

『ハルは、綾坂七桜を恋人として愛せなかった償いを、相原寧々でしたかったの？』

『もしそういうことなら、その相手は、ボクでもいいいんじゃないのかな』

あのとき僕は「どういうこと？」と尋ね返そうとして、できなかった。

しかし後々冷静になって思い返してみれば、どういうことも何もない。

「僕の思い上がりでなければ」という枕詞《まくらことば》は外せないけれど、あれは、ある種の『告白』だったのだと思う。

僕がしたいのは償いではないというのは、いったん横に置いておくとして。

螢は、僕が七桜についぞできなかったことを——恋人を恋人として愛することを、自分を相手にやらせてあげてもいいと、そう言ったのだ。

それはつまり、僕の恋人になってもいいという意味のはずだ。

……あの日の螢の言葉を思い返し、考えるたびに、いつもここで舞い上がってしまいそうになる。

でも、すぐに鵜呑みにしてはいけないと理性が待ったをかける。

僕はまだ、螢のことを本気で——ひとりの人間として、恋愛的な意味で好きなのか、はっきり自覚できていない。

それに螢も、僕に対して恋愛感情を持っているのか、疑問が残る。

一応、好かれているとは思う。ただそれは、どちらかというと「観察対象として」のような気がするのだ。

遠回しにとはいえ「恋人になってもいいよ」なんてセリフを、気のない相手に言ったりはしない——という一般論は言えた口じゃないし。

……もし気まぐれや憐《あわ》れみで言ったのなら、ありがたい申し出だけれど、断るべきだ。たとえ僕が本気で螢に惹かれても、螢が僕を同じように思っていないのなら意味がない。それでは過去と大差がない。

だから——やっぱり、すべては僕が螢のことをもっとよく知ってからなのだ。

あれこれ悶々と頭を悩ませたところで、結局はこの結論に達する。

知らなければ、好きにも嫌いにもなれないのだから。

ちらりとバッグを、正確には中にあるスマホに視線を投げる。

もうずいぶん前のことになってしまったけれど、螢と映画に行く約束をした。その約束は、まだ果たせていない。

時は夏休み。螢を知るための行動に打って出るには絶好の時期だ。

部活は週四でなかなか忙しいけれど、それを加味しても平時よりはずっと時間を取りやすい。部活がなくなる八月十五日以降になれば、ちょっとした遠出だってできるはずだ。

まずは約束を果たそう。映画を観に行って、その足でどこか……ランチやショッピングに行くでも、次回の約束を取りつけるでもいい。そういうことを積み重ねて、少しずつ螢を知っていこう。

螢が来たら部活がはじまる前に、今度こそ映画に行く日程を具体的に話し合おう。

そう決心した僕は、ならば少し先んじて上映スケジュールをチェックしておこうと、鞄に手を伸ばした。

そのときだった。

「少ー年っ！」

「わっ⁉」

突然背後から両肩に衝撃があった。衝撃は消えることなく、そのまま重みに変化する。

振り向かなくとも、誰の仕業かはすぐにわかった。

「……なんですか、部長」

尋ねると、肩の重みがふっと消え、部長が僕の前にぺたりと座った。

部長はすでに体操着の短パンに半袖ティーシャツという、夏休み中の部活お決まりのスタイルに着替えていた。夏休みでも登下校時は制服で、というのが我が校のルールなのだけれど、別館の中ではほとんどの部員が部長と同じラフな格好で過ごしている。

「んーとね、鷹宮ちゃんのことなんだけど。何か……その、悩みがあるとか、聞いてない？」

「悩み？」

まさか、また何かトラブルだろうかと身構えていた僕は、肩透かしを食らったような気分になる。

しかしあまり軽視できなさそうな話なのは変わらないと気づいて、抜きかけた肩の力をぐっと留めた。

螢の悩みか……。

彼女への理解が足りないと自覚したばかりなのだから、そんなものを知っているわけがない——とも言い切れないと、すぐに気づく。

ひとつだけ心当たりがあった。

「詳しいことは全然ですけど……役が決まったあたりから、難しい顔で台本を読んでることが増えた気がします。何か、演じるうえで引っかかっているところがあるのかなと思って一度声をかけたんですけど、なんでもないって言われちゃって」

「そっか……」

「何かあったんですか？」

尋ねると、先輩はまた唸った。

どうやら言いにくいことというよりも、上手く説明できないらしい。

「なんていうか……魔女の役、本当は嫌なのかなって」

「え？」

「稽古はちゃんとやってくれてるし、演技も最初の頃と比べたら着実に上手くなってはいるんだけど、どうもノりきれてないっていうか……」

なんて言ったらいいんだろうなぁと、頭を抱える部長。

僕も、螢が稽古しているところはほとんど見ていないので、部長が言わんとしていることがいまひとつ掴めない。

「魔女が出てくるシーンをやると、終わった後いつも渋い顔するんだよね、鷹宮ちゃん」

確か魔女は、「主君・エリクの恋を成就《じょうじゅ》させるため、隣国の姫・ルイの心から『婚約者への恋心』を奪ってほしい」という、エリクの従者・ロランの願いを叶える役だ。

魔女がどういう人物かは、作中では深く語られない。セリフの端々から想像できることはあるけれど、それも他のキーキャラクターに比べれば微々たるものだ。

なので、もし螢が魔女のことをよくわからないでいるというのなら、納得のできる話である。

しかし、単に理解できないのとは少し違うらしかった。

「魔女役が嫌……じゃなくて……好きになれないキャラを演じなきゃいけない、みたいな感じ？」

探りながら言葉を紡いでいた部長は、ようやくしっくりきたらしく「そう、そんな感じ」と念を押す。

部長の言葉に、僕は眉をひそめた。

螢が魔女を好きになれない？　なんでだろう。

魔女が劇中でやることはふたつ。ひとつはロランの願いを聞き、ルイから婚約者に対する恋心を奪うこと。もうひとつは、願いを叶える対価の支払いと制約をロランに課すこと。

魔女がロランに要求するのは、彼の『触覚』と、ロランが魔女に願いの対価を支払ったという事実をエリクに明かさないという誓いだ。これによって、ロランはエリクの抱擁《ほうよう》や手の温かさを感じられなくなり、大切なものを失ってまで主君の幸せのために尽くした事実を明かせなくなる。……なかなか切ない話だけれど、それが螢の琴線《きんせん》に触れたとはあまり思えない。

とすれば、もう一方——他人から恋心を奪う行為が、螢に何かを思わせるのか。

螢が恋や愛を尊んでいる素振りを見せたことは、少なくとも僕が知る限りではない。ただ、

『そこに愛があるか否か』を気にしていたことは何度かある。

確かにそこにあった愛を、まったくの部外者の立場から奪い取る魔女。……そんな役に、螢は不快感を覚えているんだろうか。

「鷹宮ちゃんが魔女を好きじゃなくても、それはべつにいいんだけどさ。演じるのにネックになってるのはちょっと困りものかなって。だからさ少年、鷹宮ちゃんをうちに連れてきた責任者として、相談に乗ってあげてくれる？」

考え込んでいた僕に、部長がビシッと人差し指を突きつける。

「いいですけど……折り合いをつけさせろってことですか？」

「もし本当に魔女のことが嫌いならね。嫌いじゃなくても『なんかわかり合えない』って感じな

ら、ちょっと意識を変えてあげて」

「……わかりました」

できるかなぁと思いつつも僕が頷くと、部長は「よろしい！」と弾けるように言いつつ立ち上がって、役者陣営の方に戻っていった。


というのが昨日の話。

そして部活が休みの今日、僕は螢と映画を観に、隣町のショッピングモールに来ている。

螢の私服姿は初めて見る。一体どんな服を着てくるのか、ひょっとしたら新鮮な姿が見られるんじゃないかと密かに楽しみにしていたのだけれど、結論から言うと「確かに螢ならそういう感じだよね」という装いだった。

丸首の白い長袖カットソーに、黒いスキニーパンツ。白黒のスニーカー。

長い髪を白いシュシュでポニーテールにこそしているものの、全体的に季節感は薄い。これなら部活中の半袖短パン姿のほうがよっぽど夏らしいなと、僕は心の中で苦笑した。

映画は三十分ほど前に終わって、いまは一階にあるパスタ料理の店で、昼食を兼ねた小休止中である。

作品のチョイスは僕に一任されていて、あれこれ散々悩んだ末に洋モノのミステリーを選んだのだけれど、螢は無事楽しんでくれたらしい。店内のボックス席に腰を下ろしてからもしばらく、感想の話が途切れなかった。

しかしランチを食べ終わる頃にはさすがにネタが尽きてきて、食後のコーヒーとデザート――僕にはチョコレートアイス、螢にはパンケーキが運ばれてきたときには、とうとうお互い沈黙した。

密かにタイミングを計る。その間、僕は昨日のことを思い返した。

部長に任務を言い渡された後、いつもなら手元の作業に集中するところを、僕はサボりにならない程度に作業の手を緩めて、役者陣の方――螢の様子を観察してみた。

「そうかい、それは悩ましい話だね。いいだろう。お前の願い、このわたしが叶えてやろう。ただし対価と、いくつか条件がある」

ロラン役の部員の両肩を後ろから掴み、彼の耳元で囁くように魔女――螢が言う。

その動きは確かに妖《あや》しく油断ならない雰囲気を醸していて、セリフも台本どおり、一言一句間違えていなかった。

しかし、口調だけはどうにも棒読みっぽいというか、何の感情も見えなくて、平淡な印象が拭えない。

やがて、監督していた部長のカットが入る。部長が螢に歩み寄って何事か言うと、螢は頷きを返しつつも、釈然としないような難しい面持ちを浮かべた。

それから何度か同じシーンを繰り返していたものの、ついに螢の表情に光が宿ることはないままだった。

端《はた》から見ているだけでは、螢が何に釈然としないでいるのか、部長の言うように魔女を好きになれずにいるのか、わからなかった。

お昼休憩のときに訊こうかとも思ったのだけれど、片手で飲み食いしながら、もう一方の手で広げた台本を睨んでいる螢に声をかけるのは憚られて、遠慮したのである。

螢がパンケーキにナイフを入れ終わり、ひと切れぱくりとやったところで、僕は「ところでさ」と切り出した。

「劇の稽古は上手くいってる？　いま役者陣《そっち》がどのくらいの段階かよく知らないんだけど、どうかな、調子は」

「セリフは大体みんな暗記した。だからいまは立ち回り方の確認を重点的にやってるけど、ボクはむしろ、セリフの演技のほうがまだだって部長が」

「難しい？」

「……よくわかんない」

「それは、どこをどう変えたらいいのかってこと？」

すると、螢は少し考える素振りを見せた後、

「……ルイは婚約者に蔑ろにされて、寂しくて苦しんでて、でも婚約者への愛を捨てられずにいる。それってつらいことだと思うんだけど、なら、ルイの中にある婚約者への想いを消し去ってあげるのは、いいことだと思う？」

「…………」

……なんとなく、螢の口調には実感がこもっているような気がした。

まるで魔女がルイの心から婚約者への恋心を奪ったように、現実でも、誰かの心から誰かに焦《こ》

がれる気持ちを消すという行為に、心当たりがあるような。

現実に魔法はない。だから、他人の心の一部を、ロウソクの火をひと息で吹き消すように、スッと取り去るなんて芸当は不可能だ。

でも――それに似たことは、ひょっとしたらできるのかもしれない。

たとえば、叶わぬ恋に苦しむ誰かに、想い人の悪評を吹き込んで幻滅させるとか。べつの異性を近づけて、心変わりするよう、こっそり誘導するとか。

そういう第三者による干渉が、果たして許されることか否か。

ルイと魔女を通して、自分の記憶の中にある事の善悪を判断しようとしているような、そんな雰囲気を感じた。

「どう思う?」

「んん……」

つい詮索したくなった気持ちをごまかすように、僕は悩む素振りをしてみせる。

「……わからない」

素振りだけじゃなく、真剣に考えてみても、答えは見つけられなかった。

誰かを苦しみから救うことは、間違いなく善行だ。でもその行いが『本人の意志をまるきり無視していた』場合、一概に善とは言えなくなる。

「ルイ自身が婚約者への恋心を消し去りたいと思ってたのかどうか、そこが重要だと思うけど……台本にあったっけ」

「なかったと思う」

「じゃあ……やっぱり、わかんないな」

ルイは魔女の魔法にかかった後も、『婚約者を大切に思う気持ち』は持ち続ける。

魔法にかかる前のルイは、婚約者が「仕事がある」と言って去った後、彼が次に会う約束さえしてくれないことを嘆く。しかし恋心を奪われてからは、仕事を優先する彼を心から激励して送り出す。

つまり恋とは『求める心』だと、この脚本ではきっと定義されているのだろう。

現実もそうなのかもしれない。

あなたが好きです。だから抱き締めてほしい。名前を呼んでほしい。キスしてほしい。

それに応えてくれないから、つらい。苦しい。満たされない。

その飢えを満たすのではなく、取り除く。

心は軽くなる。でも、いつか得られたかもしれない幸福感は、永遠に味わえなくなる。与えられなくても平気なだけで、充足感は得られない。

それが果たして幸せなことなのかどうか、僕にはわからなかった。

「ルイの気持ちか……」

視線を落とした螢が呟く。

彼女の目がテーブルの上にある何かではなく、どこか遠く——自身の内側にある仄暗い何かを見つめている気がして、抑え込んだ好奇心が再び疼き出す。

「以前《まえ》に何か、ひとの気持ちを無理矢理変えるようなことがあったの？」

と訊きたい衝動に襲われる。

しかし、それは明らかに立ち入った質問だ。

たとえ螢ではない誰かがやったことで、螢は見ていただけだったとしても、螢の過去に触れることには変わらない。

いずれそういうデリケートなことも訊けるような立場になりたいと思うけれど、いまはまだ、遠慮するべきだと思った。

僕はさっきまでの神妙な口調をからりと変えて言った。

「魔女がルイから恋心を奪うことを個人的にどう考えてるかはわからないけど、わからないなら螢が決めちゃってもいいんじゃないかな」

「ボクが？」

「うん」

現実に生きる螢が『他者の心をねじ曲げる第三者の介入』を善悪どちらと判断するか、それを決めるにはもっと充分な時間と議論が必要だ。

でもあくまで物語の一部である魔女がそれをどう捉えているかという話なら、「そういう設定、そういう解釈です」でいい。現実で問題を起こす引き金にはならないのだから。

「これなら、そう難しく考えなくてもいいんじゃないかな」

どう？　と顔を覗き込んでみると、螢はすでに思考を巡らせているようだった。

考えているということは、僕の提案は悪くないものだったのだろう。

螢の考えがまとまるのを待ちつつ、僕はチョコレートアイスに意識を傾けた。

――結論から言うと、螢は魔女の心中をどう解釈することにしたか、僕には明かさなかった。

しかし彼女の中では一応結論が出たらしく、僕がアイスを食べ終えて、コーヒーもあとひと口かふた口で飲み干すという頃、残りのパンケーキを一気に平らげたと思ったら、

「ご馳走様《ちそうさま》。お待たせ。じゃあ、そろそろ出ようか」

と、何事もなかったかのようにからりと言ったのだった。

それから僕たちは雑貨屋や家電量販店、本屋、イベントスペースでたまたまやっていた北海道の物産展などを巡り――陽の赤みが強くなりはじめた十七時半頃、帰路に就いた。

楽しい時間だった。

交わした雑談は自然と、お互いに自分の好みを教え合うような内容になって、図らずも多くの螢の好みを知ることができたし。

螢が僕の『事情』以外のことに興味を示してくれるのも――改めてちゃんと意識して、嬉しいと思った。


後日。

「そうかい、それは悩ましい話だね。いいだろう。お前の願い、このわたしが叶えてやろう。ただし対価と、いくつか条件がある」

「……うーん」

先日と同じように、作業を進めつつ螢の様子を窺っていた僕と、螢の傍で彼女の演技を見てい

た部長の唸りがハモる。

あの日、ひと筋の光明が見えたんじゃないかと思ったのだけれど——棒読みっぽいのはほとんど変わっていなかった。若干声音が明るくなった気はするけれど、まだまだ悪い意味で浮いてしまうレベルだ。表情もほとんど動いていない。

役への理解度が深まったところで技術不足が改善されるわけではないと、いまさらながらに思い知らされる。

これからはもっと自然な感じでセリフを言えるようになることが目標かな……。いっそ手本になる演技を誰かにしてもらって、それをなぞるのでもいいかもしれない。

——などと思っていたら、

「僕が螢に特訓を……!?」

魔女とロランが契約を結ぶシーンが一度終わったタイミングだった。

突然部長に「ちょっと話があるんだけど」と声をかけられ、部屋の外に連れ出された僕は、彼女からの思わぬ依頼に目を丸くした。

「できれば鷹宮ちゃんの演技が浮かないレベルになってから全体を通した稽古に本腰入れたかったんだけど、まだまだかかりそうじゃない？　夏休み中に舞台稽古に入りたいし、そうなるとさすがに待ってられないんだよねぇ」

「まぁ……それはわかりますけど」

「少年は鷹宮ちゃんと仲いいし、演技もできるじゃん。だからさ」

「んー……」

蛍の特訓につき合うことはべつに嫌じゃない。ただ、ちゃんと上達させられるのかが疑問だった。

確かに演技はそれなりにできる。蛍と親しいのが部内で僕だけというのも把握している。……が、演技はいつも「大体こんな感じか」という感覚でやっていて、コツやら何やらを具体的に指導できる自信が全然ない。

上手くなるために何をしたらいいかもイマイチよくわからないし、こんなんで蛍の演技のレベルを引き上げられるとは思えない。

しかし、いち部員として、劇を成功させるための協力を渋るのは本意じゃないし……。

唸りながら頭を悩ませていると、部長は困ったなぁと言いたげに眉を寄せた。

「もしかして忙しい？」

「忙しくはないですけど……」

現時点で確定している予定なんて、せいぜい下旬に地元で開催される夏祭りに、綾坂姉弟と一緒に行くくらいのものだ。

蛍といろいろなところに遊びに行きたいなぁとは考えていたけれど、それにしたってまだ誘ってもいない。

……と、そこまで考えた僕は、肝心の蛍の予定をさっぱり把握していなかったことに思い至った。

「蛍の予定も聞かないと」

僕がそう言うと、部長は「それもそうか」と頷くが早いか、本日何度目かの魔女と従者の契約シーンを演じている最中の螢に「おーい、鷹宮ちゃん」と呼びかけ、手招きをした。

稽古を中断してこちらへとやってくる螢。

「なんですか？」と目で訴える彼女に、部長は僕の肩をがしっと摑み、笑顔で言った。

「鷹宮ちゃん、夏休みの後半って何か予定ある？」

「とくにありません」

「じゃあ、卯月少年に特訓してもらって」

「特訓？」

螢の視線が僕を捉える。

その目がスッと細くなったかと思うと、螢は「わかりました」と部長に向かって頷いて、再び僕に微笑んだ。

「よろしく、ハル」

「よーし決まり！　じゃあ具体的なスケジュールとか練習内容とかはふたりで決めてね！　頼んだぞ少年、鷹宮ちゃんを立派な舞台女優に育て上げるのだ！」

いつの間にか――たぶん螢の予定を気にした時点で、僕がちゃんと教えられるか否かは問題視されなくなっていた。食い下がったところで、大丈夫だって！　と押し切られるビジョンがありありと思い浮かぶ。

というか、もう迷う隙は与えないとばかりに、部長はさっさと役者陣の輪に戻っている。

仕方ない。僕はひとつ溜息を吐《つ》いてから、スマホでカレンダーを呼び出しつつ、

「部活が休みになるのは十五日の土曜からだから……特訓は十七日からでどう？」

「いいよ」

「オーケー。……でさ、ひとつ提案というか、お願いがあるんだけど」

「何？」

「特訓をはじめる前に、またどこか、ふたりで遊びに行かない？」

いまは八月の頭。今日から十七日までの間に、部活が丸一日休みの日はあと六回ある。

休止期間は宿題と螢の特訓に集中するとして、その前に、螢と思い切り遊んでおきたかった。

せっかくの夏休みなのに、たった一回映画に行っただけじゃ物足りない。それに螢のことを、まだ全然知れていないのだ。もっといろいろ知るためにも、回数は重ねたい。

螢は僕の提案に笑顔で頷いた。

「いいよ。今度はどこ？」

「うーん。夏だしプールとか、プラネタリウムとか……螢は行きたいとことかない？」

お、いまのは我ながらさりげない訊き方ができたんじゃなかろうか。

螢は視線を泳がせて、やがてぽつりと言った。

「水族館に行きたい」

「水族館？」

というと、電車でしばらく行ったところにあったような。

スマホで手早く調べてみる。僕の記憶はおおむね合っていた。電車で六駅、そこからバスに乗り換えて十分ほど。入館料は大人ひとり千六百円。ローカルな施設で少し規模が小さいけれど、ペンギンのショーがある。

「ここでいい？」と螢にスマホを渡すと、螢は何度か画面をスクロールした後、いいよと頷いた。

「水族館、好きなの？」

「好きっていうか、昔一回行ったきりだから。それに涼しげでしょ」

「なるほど。前は家族と行ったの？」

「うん。母さんと一緒に」

——螢のまとう雰囲気が、若干変わった気がした。

どこがどう変わったと具体的には説明できない。声のトーンもそのままだ。しかし『母さん』と口にしたその瞬間、仄暗い何かを僕は感じた。

僕がそこに突っ込んでいいのか逡巡したそのとき、

「おーい鷹宮ちゃーん」

という部長の声が飛んできた。振り返ってみれば、螢に向かって手招きをしている。そろそろ稽古を再開するということだろう。

「じゃあ、また後で」と、いつもの調子に戻った螢が僕に背を向ける。しかし足を踏み出す前に、もう一度僕を振り返って言った。

「さっきハルが言ったプールとプラネタリウムも、特訓前に行く？」

「そうだね。行こうか。お昼になったら日程を決めよう」

「わかった。楽しみだね」

螢は笑って、稽古に戻っていった。

僕も作業を再開する。意識が手元に集中していくにつれて周囲の音が遠退いていく。やがて無音に近づくと、去り際に螢が見せた笑顔と、『母さん』と言ったときの螢のどこか引っかかる雰囲気が同時に脳裏に蘇る。

なんなんだろう。水族館に行った『昔』は母親と仲が良かったけれど、いまは不仲とか？　いや、むしろ父親のほうだろうか。「母さんと一緒に」と螢は言った。じゃあ父親は？　言わなかったということは、一緒に行かなかったのだろう。

普通なら訝るところじゃない。水族館に行ったのは平日で、父親は仕事だった――で充分筋が通る。

でも、あの微かな雰囲気の変化がそこに疑念の種を植えつける。

いままで螢に家族の影を感じたことがなかったこともあって、その種は一気に育ち、僕の脳内を疑念で埋めていく。

しかし、それを螢に尋ねる勇気は持てなかった。


あっという間に日々は過ぎて、とうとうこの夏休みの部活も、残すところあと二回となった。

八月十二日。部活は休み。螢と水族館に行く日だ。

バスは乗ったときからほぼ満員だった。しかし幸運にもふたつめのバス停で近くの席がひとつだけ空いたので、すかさず螢を滑り込ませる。

途切れた雑談の代わりに、僕は悠一郎のことを考える。

昨夜、悠一郎はうちに泊まっていた。といっても、それは昨夜に限ったことではない。

今年の夏休みは僕が螢とばかり遊んでいるせいか、綾坂邸での夕飯が終わると、悠一郎は三日に一回程度の頻度でうちに泊まりに来る。

で、例によって明日（つまり今日）も僕が螢と出かけると知ると、悠一郎は拗《す》ねた。

先日の一件で悠一郎は螢とそこそこ打ち解けたと思っていたのだけど、本人曰く、それとこれとは話がべつらしい。寝て起きてもご機嫌は斜めのままで、見送りはしてくれたものの、笑顔は見せてくれなかったのである。

お土産にぬいぐるみでも買って帰れば、少しは機嫌を直してくれるだろうか。

水族館に着いて早々、螢はパンフレットを広げる間もなく、

「クラゲ見たい」

と言うや、順路から見てクラゲコーナーより前にある水槽を、ことごとく素通りする気満々の足取りで歩き出した。

螢らしいなぁと苦笑しつつ後を追った僕は、スタンダードな海の魚が泳いでいる大水槽を横目に歩きながら、ふと、あの日の最後に螢が囁いた言葉を反芻した。

『ボクでもいいんじゃないのかな』

あれに対する答えを、僕はまだ出していない。……ただ、半分ほどは固まっている。

夏休みに入ってから今日まで、僕は螢のことを注意深く見てきた。僕の傍にいるときも、そうでないときも。誰かの何かを暴こうとしていない素の螢を見て、触れて、話して――そうして少しずつ、「好きだな」と実感するようになった。

いつから、どこに惹かれたのかは、自分でもはっきりしない。なんなら恋と言っていいのかも曖昧だ。だって恋と言われて想像するような激しさを、僕はいまのところ抱いていない。むしろ穏やかなくらいだ。

でも、七桜のときとは明らかに違う。まだ少し向こうからのアプローチに怯んでしまうことはあるけれど、螢が楽しそうだと嬉しいし、笑顔を見せてくれたら僕もつられて頬が緩む。雑談しながら並んで歩いていれば弾んだ気分になる。全部、七桜のときにはなかった感覚だ。

僕は螢に惹かれている。確かにそう思う。だから彼女に「僕の恋人になってほしい」と、言ってもいいんじゃないかと思いはじめている。

しかし――螢が僕をどう思っていて、どんなつもりであの日「僕の恋人《とくべつ》になってもいい」と取れるような発言をしたのか。それがまだわからない。

できればそれを確かめてから答えを返したいけれど……さて、どうすればいいのだろう。

悶々と頭を悩ませていると、不意に手を摑まれた。

思わず足を止めて見てみれば、螢が僕の手を握っている。

これまでにも――プールやプラネタリウムに行ったときにもたびたびあった、気まぐれなじゃれつきかと思って、僕は手をそのままに、おずおずと螢の顔を窺う。

こういうときは大抵、螢はどこかいたずらっぽい笑みで僕を見つめているのだけれど、今回は違った。

螢の瞳は、僕とはまったく違う方向を見ている。視線の先には、見るからにデート中の男女がひと組いた。仲睦まじそうに手を繋いでいて、女性は左手に指輪をしているようだった。クラゲの水槽を照らす紫の照明を反射して、小さく煌めいている。どの指に嵌《は》められているかまでは暗いのと遠いのとでわからないけれど、結婚指輪だろうか。

蛍は彼らを見て何を思っているのだろう。表情は見えないし、動く気配もない。

蛍の意識を引き戻そうと、僕は繋がれた手を軽く握り返す。

我に返ったらしい蛍は僕を見ると、

「こうしてたら、ボクたちも恋人同士に見えると思う？」

と、繋いだ手を持ち上げて小首を傾げた。神妙な表情だった。

僕はそれに答える代わりに、ずっと抱え続けていた問いを口にした。

「……あのさ、蛍。この間の……僕が相原さんと別れた日に、蛍が最後に言ったあれ」

「ああ、うん」

「あれは……僕とつき合ってもいいってこと？」

「そうだよ」

あっさりと蛍は肯定した。

だからこそ、僕はさらに質問を重ねる。

「どうして？」

「好きだから」というひと言が返ってきたなら、僕はそれを信じて「つき合ってください」と言うつもりだった。

しかし、蛍はすぐに返答しなかった。

視線を水槽に戻し、しばらく沈黙した後、

「……ハルはボクに、綾坂七桜とのことを知られたくなかったんだよね」

「……うん」

正確には、僕が七桜の恋人役を引き受けた最低の理由と、あいつの死を悲しいと感じる以上に、僕の特別な存在になれなかったあいつに失望した事実を、だ。

幸いそれは知られずに済んだので正直ほっとしたけれど、代わりに、悠一郎が僕と七桜の関係に——しかも、僕たちの間に恋愛感情がなかったことまで見抜いていたことに、驚かされた。

七桜に関する様々なことを螢に教えたのは、悠一郎だ。

七桜が僕の従妹《いとこ》で、悠一郎にとっては義姉《あね》で、もうこの世にいないこと。それだけでなく、自分が七桜をなぞって女装していることも。

七桜と僕がつき合っていたことも——そのくせ、七桜は僕に惚れていたわけではなくて、僕も七桜を最後まで恋人として好きになれなかったことまで。

ただ悠一郎は、僕がなぜ七桜とつき合っていたのか、その真意までは把握していなかったらしい。だから螢は真実を知らず、少しだけズレた認識を持っている。

「でも、ボクは調べた。ハルが知られたくなかったことを知った。……そもそも、ボクが相原寧々のことを調べたのは、彼女が気になったからじゃない」

「え」

てっきりこれまでのように、相原さんの『何か』が螢のセンサーに引っかかったのだろうと思っていたのだけれど、違ったのか。

僕が目を瞠ったそのとき、小学生くらいの子どもが、僕たちの前ににゅっと割り込んできた。

おかげで、話に夢中で水槽の前を占領していたことに気づく。

反射的に身を引いた流れのまま、僕は螢の手を引いた。螢は抵抗しなかった。

とりあえず順路を進みながら、しかし水槽にはほとんど目を遣らず、僕たちは話を続ける。

「気になったのはハルのほうだよ。ハルは女子が苦手なはずで、それを克服した気配はなかったのに、突然相原寧々とつき合いはじめた。それがなんでなのか知りたかった。

相原寧々とつき合うことで、ハルは何かしたいのかと思った。

ハルが変わってないなら、相原寧々が何か特別なのかと思った。

だから彼女のことを調べたんだ。で、誰かから『あの子は中学のときからかなりイメージが変わった』って聞いて、中学時代のことを重点的に探った。そしたら、綾坂七桜に行き当たって——」

「……なるほどね」

その流れで七桜のことを調べたのなら、中学時代の僕のことも芋づる式にわかったことだろう。

従兄妹《いとこ》であることは隠していなかったし、冗談めかしてはいたものの、七桜が友人に僕のことを『彼氏』と紹介したこともあった。

螢はさらに続ける。

「中学時代、相原寧々は綾坂七桜にべったりで、高校に入ってからは彼女を真似たような振る舞いをするようになった。ボクは綾坂七桜に会ったことがないから、相原寧々がどれくらい似ているのかはわからないけど、ある程度似ているなら、ハルは相原寧々に死んだ綾坂七桜の面影を見てるんじゃないかと思ったんだ」

否定はできない。僕は相原さん自身を見つめようと努力していたけれど、つき合いが長くなるにつれて、彼女の振る舞いに七桜の姿を幻視することが増えた。

でも決して、七桜の面影を求めて相原さんを受け入れたわけじゃない。むしろ螢と悠一郎に言われるまで、彼女は七桜とは無関係だと信じていた。……まぁそれはほとんど、「無関係であってほしい」という僕の願望だったわけだけど。

「もう一回訊くけど」

螢が再び立ち止まる。つられて僕も足を止めた。

深海魚が泳ぐ薄闇《うすやみ》の中で、螢は僕を真っ直ぐ見つめて、いつかと同じ問いを口にした。

「ハルは、綾坂七桜を恋人として愛せなかった償いを、相原寧々でしたかったの？」

「……ちょっと違う、かな」

「じゃあ、何？」

「償いとか、そんな殊勝《しゅしょう》なことじゃなくて……僕はただ、ひとを、ちゃんと好きになりたかったんだよ」

代用品でも、妥協でもなく。上辺ばかりを見て判断するでもなく。

僕の答えに螢は、それ自体にはもうさほど関心はないと言うような淡泊な口調で「そう」とだけ言って。

それから、こちらの質問に対する回答のほうがよほど重要だと言わんばかりの神妙さで、

「ねぇハル。……ボクのこと、嫌いになった？」

と、僕に尋ねた。

「――は？」

思わず遠慮のない声が出る。

怪訝な視線を投げかけてきた通りすがりの客に慌てて頭を下げた僕は、声を抑えつつも困惑はそのままに、螢に問い返した。

「ちょっと待って。なんでそうなるの？」

「だってボクは、ハルが知られたくなかったことを暴いたでしょ」

「……？　まぁ、そうだけど……」

上手く頭が働かない。

確かにいまのやり取りで、螢は僕が抱える『事情《ところ》』の多くを把握したことになる。でもそれはすべてじゃない。一番知られたくない最低な過去はまだ暴かれていない。

いや、仮にすべてを知られたとしても、嫌われる心配をするのは僕のほうであって、螢ではないはずだ。なのになぜ、螢がそんな――すでに諦めの色が滲んでいる顔をしているんだ？

「螢。べつに僕は、螢のことを嫌いになったりしてないよ。ていうか、むしろ…………好き、だよ」

「……本当に？」

暗がりの中でも、螢の瞳が輝きを取り戻しつつあるのがわかった。ただその瞳に宿っているのは、期待や喜びよりも、慎重な色のほうが濃い。

こみ上げる羞恥心を堪えて、僕は念を押す。

「……うん、本当に。なんで嫌われるなんて思うの」

「だってみんな――父さんも、本当のことをはっきりさせたら、ボクから離れていったから」

『父さん』。ここでか。

　衝撃を受けた弾みで、口が滑る。

「螢のお父さんって、いまは」

「一応、同じ家に住んでるよ。もうずいぶん顔を合わせてないけど」

「じゃあ、お母さんは……」

「離婚して出ていった。ボクがそうさせた」

「え」

　予想だにしなかった返答に、僕は思わず怯む。

「それは一体どういう……」と口走りそうになるのをすんでで呑み込んだものの――結局のところ、それはさして意味のない行為だった。

　口走らずとも顔に出ていたのか、それとも、どうあれ螢は話すつもりでいたのか。

　思い出したように歩き出した螢について行った先、喫茶コーナーの一角で、彼女は淡々と語ったのである。

◇　◇　◇

　それに気づいたのは、中学に上がった頃だった。

　何がきっかけだったのかはよく覚えてないけど、ふとしたときにさ。

父さんと母さんの間には、ひびが入ってるって。

父さんはもともと仕事ばっかりのひとだったけど、ボクが小学校を卒業したあたりからだんだん帰りが遅い日が増えて、そのうち何日も職場から帰ってこなかったり、帰ってきてもさっさと自分の部屋にこもるのが当たり前になった。

たぶん、ボクが小さい子どもじゃなくなったからじゃないかな。小学生のうちは、休みの日はそれなりに構ってくれたけど、「遊んでくれる」んじゃなくて「どこかに連れていってくれる」って感じだったから。ボクが生まれる前は、仕事人間なのは同じだろうけど、それでも母さんといろんなところに行ってたみたいだよ。写真がいっぱいあったし。母さんが父さんを引っ張り回してたのかもしれない。

父さんの変化を寂しいとは思わなかった。ボクはね。

でも、母さんは違った。

もう八時なんかに帰ってくるわけないってわかってるはずなのに、ボクや自分のと一緒に父さんの分も夕飯をつくって。やっぱり帰ってこなくても、ずっとダイニングで待ってたり。帰ってこない日より帰ってくる日のほうが珍しくなっても、毎日必ず「今日は帰ってこられる？」って電話したり。それで父さんが「帰らない」って言うと、物わかりのいいフリで「お仕事頑張ってね」って言って切った後、すごく傷ついた顔をして、ときどき本当に泣いたりしてた。

——不倫してたんじゃないかって？

いや。父さんはそんなに器用なひとじゃない。家《うち》で部屋にこもってる間も、何度か覗いたことがあるけど、ずっと仕事してたよ。研究職なんだ。

むしろ不倫したのは母さんのほうだよ。

父さんが仕事ばっかりになって構われなくなった寂しさに耐えられなかったんだろうね。相手は同じ職場の同期でふたつ年下。のちの再婚相手。中一の秋あたりから、その影がちらつくようになった。

——ううん。父さんは早い段階で気づいてたよ。

ていうか、母さんがわざと父さんに気づかれるようにしてた。でも父さんは何も言わずに、母さんの好きにさせた。

仕事ばっかりで母さんを蔑ろにしてることを自覚してて、だから不倫されても仕方がないって考えてた。そう本人から聞いた。

「母さんが不倫してるって知ってるのに、なんで何も言わないの」って訊いたんだよ。父さんは眉間に皺を寄せて、「私が悪いんだ」って答えた。

——でも不倫しても、母さんは楽にならなかった。むしろ、父さんが気づいているのに無反応だったから、一層惨《みじ》めになったんだ。不倫相手と一緒にいるときはどうか知らないけど、家にいる間はずっと、不倫する前よりもっと悲愴な顔をしてた。

そこまで来ると、さすがに見てられなくてさ。

だから言ったんだよ。

離婚したら？　って。

◇　◇　◇

「……それで、本当に……？」

カラカラに渇いた喉から絞り出した声は、我ながら情けないほど細くかすれていた。

「母さんがとくに、ずいぶん渋ったけど、最終的には。今年の頭だよ」

なんでもないことのように答えた螢は、話をはじめる前に買ったクリームソーダに口をつける。

僕の手元にも同じものがあるけれど、飲む気分にはとてもなれなかった。

親が不倫の末に離婚というだけでもかなり重い話なのに、螢が苦しむ両親を見かねて離婚を勧めたなんて、……かける言葉が見つからない。

どういう気持ちだったのだろう。

離婚を勧めたときの螢は。そして、娘から離婚を勧められた親たちは。

長く話して喉が渇いたのか、螢はまだストローをくわえている。緩やかなペースで減っていくソーダをぐらぐらする頭で呆然と見つめていた僕は、続く沈黙が少し耐え難くなって、苦し紛れに「大変だったね」と言おうとして――。

「……あれ？」

「？　どうかした？」

螢がストローから口を離し、きょとんとした目で僕を見る。

「……お父さんが、螢から離れていったって言ったよね？」

「うん」

「……でも、離婚して出ていったのは、お母さん……？」

「そうだよ」

「じゃあお父さんは」

いまでも螢と一緒に住んでいて、けれど長いこと螢と顔を合わせていない。

それは、相変わらず仕事にばかり打ち込んでいるから？

でも、螢は「ボクから離れていった」って——。

「相変わらず仕事優先で……だから螢と会ってないの？」

「違う。ボクがふたりを離婚させたから、だからボクを避けてるんだよ。たぶんね」

「そ——」

納得ができない。

だって螢が両親に離婚を勧めたのは、苦しんでいるふたりを楽にしたかったからだ。つまりは思い遣りゆえだ。なのにそれじゃ、まるで逆恨みじゃないか。

——それとも、違うのか？

『本当のことをはっきりさせたら』父親もみんなも離れていったと、螢は言った。だから七桜との過去と、それに端を発する行動心理を暴かれた僕も、彼らと同じように螢のもとから去るんじゃないかと思われた。

離婚を勧めたとき、螢は母親のみならず、父親の秘めていた『本当のこと』も暴き立てたのか？　だから螢の父親は螢を嫌っているのか？　もしそうなら、それは一体なんだ？

「妻と別れられれば楽になれる」という密かな願望《ほんね》？

妻への愛などとうに失っているという事実？

いや、いっそもっとべつの理由かもしれない。

『自分と妻との断絶を決定的なものにしたから娘を嫌っている』というのはあくまで螢の解釈で、螢の父親は娘から離婚を勧められたとき、そんなことよりももっと容認できない欠点が娘にはあると悟ったのか。

……わからない。

やめよう。どれだけ頭を悩ませたところで、会ったこともない他人の父親の心理など、読み取れるはずもない。

単純な疲労と、考えれば考えるほど不快感が募っていくのに嫌気が差したのとで、僕は鋭い溜息を吐《つ》くと同時に思考を打ち切る。

僕は仕切り直すように前髪を搔き上げ、螢を真っ直ぐ見つめながら、改めて言った。

「とにかく、僕は螢を嫌いになんかなってないよ。だから離れたりもしない。……いいんだよね？　いままでどおり、傍にいて……」

「うん。傍にいて、ハル」

螢の手が、指が、こちらに向かって伸ばされる。

僕も同じように手を伸ばして、螢の指に自分のそれを絡めた。

……こうしていると、なんだか何かが通じ合ったような気がして、胸があたたかくなる。

じわじわとこみ上げてきた気恥ずかしさに僕が苦笑すると、螢も目を細めて、きゅっと指に力を入れた。

「ねぇハル。ボクなら愛せそう？」

「――うん。螢なら……きっとちゃんと愛せると思う」

僕にとってはこれ以上ない誠実な言葉だ。けれど大抵のひとからすれば、ひどく曖昧で信用に欠けるセリフだろう。

それでも螢は、とても満足そうに笑ってくれたのだった。


それから一週間余りが経った。

抜けるような青空のてっぺんで輝く太陽が憎らしいほど眩しい、午後一時。

「お邪魔します」

「いらっしゃい」

こうして螢を家に招き入れるのにもだいぶ慣れてきた。まだ少し緊張するけれど、初日よりはずっと落ち着いた心持ちでいられる。

螢が卯月家《うち》に来るのは、今日で三回目だ。できれば期間を決めて連日、集中的にやったほうがいいのだろうけれど、特訓場所が僕の家で、紫理が毎日外出してくれるわけではない以上、それは難しい。

「特訓はハルの家《うち》でやりたい」と螢に言われたとき、僕はかなり渋った。理由は相原さんのときと大体同じだけれど、螢の場合は、相原さん以上に紫理と引き合わせたくなかったのだ。

とはいえ、螢の家にお邪魔するのは気が引けた。あとはカラオケくらいしか思いつかず、近頃散財しすぎなのと、演技の稽古をするには雑音が多すぎると思ったのとで、その案は口に出すまでもなく却下した。

なので僕は、

「前日になっていきなり『明日は駄目になった』とか言うかもしれないけど、それでもいいなら」という条件つきで、螢の要望を受け入れたのである。ちなみに螢は「部活以外に用事は一切ないから大丈夫」とのことだった。

僕が螢との邂逅《かいこう》を怖れている紫理は、現在高校三年生だ。いよいよ間近に迫った大学受験に向けて、今年の夏休みは頻繁に図書館に足を運んで勉強している。今日も十時前には家を出て、帰りは夕方の五時頃の予定だ。

念のために「帰ってくるときは連絡をくれ」と言ってあるので――それを言うためにわざわざ見送りまでしたせいで「なんだか最近心配性だね？」と苦笑された――あと四時間弱、少なくとも紫理から着信かメッセージが来るまでは安心していられる。

ちなみに、このあたりの事情は当然螢には伏せていて、「家の都合で、練習できるのは五時くらいまでなんだ」とだけ伝えてある。螢は素直に僕の言葉を呑み込んだ。

今日もアクシデントなく終わりますように……と、僕は密かに祈る。そんな僕の内心など知る由《よし》もない螢は、僕の部屋に入ると、躊躇いなくベッドに腰を下ろした。

思わず、僕は体を強張らせる。

初日からもう何度も見ているけれど、螢が僕のベッドに腰かけている光景を目にするたびに、どうしても心臓が不規則に跳ねる。

不埒《ふらち》な連想と、「つき合わない?」と七桜が持ちかけてきたあの夜の記憶が同時に脳裏に閃くせいで、一瞬ではあるけれど、冷静ではいられなくなる。いい加減、来客用の座布団か座椅子を買うべきか。

心を落ち着けつつ、キッチンから持ってきたスポーツ飲料を氷入りのグラスに注《つ》ぎ、螢に手渡す。

螢はそれで口を湿らせてから、「それで」と切り出した。

「今日は何するの? また読み合わせ? それとも何か観る?」

これまでにやったことは、有り体に言ってかなり手探り状態だった。

僕がロラン役を務めるかたちで、魔女とロランの掛け合いをひたすら繰り返し、要所要所で「ここはもっとこうしたほうがいいんじゃないか?」と提案したり。

螢が演じる魔女に近いキャラクターを映画やドラマ、アニメから探してきて、それをふたりで観賞したり。

しかし、どうにも非効率的というか、もっといいやり方があるんじゃないかと、常々考えていた。

考えて、そして思いついた。

「今日はね、台本をちょっといじってみようと思って」

「改変するってこと?」

「いや。ひとつのセリフを句読点とか単語で分解して、それぞれにどんな感情とか思考を載せるか考えてみたらどうかなって。……わかるかな」

「んー……」

イマイチわからないと言いたげな表情で小さく唸った螢は、持ってきたバッグ——毎度のことだけれど、服装は私服なのに、バッグはいつものスクールバッグである——から台本を出し、件のシーンのページを広げてみせた。

「たとえば？」

「たとえば……」

と、僕は適当なセリフを指して説明しようと螢の傍ら——床に膝をついたものの、文面を読もうとしたところで、眉をひそめた。

ここからだと思いのほか読みにくいな。……仕方ない、自分のを取ってこよう。

「ちょっと待ってて」

と言い置いて、僕は立ち上がる。

しかし勉強机の方へ足を踏み出そうとしたとき、螢が「ハル」と僕を呼んだ。

「何？」と振り返ってみれば、螢が右手でベッドをぽんぽん叩いている。どうやら「ボクの隣に座りなよ」と言いたいらしい。

半ば無意識に避けていたことを促されて、僕はたじろいだ。

自分のとはいえ——いや、むしろだからこそ、ベッドの上に螢と並んで座るなんて……。しかも一冊の台本をふたりで見るとなったら、密着せずにはいられない。

螢のほうから不意打ちのようにくっついてくることはいままでに何度かあったけれど、僕からは一度もない。というか、隣に腰を下ろすことさえあまりしてこなかった気がする。

どうしよう。いいのか？　ああ、やっぱりさっさと座椅子と折り畳みのテーブルを用意しておけば。

変に意識してしまってまごついていると、不意に螢がベッドから腰を浮かせ、僕の腕を引っ張った。力は強くないけれど、「いいからさっさと座れ」という念がはっきり伝わってくる。

僕は観念して螢の隣に腰を下ろす。しかしせめてもの良識か抵抗か、それとも臆病なだけか——我がことながらよくわからない心境で、少しだけ距離を取った。

が、螢は容赦なくその距離を詰め、まるで僕にしな垂れかかるようにして台本を、僕の左脚と自分の右脚の上に広げた。

「たとえば？」

螢のほどよく低い声が至近距離から、しかもノイズがほとんど混じっていない空気を伝って、僕の鼓膜を震わせる。体温と体の感触が服越しに伝わってくる。

肌が粟立つ。

いつもならそれはトラウマを刺激されて湧き起こる嫌悪感ばかりの代物だけれど、今回は違った。気持ち悪さ半分、もう半分はにわかな緊張感と昂揚感、そして心地よさがない交ぜになった、不思議な感覚。

どうにも落ち着かなくて、僕は身動ぎする。離れてほしい気持ちと、この複雑で奇妙な刺激を手放したくない気持ちがせめぎ合い、そこに「螢を拒絶するような仕草は避けたい」という思いが溶け込んで、もぞもぞするのが精々だった。

しかし、いつまでも挙動不審にしているわけにはいかない。時間は限られているし、演技の特訓のために僕と螢はここにいるのだから。

僕は小さく咳払いをひとつして、台本に意識を集中させた。

「感情とか思考を載せるってさっき言ったけど、要はニュアンスだよ。単に抑揚をつけるだけじゃ朗読かナレーションみたいに聞こえるから、要所要所でちょっとオーバーなくらいに。螢の場合はそうしたほうがいい気がする」

言いつつ、試しに使うのに丁度よさそうな魔女のセリフを探す。

しばらくページの上で指をうろうろさせていた僕は、そうしているうちに言い終わってしまって、再び螢の存在を意識してしまいそうになる。

急いで目を走らせ、どうにか集中が切れるギリギリのところで、僕はやっと指を止めた。

「たとえばこのセリフ。これを――ペンがほしいな」

言って、ちらりと螢に視線を投げる。

僕としては「書くものを取ってきたいから、どいてくれる？」という意味合いだったのだけれど、螢は僕にもたせかけていた体を起こすと、そのまま腰を折って、足元に置いていたバッグからペンケースを取り出し僕に差し出した。

「はい」

「あ……ああ、ありがとう」

僕が受け取るが早いか、螢はまた僕に体重を預ける。

さすがに実際に演じてみる段になったらちゃんとした姿勢になってくれるだろうけれど、どうやらこうして話している間は、螢は僕に寄りかかったままでいるつもりらしい。

いままでにもしていたようなじゃれつきとは、少し雰囲気が違う。好意のアピールというよりも、人恋しそうな印象なのだ。

思えば、特訓をはじめてから——というか、たぶん正確には水族館に行った日から、螢はこういう態度を見せるようになった気がする。

あのときは訊きそびれたけれど……螢はひょっとしたら、離婚して出ていった母親のみならず、父親までもが自分から距離を取るようになったことを寂しいと感じているのかもしれない。たとえ両親を離婚させたことに後悔はなかったとしても、何の感情も抱かないというわけではないはずだ。

……そう考えると、ますます邪険にできない。

僕は内心やれやれと肩を竦めて、ペンケースから鉛筆を取り出し、さっき指さしたセリフをその先端でつついた。

「このセリフを、いくつかに分けてみよう」

どこで区切るべきか、頭の中でセリフを演技つきで読み上げながら考える。考えながらセリフの中に斜線を引いていく。

『そうかい、／それは悩ましい話だね。／いいだろう。／お前の願い、このわたしが叶えてやろう。／ただし／対価と、いくつか条件がある』

そうしているうちに、だんだん自分が真剣になっていくのを感じる。

斜線を入れ終わる頃には、僕は完全に甘やかな心地から抜け出して、部活モードになっていた。そのことに、なんとなく安心する。

「こんな感じかな……。で、このひとつひとつを、どんなニュアンスで言うか――魔女がこれらを言うタイミングでどんな気持ちでいるか、考えてみるんだ」

すると螢はペンケースからシャープペンを取って、その先端で「そうかい」の部分をトントンと叩いた。

「じゃあ、たとえばこれは？」

「ここは、ロランの話を聞いて『なるほどね』って頷いてるようなイメージだから――ああ、あくまで僕としてはだけど。納得してるのがわかるような言い方にするかな」

すると螢は、「そうかい、」の右横に縦線を一本引いて、『納得』と書き入れる。

そして、

「じゃあこれは」

と、続く「それは悩ましい話だね。」を指した。

まだ勝手がわからないのだろうか。ニュアンスは、魔女を演じる螢自身が考えて決めたほうがいいと思うのだけれど、まぁ、もうひとつくらいはいいか。

「これは、そうだな……魔女が従者や王子に感情移入してるとはあんまり思えないし、同情してるように言うよりは、面白がってるか……従者はちょっと興奮気味に事情を話してるから、なだめるような感じで言うかな」

螢は再び、僕が言ったとおりのことをセリフの横に書き込む。

それからまた、次のセリフを指し示した。

「じゃあこれは」

まさかセリフひとつ、丸ごと僕に投げるつもりなのか。それじゃあ駄目だろう。

「螢、魔女を演じるのはきみなんだから、きみが考えないと」

「ハルはどう解釈するのかなって思ってさ」

螢の目がじっと僕を凝視する。明らかに、魔女のセリフをダシに僕を探っている。

僕は半眼で螢を見つめ返した。

「いまは僕のことはいいんだよ。螢がどう捉えるかが重要なんだから」

言ってから、そういえばと思い出す。

「前にも話したじゃないか。あのとき考えたんじゃないの？」

映画を観に行ったときの話だ。

魔女のスタンスが——姫の心をねじ曲げることを魔女が正しいことと思っているのか否かがわからないと螢が言って、僕はそんな彼女に「わからないなら螢が決めてしまえばいい」とアドバイスした。

蘇った記憶に「そうだったそうだった」と内心で頷いた僕は、不意に閃いてハッとした。

もしかして、あのとき螢が思い浮かべていたであろう事例は——両親を離婚に導いた自分の行いだったのか？

もしそうなら、螢は親に離婚を勧めることで、夫からの愛を諦めきれずにいた母親を半ば強制的に諦めさせたことを……後悔、しているのだろうか。

僕の魔女に対する解釈を聞きたがったのは、僕が過去の螢の行いをどう判じるか、遠回しに探るためだったのか。

そう考えると、さっきの自分の態度がひどく薄情なものだったように思えてくる。

僕はおずおず、螢に尋ねた。

「ねぇ螢……螢は後悔してるの？　ご両親を離婚させたこと」

「してないよ」

思わず怯みそうになるほどの即答だった。

「父さんも母さんも苦しんでた。離婚することになったとき、ふたりともすごく傷ついた様子だったけど、それは一時のことで、後は楽になったはずだから」

芯《しん》の通った口調で、螢は言う。

しかし、ふとその目が哀愁めいた気配を帯びた。

「……ただ、ボクまで距離を取られるとは思わなかった」

「お父さんのこと？」

「うん。でも、母さんもかな」

離婚が決まって家を出ていくとき、螢のお母さんが最後に娘に残したのは、罪悪感の涙や別れを惜しむ言葉などではなく、暗い怒りの滲んだ眼差しだったそうだ。

よくも夫との仲を完全に終わりにしてくれたな、とでも言うような。

絶句する僕に、螢は微笑んでみせた。

「だけどハルは、ボクと一緒にいてくれるんだよね」

「――うん」

螢は僕の核を一部、暴いた。

好意がないにもかかわらず七桜を受け入れて、愛しているフリをしながら結局最期まで愛さなかったこと。それをいまでも引きずっていること。

それでも僕は螢を嫌わずに、傍にいると言ったのだ。

螢の両親は螢に、長くごまかし続けていた自分たちの断絶ぶりを暴かれ、終止符を打たれた末に、彼女を遠ざけるようになった。でも僕はそうはしない。

まだ知られていないこともあるにはあるけれど、きっとそれを暴かれても、螢を嫌いになったりはしないと思う。

だって、初めて純粋に惹かれている相手なのだから。

微笑んで頷いてみせると、螢は嬉しそうに目を細めた。

それを見た瞬間ふと、螢に触れたい衝動が湧き起こる。頭を撫でるとか、手を握るとか――離れていかないから大丈夫だと、言葉以外で伝えたくなった。

思わず衝動に任せて手を浮かしかけた僕は、しかし、いまそういう流れにしてしまったらきっと特訓には戻れないだろうと直感して、ぐっと堪える。それから、

「ごめん、話が逸れたね」

と取り繕うように言って、視線を台本に戻した。

気づけば鼓動が速くなっている。たぶん、衝動を押し殺さずに螢に触れたら、どういう展開になるかちらりとでも想像してしまったせいだろう。

落ち着け、冷静さを取り戻せと内心で自分を叱咤《しった》していると、

「逃げなくていいのに」

という螢の意地悪な笑いを含んだ囁きが耳をくすぐって、僕は若干ムキになりながら鉛筆を持つ指に力を込めた。


魔女のセリフすべてにチェックを入れ終えたのは、十四時半を回った頃だった。結局僕の意見も結構な割合で採用されたとはいえ、想定していたより早い。

「うん、よし。……どうだろう、大体イメージできたかな」

「んー、うん。前よりわかりやすくなったかも。ありがと、ハル」

「そっか。じゃあ一回、さっき書いたのを意識して演じてみようか？」

「んー……」

さてここからが肝心だと心持ち気合いを入れつつ僕は言ったけれど、螢は渋るように唸って、また僕に寄りかかってきた。

「螢？」

「休憩にしよ。ちょっと疲れちゃった」

疲れたというより、どうやら飽きてしまったらしい。

退屈そうに伸びをする螢に、僕は「もう少し頑張ろうよ」と声をかけるか迷ったものの、結局

は苦笑気味に「わかった」と返した。

ずるりと力なく螢の体が傾いで僕の肩から後ろに倒れ、ベッドの上に転がる。

いよいよ無防備極まる寝姿にどぎまぎする僕に、螢は寝転んだまま尋ねてきた。

「ハルってひとり暮らしなの？」

「一応父さんも母さんも一緒に住んでるけど、まぁ似たようなものかな。ふたりとも仕事でほとんど家にいないから」

「ふうん……それって昔から？」

「うん。だから小さいときは、よく隣に預けられてたよ」

「隣って――」

「綾坂の家だよ。悠一郎や七桜の家」

紫理の名前は、あえて出さなかった。

悠一郎も彼女のことは螢に話していなかったらしい。螢はとくに訝る様子もなく流した。

「じゃあ、逆にこっちに来ることはあった？　綾坂七桜は」

「……うん、しょっちゅう来てたよ」

あいつにとってこの家は第二の自宅のようなもので、お手軽な家出先だったことだろう。

「そう。ハルが綾坂七桜をあい――」

不意に螢が言葉を切った。それから弾みをつけて起き上がり、ドアのほうをじっと見つめて、やがて呟いた。

「……誰か来た？」

「え？　――っ！」

僕は慌てて息を詰め、耳を澄ませる。すると、それは確かに聞こえた。

足音だ。こっちに来る。階段を上ってきている。

悠一郎？　違う、この足音は。

「なんで」

焦燥感が一気に膨らむ。枕元に放ってあるスマホに視線を走らせる。

スマホは一切鳴っていない。その証拠に、着信や通知があれば光るはずの小さなライトが点滅していない。念のために画面をチェックしてみても、やはり何の通知も来ていなかった。ついでに時刻も目に入る。十四時四十六分。

なんでもう帰ってきた？　連絡は？　入れ忘れたのか？　いやそんなことはもうどうでもいい。まずい、来る。見られる。どうにかできないか、どうにか。

必死に思考を巡らせる。しかし焦っているせいか、考えるばかりで体が動かない。そもそもろくなアイディアが浮かばない。

そうしているうちにも足音は着実に迫り、ついにドアの前まで到達した。

――コンコン。

「ハルちゃん、ただいま」

ノックから間髪入れずにそう言った足音の主は、僕が応じるよりも早くドアノブを捻った。

待ってと言う猶予もない。

ドアは容赦のない勢いで開き、そしてその向こうに立っている人物――綾坂紫理と、僕たちの視界を繋げた。

「――――」

凍りついた紫理の姿を、どうすることもできずにただ凝視しているうち、キィン……と耳鳴りがしはじめる。

張り詰めた沈黙を引き裂いたのは、おそらくこの場でもっとも冷静であろう螢だった。

「どちらさま？」

螢は僕に言ったのだろう。その証拠に、彼女の声量はかなり抑えめだった。

しかしその何気ないひと言を耳にした紫理はみるみる動揺の色を濃くして、食ってかかるように問い返した。

「あ――あなたこそ、ど、どちらさま？」

「待ってゆか姉、彼女は――」

「ハルちゃん、七桜ちゃんは？　いないの？　いないのに、いるの？　女の子が。部屋に？」

「ゆか姉、落ち着いて。螢は僕の」

「ケイ？　あの子のこと？　七桜ちゃんは？　知ってるの？　ちゃんと知ってる？　まさか浮気じゃ……ないよね？」

「ちが……っ、ゆか姉、僕は」

「待って」

完全にパニックに陥っている紫理と、彼女に引きずられてますます冷静さを失いつつある僕との応酬を、螢の鋭いひと言がぴしゃりと止める。

──嫌な予感が、した。

混沌《こんとん》としていた空気が、一気に凪いだような錯覚。さっきまで溢れかえっていたノイズが消えて、耳鳴りだけがじわじわと音量を上げていく。

僕と紫理が同時に螢を振り向くと、螢はあの猛禽類を彷彿とさせる目で、真っ直ぐに紫理を射貫いて言った。


「綾坂七桜は死んでるよね？」


「──あ」

という声《おと》が自分の喉から出たことを、僕はいまいち自覚できなかった。

代わりに、血の気が引いていく感覚が気持ち悪いほどはっきりとわかった。

微動だにできない僕の耳に、憐れなほど引き攣ったか細い声が届く。

「──なに、いってるの……？　七桜ちゃんは、いるよ。勝手に殺さないでよ」

「勝手じゃない。二年前に交通事故で」

「ち、ちょっと──ねぇ、あなた」

紫理が強い語気で、螢の言葉を遮る。

一見落ち着きを取り戻したかのようだったけれど、微かな声の震えがそれを否定する。

紫理は数歩螢に詰め寄ると、諭すように穏やかに──しかし実際は感情を押し殺そうとして失敗しているのが明白な物言いをした。

「ハルちゃんが好きだからって、ひとの妹を死人扱いするのはやめて。それはやっちゃいけないことよ。わかるでしょう？」

螢の目が据わる。不快そうに眉間に皺を寄せ、なおも繰り返した。

「綾坂七桜は死んでいるはず」

「螢!!」

僕は今度こそ叫んで、螢の声を掻き消そうとした。

言わないでくれ。聞かせないでくれ。紫理が真実を思い出したら、今度こそ完全に壊れてしまうんだ。

螢の鋭い視線が飛んでくる。「どうして止めるの」とその瞳が言う。

僕は螢を強引に部屋の隅へ連れていこうとした。しかし螢は僕の手を払い、何か言いたいならここで言えとばかりに背筋を伸ばす。

その強情さに苛立ちを覚えて、僕は歯嚙みする。

「螢。いいから、ちょっと来て」

「ひどい顔だよ、ハル」

僕の顔色なんてどうでもいい。いまは螢に、これ以上余計なことを言わないよう釘を刺すことが優先だ。

ああ、なんでこんなことになってるんだ。ついさっきまでとても穏やかな気持ちだったのに、なんでこうなる？

頭を掻きむしって呻きたくなる。でも駄目だ、むしろ冷静にならないといけない。

螢が動こうとしてくれないなら、紫理に頼むまでだ。とにかくふたりを引き離さないと、ここからどう転ぶかわからない。好転はしないだろうという確信だけはある。

僕は螢を説得することを早々に諦めて、紫理を振り返った。

「ゆか姉、ごめん。ちょっと——家に戻っててくれるかな。後でいろいろ説明するからさ」

「ハル、このひとは」

「螢はちょっと黙って。ゆか姉、頼むよ」

「…………」

「ゆか姉」

僕が懇願《こんがん》するような声で呼んでも、紫理はどこか泣き出しそうな気配を孕んだ険しい面持ちで螢を睨むことをやめない。

しかしやがて、おそるおそる僕を横目に見て、尋ねた。

「これだけは聞かせて。ハルちゃんが好きなのは……七桜ちゃんよね？　嫌いになったりしてないよね？」

「…………ないよ。なってない」

紫理の言う『好き』が、家族愛だけを指しているのではないことはわかっていた。

だからすぐには肯定できなかった。でも、肯定するしかなかった。

もし少しでも否定の言葉を口にすれば、きっと紫理は今度こそ我を失って、収拾がつかなくなる。

……しかし、紫理に対して嘘をさらに重ねるのは、ひどく憂鬱だった。

「そう。なら……よかった」

紫理は心底安堵した様子で、力なく微笑んだ。

それから再び螢を仄暗い瞳で一瞥し、

「わかった、帰るよ。後でね、ハルちゃん」

と、渋々といった風情《ふぜい》で部屋から出ていった。

紫理の足音が徐々に遠ざかり、やがて玄関のドアが閉まる音が聞こえると、一気に倦怠感《けんたいかん》が襲ってくる。

立っているだけでも億劫で、僕は半ば倒れ込むようにしてベッドに腰を下ろした。そして背中を丸め、両手で顔を覆う。

本音を言えば、このまま意識を手放してしまいたかった。でもまだ螢がいる。説明しないと。もしまた紫理と会うようなことがあったとき、彼女を刺激しないように言わないと。

尽きかけている気力を、僕はどうにか絞り出そうとする。しかし吸い込んだ空気はしゃべろうとするたびに溜息に変わり、声にならない。

そんな無意味な深呼吸を三度ほど繰り返したあたりで、痺れを切らしたのか見かねたのか、螢のほうから水を向けてきた。

「あのひと、綾坂七桜の姉なの」

「……うん。綾坂紫理っていうんだ」

「あのひとは、妹が死んでることを知らないの」

「……知ってる。でも、目を背《そむ》けてるんだ」

「綾坂悠一郎を使って？」

「！」

僕は弾かれたように顔を上げた。

倦怠感が吹き飛んで、「なんでそれを」というセリフが口を衝《つ》きかける。

螢は僕の表情だけでそれを察したらしい。

「ユウの女装は綾坂七桜に寄せてるって、前に本人から聞いたから。それに、ユウは綾坂七桜のことを嫌っているのに、口調や仕草までコピーしてた。それはその必要があったから。どんな必要かって考えたら――」

現実を受け入れられず、「七桜はまだ生きている」と信じる紫理に話を合わせるため。

「……そうだよ。ユウは、家では綾坂悠一郎じゃなくて、綾坂七桜なんだ」

「それでハルは、まだ綾坂七桜とつき合ってると思われてるんだね」

少し違う。紫理は、僕が七桜以外を選ぶとは少しも思っていないのだ。

小さいときからずっと一緒で、紫理も含めて実のきょうだいみたいに育ってきたから、将来はそのまま本当の家族になると思っている。

僕が思春期になっても七桜と疎遠にならなかったことや、七桜があまり恋愛に積極的でなかったせいもあるかもしれない。何より、一時期は本当につき合っていたから、確信したのはたぶんそのときだろう。

紫理は七桜のことを誰よりも大切にしている。あいつの死を受け止められず、壊れてしまうほどに。

七桜のフリをするというのは、悠一郎が自分からはじめたことだった。

七桜の葬儀が終わってしばらくした頃だ。僕自身ショックから立ち直れていなかったこともあって、当時は綾坂邸から足が遠退いたのだけれど、ある日唐突に七桜の格好をした悠一郎がうちに来て、夕飯を一緒に食べようと誘ってきたのである。

義理の従弟《いとこ》が、ついこの間喪《うしな》った従妹《いとこ》に変装しているというだけでも充分理解しがたいのに、綾坂邸に行ってみれば、紫理が女装した悠一郎をまるで七桜本人のように扱い、妹の死などなかったかのように明るく振る舞っていたのだから、あのときは頭がどうにかなりそうだった。

事情を聞かされたのは、その日の二十一時過ぎだった。紫理が風呂に入っているタイミングを見計らい、悠一郎が説明してくれた。

曰く、紫理は七桜の葬儀の翌日には、七桜が死んだことをすっかり忘却していたらしい。まるで、七桜がまだ生きて家にいるように振る舞う。しかもそれは次第にエスカレートしていき、『一緒に暮らしている年下のきょうだい』だからか、紫理は悠一郎を七桜だと思い込むようになった。親たちはそんな紫理をまるで腫《は》れもののように扱い、やがてあからさまに距離を取るようになったのだという。

しかし悠一郎は、それを受け入れた。

紫理のことはあまり好きではなかったけれど、壊れてしまったことを憐れに思える程度には彼女を許しているから、と。

それに、無理に悠一郎《じぶん》でいるよりも可愛がってもらえるし、とも言っていた。

僕はどうするのが一番正しいのかわからなくて、ただ放っておくこともできず、悠一郎の案に乗った。

七桜の死を、ついでに親の再婚や義弟の存在もなかったことにして、紫理の前では悠一郎を七桜として扱う。悠一郎が七桜になりきるための協力は惜しまない。

そして、本来なら一番の居場所であるはずの自宅で『自分』でいられなくなった悠一郎の拠《よ》りどころになる。

七桜の死は僕のせいではないけれど、僕は七桜の弱さにつけ込み、あいつを利用した。その負い目の分だけ、七桜の死によって人生が狂ってしまった紫理と悠一郎を支え、彼らに尽くすべきだと思ったのだ。

「ふうん。でも、いつまでもそうしてはいられないよね」

「……っ」

螢の冷たく容赦のない指摘に、僕は下唇を噛む。

いつまでもこうしてはいられない……の、だろうか。こうしていては駄目なのか。確かにいろいろ窮屈だし、ストレスが多いけれど、それなりに上手く回っているのに。

せめて限界が来るまで——紫理が自分から違和感に気づくまで、このスタンスを貫いてはいけないのだろうか。

無理やり終わらせせようとせず、そろそろ厳しいと感じはじめたあたりで手を打って、自然なかたちを装いつつこの歪《いびつ》な生活に幕を下ろすことはできないのか。

……頭痛がしてくる。

僕は重い溜息を吐《つ》いて、思考を打ち切った。

「……悪いんだけど、今日はもう、帰ってくれないかな。続きはまた今度ってことで……」

「……いいよ、わかった。じゃあ明日」

「え――ああ……いいけど、でも場所、変えない？」

「ここがいい」

……大丈夫だろうか。昨日の今日ならぬ今日の明日で、また螢と紫理が顔を合わせてしまったら、再び危ういムードになってしまう。直接会わなくても、卯月家《うち》に螢が来ていると紫理に知られたら、紫理はどう出ることか。

でもそれは、この後紫理に事情をどう説明するかでも変わってくる問題だ。僕が上手いことやれれば、紫理も螢を受け入れてくれるかもしれない。

「……わかった、考えてみる。夜、電話するよ」

苦い面持ちで僕が頷くと、螢は無言で帰り支度をはじめた。

玄関で螢を見送った後、僕はこのまま紫理のところへ行こうかと思ったものの、彼女がいまどんな心持ちでいるのかを考えると怖くなり――結局綾坂邸に足を運んだのは夕飯がはじまる少し前、十七時三十分頃のことだった。


紫理はダイニングの椅子に腰かけ、隣に座っている悠一郎にぴったり体を寄せて、手元の飲みものに口をつけるでもなくぼうっとしていた。

「……ごめん、ゆか姉。待たせちゃって」

傍らに立ってそう声をかけると、先に僕を見たのは悠一郎のほうだった。

一体何があったんだと、神妙な眼差しが僕に問いかける。

おそらく紫理はここに帰ってきた後、悠一郎——もとい七桜の姿を捜したのだろう。そして何事かと姿を現した悠一郎を見て、「やっぱりいるよね」と胸を撫で下ろした。

自宅にいるときの悠一郎は、ウィッグまできっちりつけた女装姿でいるのがデフォルトになっている。いまもそうだ。今日はきっと、その習慣がおおいに活《い》きた。七桜を求めて取り乱す紫理をすぐになだめてくれたのだと思う。

僕が「厄介なことになった。ごめん」という念を込めて見つめ返すと、さすがの悠一郎でも視線だけではそこまで読み取れなかったらしい。怪訝そうに顔をしかめた後、女子っぽくつくった声で紫理に話しかけた。

「ほらお姉ちゃん、ハルが来たよ。今日の夕飯当番は代わったげるから、離れて」

「……うん。ありがとう七桜ちゃん」

緩慢な動作で紫理が悠一郎から離れる。

悠一郎は椅子から立ち上がると、僕の横をすり抜け、キッチンへと向かった。

すれ違う一瞬、悠一郎の視線が僕を貫く。たぶん「後でオレにも聞かせてね」か「料理しながら聞いてるからね」といったところだろう。

僕が紫理の差し向かいに座ると、紫理のほうから口火を切った。

「さっきはごめんね、ハルちゃん。わたし、混乱してつい……」

「いや……僕こそ、あらかじめ言っておけばよかったね」

なんて、白々しく言ってのける。螢に会わせるどころか、存在すら知らせずに済むならそうしておきたかった。だから、わざわざ紫理の予定を細かく確認して、外出先から帰ってくるときは連絡を入れろとまで言ったくせに。

「あの子は鷹宮螢って言って、四月に転入してきたクラスメイトなんだ。部活も同じ演劇部でさ。今日来てたのは、演技の特訓をするためだよ。文化祭が近いから……」

「ハルちゃんが教えてるの?」

「うん。部長に頼まれて」

「なんでハルちゃんなの?」

「それは……その、僕が部の中で一番、螢と仲がいいから……」

「珍しいね、ハルちゃんが女の子と仲良くなるの」

「……まぁ……」

「もしかしてハルちゃん、あの子に好かれてるんじゃない?」

「っ……」

「だからじゃないかな……あんなこと言ったの」

僕は思わず息を呑んだ。『あんなこと』が何を指しているのか容易にわかって、あれをどうごまかすか、まだ思いついていなかったから。

僕が何も言えずにいると、紫理は心を落ち着けようとするように深呼吸した後、気遣わしげな様子で僕に言った。

「ねぇハルちゃん、こんなこと言うのはどうかと思うけど……あんまり、あの子に優しくしすぎないようにね。じゃないと、きっと誤解されちゃうから。ね」

そのひと言に、僕は落胆した。

ああ、紫理はやっぱり、僕が七桜以外を選ぶなんて微塵も考えていないのだ。僕が七桜を心から大事に思っていて、だからずっと傍にいてくれるものと信じている。

そんなの、全部都合のいい思い込みなのに。

七桜はもういないし、紫理がいま七桜だと思っているのは悠一郎だし、そもそも僕と七桜がお互いに想い合っていたことなんて一時もないし。七桜がいま生きていて、あの不純な関係がずるずると続いていたならわからなかったけれど、もうこの世にいないのだから選びようがない。

……そう思いはしても、当然、口には出せない。

僕は曖昧な反応でお茶を濁し、

「夕飯つくるの手伝ってくるよ」

と、逃げるようにダイニングを後にした。

キッチンでは、悠一郎がウィッグの髪を揺らしながら豚肉を焼きつつ、アルミホイルに包んだ何かを蒸し焼きにしているらしい左のフライパンの様子を気にしていた。調理台には三人分のオムレツが並んでいる。

「何か手伝えること、ある？」

「じゃあ、洗いものお願い」

シンクに放り出してある調理器具類を黙々と洗う。

そうしていると、やがて悠一郎が「……で」と口を開いた。

「何があって、姉さんはあんなに不安定になってるの」

「……卯月家《うちづき》で、螢とゆか姉が顔を合わせて。それで……言っちゃったんだ、螢が。『七桜はもう死んでる』って」

「え」

さすがの悠一郎も、これは予想外だったらしい。ちらりと彼を横目に見遣れば、色を失って固まっている。その面持ちを見た瞬間、せめて食べ終わってから話すべきだったかと後悔した。

「……ああ、だから帰ってくるなりオレを呼んだのか……。どうごまかしたの」

「いや……ゆか姉は信じなかったよ。螢が七桜を嫌ってて、嫌がらせのつもりでそう言ったんだって解釈したみたいだ」

ずっと緊張している様子だった悠一郎は、ようやく肩の力を抜いた。しかしただ安堵したというわけではないようで、表情は複雑だ。

「そっか。実際そうなの？」

「いや、違うと思う。螢が本当のことを言ったのは、紫理が、七桜がまだ生きてると思い込んでる言動をしたからだよ」

螢はそういう違和感を見逃さない。容赦なく抉《えぐ》ろうとする。

「明日も来るの？　鷹宮先輩」

「その予定だよ。まだ全然上達してないから」

悠一郎は特訓をはじめた日の前日から、螢が卯月家に演技の特訓に来ていることを知っている。

妙に紫理の予定を気にする僕を不審がって、何のつもりか訊いてきたのだ。

卯月家での特訓がまだ続くと聞いて、悠一郎はどうやら僕と同じ懸念を抱いたらしい。とても難しい面持ちになり、

「場所、変えたほうがいいんじゃない？」

と言った。

「うん、僕もそう思ったんだけど……蛍が、うちがいいって」

悠一郎の表情がますます難しくなる。

しかしもう決まってしまったことだしと思ったのか、食い下がりはしなかった。

ただひと言、

「……無理しすぎないでね、ハル兄」

と言って、この話題を終わりにした。


そして、夜の九時。

昼間とは打って変わって静まり返っている自室で、僕は蛍に電話をかけた。

「——あ、蛍？　いま大丈夫？　そっか。……今日はごめん。なんていうか、変なことになっちゃって。え？　ああ、ゆか姉は一応落ち着いたよ。……いや、言ってない。言えないよ、そんないきなり……。

それで明日だけど。これまでどおり、一時でどうかな。うん。じゃあそれで。

——あのさ、もし今度ゆか姉に会うことがあったら……もう、七桜のことは言わないでくれな

いかな。螢の言ったとおり、ずっとごまかし続けるのは無理かもしれないけど、いますぐに現実を受け入れさせようとするのも、無理があると思うんだ。だからさ、頼むよ。

――じゃあ、そろそろ切るね。おやすみ。また明日」

通話を切る。

螢の言葉は少なくて、最後に僕が言った『お願い』に対する応えに至っては完全に沈黙だった。

その沈黙があまりに長いものだから、なんだか気まずくなって切り上げてしまったけれど――

大丈夫、だろうか。

不安が拭い去れないまま、僕は眠りに就いた。


螢は自分で言ったとおり、翌日も僕の家にやってきた。

何の遠慮も躊躇いも、昨日の今日で紫理とばったり顔を合わせてしまわないか気にしている風情さえない。むしろ僕のほうが神経質になっているくらいだった。

昨日の続き――結局やれなかった『ひとつのセリフをいくつかに分解して、それぞれどういうニュアンスで言うか決めてから演じてみる』という作戦を実践《じっせん》してみる。

すると、劇的にとまでは当然いかないものの、多少は棒読みの印象から脱却できたような感触があった。

途中で何ヶ所か微修正を加えつつ、魔女のセリフをひととおり演じていく。そうしてすべてのセリフのニュアンスが固まる頃には、時刻は十七時を回る頃になっていた。

「じゃあ、次はいつ——」

「明日やろう」

「えっ」

僕は驚いて目を瞬く。なんだかずいぶん積極的だ。これまで螢が自分からやる気を見せたことなんて、ほとんどなかったのに。

「いいよね？」

「ああ、うん……わかった」

今日の稽古に手応えがあったから、火がついたのだろうか。妙な圧力を感じて、僕は首を縦に振った。

「じゃあ、また明日」

——その日を境に、特訓は毎日行われるようになった。

螢は異様なほど熱心で、息抜きと称して僕にじゃれついてくることも心なしか少なくなった。

それ自体はいい。むしろ教える側としては望ましいくらいなのだけれど、ただ『次回の約束』がほとんど強制的に『翌日』に固定されるようになったのが気がかりだった。

稽古が終わると、螢は僕に是非《ぜひ》を訊くこともなく「また明日」と一方的に言ってさっさと帰ってしまうのだ。

特訓以外に予定はとくにないのでつい受け入れてしまうものの、どうにも僕は、螢が毎日訪ねてくることを素直に喜べないでいた。

それは螢が紫理と再び顔を合わせてしまう可能性が高まることへの懸念であり、螢はそれをこそ狙って毎日うちに足繁《あししげ》く通っているのではないかという疑念ゆえだった。

——実際、僕の予想は当たっていた。

通算十回目の特訓をしていた日のことだった。

インターフォンが鳴ったので階下に下りてみれば、玄関先に立っていたのは、思い詰めた風情の紫理だった。

「……今日も来てるんだね、あの子」

僕がドアを開けるなり、僕ではなく三和土《たたき》に並べられた靴を見てそう言った彼女に、僕は胃が縮み上がるような心地になった。

「……何の用、ゆか姉」

「あの子と話がしたいの」

やっぱりか。いつもは鳴らさないインターフォンをわざわざ鳴らしたのは、螢への威圧のつもりか、紫理自身の決心の表れだろう。

ふたりが衝突したあの日から、紫理はずっと思い悩んでいる様子だった。

七桜の生死を疑いはじめてしまったのか？　それとも、悪い印象ばかりの螢がまだ僕の家に来ていることが気に入らないのか？

警戒と焦りと不安とで吐き気《はけ》を覚える僕に、紫理は言う。

「入れてくれる？」

「駄目だ」

と、本当なら言いたい。でも突っぱねる理由が、紫理を納得させられるような正当な理由が思いつかない。

しかしだからと言ってすんなり通すこともできず、僕は往生際悪く食い下がった。

「話って、どんな話？」

「……お願いしようと思って」

「お願い？」

「ハルちゃんを、諦めてって」

「はぁ……!?」

思わぬ展開に、僕はつい素っ頓狂な声を上げた。

そのまま二の句が継げなくなり、乾いた唇を震わせるばかりの僕に、紫理は堰《せき》を切ったように言い募る。

「だって、やっぱり許せなくて……ハルちゃんを独り占めするために、七桜ちゃんを――し、し……死んでる、ことに、するなんて。そんな子を家に上げちゃって、ふたりきりでなんて、やっぱり駄目だよハルちゃん。いろいろ教えてあげたんでしょ？　だったらもう、あとは自分でやってくれって言って、劇の練習は終わりにしてよ」

「ゆ、ゆか姉、落ち着いて。ゆか姉の気持ちはわかった。わかったけど、でもそれをゆか姉が直接蛍に言うのは」

「だってハルちゃん、言える？　言えないでしょ？　優しいもの。でもわたし、もう限界なの。

あれからずっと考えてたけど、やっぱり駄目。七桜ちゃんが可哀想。ハルちゃんは七桜ちゃんのこと、大切にしてくれてるでしょ？　なのにあの子がそれを——」

「ハル」

突如、背後から凛《りん》とした声が響いた。

その瞬間、僕は何もかもが静止したような錯覚に襲われた。

しかしそんなわけもない。擦り切れてしまいそうだった紫理の表情がみるみる険しいものになり、僕の背後を睨みつける。僕を押し退けるようにして、家の中へと踏み込んでくる。押さえていた僕の手が離れて、ドアが閉まる。そのときの重い音がやけに大きく聞こえた。

後ろにいるのが誰か、考えるまでもない。

螢はこちらに近づいてはこなかったものの、明らかに紫理に向かって声を張った。

「やっと会えたね」

その言葉を聞いて、僕はようやく後ろを振り返った。

「螢……っ！」

何の確証もなかったから、僕が邪推しているだけかもしれないと思って、あえて指摘しなかった。でも、いまのセリフで確信した。

螢はもう一度紫理と会って、彼女を——壊そうとしていたのだ。

いつまでもいまのままじゃいられないと、螢は言った。そしてその日の晩、僕が電話をかけたときも、「七桜が死んでいるのは事実だって、言った？」と訊いた。

どうしてそっとしておいてくれないんだ？

いつか来る終わりなら、いま自分が終わらせても構わないはずだと思っているのか？

「やめろ」という念を込めた視線を送る僕を、螢が一瞥する。彼女の眼差しは冷たいようでいて、どこか気遣わしげにも見えた。

……なんだ？　螢は何を考えてる？

戸惑い固まった僕を今度こそ本当に横へ押しやって、紫理は真正面から螢と対峙した。

「あ――あなたに、お願いがあるの」

「何？」

「ハルちゃんを、諦めて」

「どうして？」

当事者ではない人間にこんなことを言われたら、普通は面食らって、即座には切り返せない。しかし螢は間髪入れずに、ひどく冷たく高圧的な目つきで、紫理に問い返した。

小揺るぎもしない螢に、むしろ紫理のほうが怯む。それでも気丈に答えてみせた。

「ハルちゃんには七桜ちゃんがいるの。わたしの妹で、ハルちゃんの従妹《いとこ》。ふたりは昔からずっと一緒で、想い合ってるの。だから」

「綾坂七桜は死んでいる」

「――っ！」

「螢っ!!」

もう言わないでくれって言ったのに！

僕の非難めいた叫びにも、螢は動じない。一切容赦をするつもりがないのが気配でわかる。キミは黙っていろと言わんばかりに紫理だけを凝視している。

螢は無表情のまま、しかし苛立ちを表すかのように語気を強めて、

「綾坂七桜はもういない」

と繰り返した。

「だから、ずっと一緒も何もない。想い合っているなんてずいぶんな思い違いだけど、それももうどうでもいい。ボクには関係ない。ハルにも関係ない。綾坂七桜は死んで、もういないんだから、ボクとハルがどんな関係になろうと何の問題もない。そうでしょ？」

「な……な、何を、あなたは。七桜ちゃんはいるわよ！　勝手に殺さないでよ！」

「そっちこそ、勝手な思い込みでハルを縛るな」

「は……っ？」

「ねぇ、ハル」

螢が僕を見る。

呼びかけではない。いまのは問いかけ、確認だ。

螢が僕に何を確かめているのか、僕はわかっている。

しかしそれは予想外の指摘で、すぐに答えられない。――自分の中にある答えが摑めない。

硬直して瞬きすらできない僕に、螢は幾分か柔らかい口調で言った。

「もう嫌なんでしょ。ずっと嫌だったんでしょ、綾坂七桜に縛り続けられるのが。忘れたいんだよね。疎ましいんだよね？　綾坂七桜を思い出させる全部、何もかもが」

「そ――そんな、ことは……っ」

「あるよね。だってハルは、ずっと苦しそうにしてた。綾坂七桜や、綾坂七桜と自分の過去を思い出させるものに触れるたび。いまもそう。綾坂紫理の言い分を聞いているとき、ハル、気づいてた？　すごく嫌そうな顔してたよ」

「う、……っ」

蛍がだんだん近づいてくる。僕を捕まえようとしている。

このまま捕まったら——どうなるんだ？　蛍の言葉を肯定することになるのか？

いいのか？　認めてしまって。蛍の言葉は真実なのか？

確かに僕は、七桜を思い出させられるたびに、ひどく暗い気分になった。それが態度に出ていたこともある程度自覚している。でもそれはあくまで罪悪感、自己嫌悪であって、つきまとう七桜の影に苛立っていたわけじゃ——。

「そうなの……？」

ひどくか細い声が、僕を我に返らせた。

ハッとして声のした方を振り向く。

紫理の、いまにも崩れ落ちてしまいそうなほど頼りない佇まいと、真っ青な顔を見て、僕は、

「ハルちゃ……」

「——ち、がう。違う！」

すべてから目を逸らして、叫んだ。

こんなにも声を張り上げたのはいつぶりだろうとつい考えてしまうほど、僕の叫びは大きかった。空気が振動して、耳に余韻《よいん》が残る。

螢の足音が止まっている。気配はまだ遠い。俯いているせいで、螢も紫理もどんな顔で僕を見ているかわからないけれど、そんなのは些細なことだ。

いまは何よりも、螢の言葉を否定しなければいけない。

だってこれ以上、紫理に対して後ろめたい気持ちを抱えるなんて、絶対にごめんだ。

「僕は……僕は七桜のことを疎ましいなんて、思ってない。ちゃんと大事に思ってる。思ってるさ。だから、螢の言ったことは全部、違うよ」

——本当は正しいかもしれない。でも間違っていることにしなければいけない。

僕の本心なんてどうでもいい。そうしないと、僕はいまよりもっと息苦しくなる。罪悪感が膨れ上がる。そうなったらもう耐えられない。

「ハル。いい加減——」

「うるさいな、違うって言ってるだろ！　ほっといてくれよ！」

呆れ混じりに諭そうとした螢を、僕は怒鳴って黙らせる。

怒ったのか、怯んだのか。それとも愛想を尽かしたか。螢は僕の望んだとおり、口をつぐんだ。けれどそれだけではどうにも収まらなくて、僕は俯いたまま、低く呟いた。

「——帰って。螢。……悪いけど」

「…………わかった」

それが最後の言葉だった。

僕は俯いたまま、螢の気配が去っていくのを黙って待つ。

螢は一旦、僕の部屋に戻ったようだった。荷物を取りに行ったのだろう。やがて戻ってきた足音は僕の前を通り過ぎ、靴を履いたらしく音の質が変わって、ドアが開き、そして閉まる。

完全な静寂が訪れてようやく、僕はのろのろと面《おもて》を上げた。

視線をさまよわせると、所在なさげに体を縮こまらせて、

「……ごめん、ゆか姉」

何に謝っているのか、自分でもよくわからない。

それでも紫理はぎこちないながらも微笑んで、首を横に振った。

「ううん……気にしないで」

……紫理の顔を、真っ直ぐ見られない。

僕は適当なサンダルを引っかけて、紫理の背にそっと手を添え、

「……帰ろう」

と促した。


玄関のドアの開閉音を聞きつけて姿を現した悠一郎は、僕たちの顔を見るなりただ事ではないと察したようで、昨日よりも険しい表情を浮かべた。

「今度は何があったの」と言いたくてたまらなそうな彼に僕は、

「……ただいま、七桜」

と呼びかけ、その華奢で、七桜と同じ香りをまとっている体を抱き締めた。

「ハル兄……？」

よほど驚いたのか、口調が素に戻っている。無理もないかもしれない。僕は紫理の前であって

もなるべく悠一郎を七桜と呼ばないようにしていたし、自分から——しかも七桜を演じている最中の悠一郎をこんなふうに抱き締めたことも、いままでなかったのだから。

「どうしたの、ねぇ」

悠一郎が困惑した様子で僕の背をさする。

憔悴していて癒《い》やしを求めていると思われたのかもしれない。

あながち間違ってはいないのかもしれないけれど、僕としては、これはただのパフォーマンスだった。紫理に、さっきの僕の言葉が嘘ではないと示すための。

僕は悠一郎を解放する。

そして、目を合わせるのを避けつつ言った。

「……ごめん、今日は夕飯、いらないや。疲れたから、帰って寝るよ。じゃあ」

「えっ、でも」

「おやすみ」

にべもなくそう言って、僕は綾坂邸を後にした。

まだ陽は高いとか、紫理の面倒を悠一郎に丸投げしてしまうのは……とか、一度冷静になって考えるべきことがあるはずだとか——全部無視して、一刻も早く意識を手放したかった。


翌日、螢は来なかった。

約束をしていないのだから当然という気もしたし、昨日の一件でひょっとしたら僕たちの関係は終わってしまったのかもしれないとも思う。

……何もする気になれない。

昨日綾坂邸から戻った僕は、悠一郎に言ったとおり、風呂も食事も放ってひたすらに眠った。眠って眠って、何度か中途半端な時間に目が覚めたもののすぐに寝直して、無理やりにでも意識を手放して――そしていまに至った。

時刻を確認しようと、僕はいつもの癖で、枕元に置いてあるスマホに手を伸ばした。

十一時七分。

そう示しているデジタル表示の時計の下、いくつか溜まっている通知の中に、メッセージアプリのものがあるのを、僕は見逃さなかった。

――まさか。

跳ね上がった心臓にせっつかれながらも、おそるおそるそれを確認する。

しかし、メッセージの差出人は企業の公式アカウントだった。

盛大な溜息が漏れる。どうやら僕は自覚しているよりもずっと、螢との関係が気がかりらしい。メッセージが螢からのものでないと知った瞬間に覚えた落胆の大きさに、よくよく思い知らされる。

そしてそれを自覚すると、急激に恐ろしくなってきた。

……どうしよう。

身勝手な理由で螢の言葉を全否定したばかりか、怒鳴りつけて、追い出してしまった。

顔を見ようともしなかったから、最後に螢がどんな思いでいたか、想像すらできない。

どうしよう。怖い。嫌われたのか？　終わってしまった？　もう何もかも駄目なのか？

鼓動がどんどん速くなって、呼吸が浅くなっていく。膨れ上がる焦燥感に頭が揺れて、不安で吐《は》きそうになる。

どうしてこうなったのか考えようとしても、頭が上手く回らない。昨日のことを思い返そうとすると目の前が暗くなる。

体を胎児《たいじ》のように丸めて唸っていると、不意にコンコンと、ドアをノックする小さな音が聞こえた気がした。

空耳かと訝りつつ部屋のドアに視線を向けると、よく知った声が話しかけてきた。

「ハル兄、いる？」

——悠一郎。

僕はのろのろと体を起こし、どうにか不機嫌に聞こえないように意識しながら喉に力を込めた。

「いるよ」

「……入るよ」

ドアが遠慮がちに開いて、悠一郎が入ってくる。女装はしていなかった。

悠一郎は痛ましいものを見る目で僕を捉えると、独り言のようにぽつりと言った。

「……昨日、姉さんに疑われたよ。『七桜ちゃんは、本当に七桜ちゃんよね？』って」

「……っ」

「一応笑ってごまかしたけど、この前よりも不安定な感じだった。それと、ハル兄とも仲良しだよねって。……昨日、何があったの。また鷹宮先輩と姉さんが揉めたんだろうってのはわかるけど、ハル兄までこんな状態になってるのはなんで？」

穏やかな問いかけだった。ともすれば、どうしても言いたくないなら言わなくてもいいけど、とさえ言ってくれそうなほど。

しかし、黙っているわけにはいかないだろう。悠一郎は部外者ではない。昨日あの場にいなかっただけで、歴《れっき》とした当事者だ。

僕は話したくない――否、思い返したくないという本音を押し殺して、言葉を絞り出した。

「……昨日、ゆか姉がうちに来て、螢と話がしたいって言ったんだ。できれば会わせたくなかったから、何の用か訊いたら……螢に、僕を諦めるように言いに来たって」

「それって、恋愛的な意味で？　どうして姉さんが」

「ゆか姉は、僕と七桜が両想いだと思ってるんだ。中学のときから……もしかしたらもっと前からずっと。そしていまも、それは変わっていないと思ってる」

悠一郎が顔をしかめる。

紫理の思い込みを、七桜のフリをしている自分がより強固なものにしていると気づいたのだろう。

お前のせいじゃないよというセリフが頭にちらついたものの、それを言うのは白々しい気がして、僕は話を続けた。

「だから、ゆか姉にとって螢は、七桜から僕を奪い取ろうとする七桜の恋敵《こいがたき》なんだ。ゆか姉はそれが許せなくて――最初に会ったときに、螢が嫌がらせで『綾坂七桜は死んでいる』なんて言ったからますます許せなくなって、だから直接、螢に言おうとしたんだ」

「………それで」

「それで、止めようとしたけど、螢が来て……紫理に僕を諦めろって言われた彼女は、『七桜はもう死んで、いないんだから、自分と僕がどういう関係になろうが問題ないはずだ』って」

「……。それだけ？」

「いや……、……」

僕は言い淀んだ。あのとき螢が僕にした指摘を自分で言うのが怖かった。

言ったら、直視することになる。でも言わないとわからない。悠一郎は察しがいいほうだけれど、何も言わなくてもすべてを悟ってくれるわけではない。

僕は自分でも聞き取れるか怪しいほどの小声で、白状した。

「……僕は、七桜のことが、本当は疎ましいんじゃないかって——言ったんだ。螢が。ゆか姉の前で」

「……ハル兄は、なんて答えたの？」

「自問自答して、違うと思いたかったけど、否定しきれなくて……でも、ゆか姉が見てた。だから否定したんだ。……だって、ゆか姉の前でそんなこと、言えるわけないだろ!?」

言えるわけがない。ただでさえ七桜のことをいいように利用していたのに、死んだら悲しいと思うより期待に応えてくれなかったと落胆して。そのうえいつまでも罪悪感としてつきまとってきて鬱陶しいなんて。

「……ハル兄は、七桜《あいつ》のことを忘れたいんだね。だから七桜《あいつ》を忘れさせてくれない姉さんのことも、本当は邪魔なんだ」

違う——と、言う気にはならなかった。

むしろ、そうかもしれないと思った。昨日はまったく自分を客観視できなくて闇雲に否定してしまったけれど、ついさっき、僕は日常にちらつく七桜の影を鬱陶しいと、そう思ったのだから。

「……ねぇハル兄。オレは七桜《あいつ》のこと、大嫌いだよ。消えて清々したとさえ思う。姉さんのことはそこまでじゃないけど、でも好きかって訊かれたら即座に否定する。綾坂家《あのいえ》じゃ一番オレに優しかったってだけで、べつに良くしてもらったわけじゃないしね。知ってるでしょ。……だからさ、ハル兄が実はあいつらのことめちゃくちゃ嫌いでも、オレは軽蔑したりしないよ。むしろ『だよね』って納得するよ」

「……っ」

思い出す。

親の再婚を機に綾坂家にやってきてまだ日が浅く、しかし僕には少しずつ歩み寄ってきてくれるようになった頃。

悠一郎はたびたび僕に、七桜や紫理、そして親たちへの不満をこぼしていた。いまではあまり過激なことは言わなくなったけれど、あの頃はずいぶんと容赦のない言葉で彼女たちを罵倒していた。

——だから今度は僕が言う番でもいいと、悠一郎は言ってくれている。本音がどうだろうと、軽蔑しないと。

それでも躊躇いを拭いきれずにいると、

「……あ、もしかしてオレのことも……かな?」

「違う!」

僕は慌てて叫んだ。

「ユウは違う、違う……っ」

悠一郎は確かに、間違いなく僕に七桜を思い出させる存在のひとつだ。七桜のフリをして生活しているのだから当然だ。でもそれは、悠一郎が心から望んでやっていることではない。完全に壊れてしまう寸前の紫理を守るために、七桜を憎む気持ちを押し殺してやっていることだ。だから悠一郎は悪くない。疎んじたりなんてしない。

「なら、姉さんは嫌い?」

「ゆか姉だって……嫌いじゃない。悪くない。でも、もう……やめてほしいんだ。僕と七桜が想い合ってるだなんてあり得ないのに――あり得なかったのに、それが当然だって思い込んで、いつまでもいつまでも……っ! 僕は、七桜を好きになれなかったんだから!」

ボロボロと鍍金《メッキ》が剥がれていく。こんなの、弟のように思っている悠一郎に聞かせるべきじゃないのに、もう止められなかった。

「うん、そうだね。さすがにそれは、ハル兄でもしんどいよね」

悠一郎が神妙に頷く。同情ではなく、実感のこもった首肯だった。

「七桜《あいつ》のことは――聞くまでもないかな。うん、聞きたくない」

悠一郎は間違いなく誤解している。七桜のことも、僕のことも。それを正すならいまが好機だと、僕は食い下がろうとした。

しかし、僕が声を発するよりも早く、悠一郎が「でも、そういえば」と話題を変えてしまい――そしてその話題は、他のものよりずっと聞き流すことができない代物だった。

「鷹宮先輩はハル兄と恋人同士になりたかったから、姉さんに食ってかかったって解釈でいいのかな」

「――え？」

「だって、そうじゃない？　鷹宮先輩が姉さんに食ってかかったのはハル兄を諦めろって言われたからだし、七桜《あいつ》が死んでるって事実を突きつけたのも、ハル兄の本音を引き出そうとしたのも、ハル兄を自由にしたかったからって気がするけど」

「………」

「ハル兄は、まだ鷹宮先輩のことが好き？　それとも、姉さんを傷つけて、自分の誰にも知られたくなかった本音を引きずり出そうとしてきたから、もう嫌いになった？」

……考えもしなかった。

きっと無意識に、いつもの好奇心とか習性とか、そういうものだと思い込んでいた。

昨日の螢の行動は、僕を思ってのことだったんじゃないか、なんて。

本当にそうなのか？　わからない。自信が持てない。

でも、もしそうだったなら、それを拒絶した僕は、螢の想いそのものを拒絶したことになるのか？

――離れていかないって、誓ったのに。

僕は……まさか、螢を一番手酷《てひど》いやり方で傷つけてしまったのか。

苦しんでいるから解放しようとしてくれたのに、余計なことをするなと突っぱねた。

水族館で聞いた、螢の両親の話。

彼らと同じことを、僕はしたんじゃないか。

「……あ、あっ……！」

「ハル兄？」

螢にとって僕は親と同じくらい大切な存在だなんて、そんな自惚れはしない。だから僕に拒絶された程度じゃ、螢は傷ついていないかもしれない。傷つけたかもしれないなんて思うこと自体、自意識過剰なのかもしれない。

そんな冷静な思考が脳裏をかすめたけれど、焦りは鎮まらなかった。

謝らないと。謝らないと。会って、話をして、気づかなくてごめんと言わないと。

「……ユウ。あの、僕、ちょっと——」

「謝りに行くの？」

夢中で頷くと、悠一郎は「わかった」と言って、なら早く行けと促すようにドアを開けた。

「姉さんはオレが見とくから、気にしないで。……頑張れ、ハル兄」

逸る気持ちに急き立てられて、僕はスマホを引っ摑むと、すぐに家を出ようとした。

しかし、思えば螢がいまどこにいるのか見当がつかない。ならまずは自宅にと思ったものの、僕が知っているのは螢のスマホの連絡先だけだ。

本当にろくに彼女のことを知らないなと、自分で自分に舌打ちしながら、僕はとりあえず、唯一の頼みに縋った。

緊張に震える指でスマホを操作し、一拍置いて覚悟を決め、螢にコールする。

出てくれと切に祈りながらコール音に耳を傾ける。

一回鳴るごとに「無視されているのでは」という不安が膨らんでいく。あっという間にコール音は四回目を数え、諦念《ていねん》と落胆を覚えそうになった、そのときだった。

『――もしもし』

「あっ……け、……螢?」

出てくれたという安堵と、構えていたはずなのにいざ通じたとなったらギクリとしてしまったのとで、声が一瞬裏返る。

触れたらたちまち砕けてしまう薄氷でも触るかのように慎重に名前を呼ぶと、螢はとくに不機嫌そうでも、かといって上機嫌でもない淡泊な調子で応じた。

『どうしたの』

「え、と……いま、どこにいる?」

『県大《けんだい》』

ケンダイ……県立大学? 図書館か、オープンキャンパスだろうか。

『それだけ?』

「あ、やっ……」

まるで、うちのクラスに転入してきたばかりの頃のような冷めた口調で言われて、僕は焦った。わざわざ会いに行かなくても、いま謝ればそれでいいんじゃないか？　という思考が脳裏をよぎる。

——いや、駄目だ。それじゃ駄目だ。

「いまからそっちに行くから待ってて」

『え、なんで——』

「県大のどこ？」

『四号館のラウンジだけど……』

「わかった」

『ちょっと待って。どうして』

耳から離したスピーカーから螢のわずかに困惑した声が聞こえたものの、僕はそれを無視して通話を切り、素早く着替え、スマホと財布だけを持って今度こそ家から飛び出した。

全力で走って駅まで行ったところで、大学までは早くても四十分はかかる。電車に乗っている時間だけならともかく、最寄《もよ》り駅からは徒歩だ。僕の足はそれほど速くないし、持久力にもあまり自信がない。

べつにそこまで急がなくても、螢はさっさと帰ってしまったりはしないだろう。

そう思いはしても、駅へ向かう速度を緩める気にはさらさらなれなかった。

汗だくになって駆けつけた僕を、螢はわけがわからないという表情で迎えた。

会ったらすぐに謝ろうと思っていたけれど、乱れた息が整わず、なかなか言い出せない。

とりあえず人気《ひとけ》のないところに螢を連れていこうかと思った矢先、「はい」と、螢が手に持っていた飲みかけのペットボトルを差し出してきた。

お礼を言いつつそれを受け取って、おずおず口をつける。

「大丈夫？」

「だいじょっ……ぶ、ゲホッ」

何度か激しく咳《せ》き込んで、ようやくしゃべれる程度に落ち着くと、

「……なんで来たの、ハル」

と、螢がどこかじっとりとした目で僕に改めて尋ねてきた。

……やっぱり怒っているんだろうか。

怖い。しかしここまで来た以上、いまさらしっぽを巻いて逃げるという選択肢はない。

「……謝りたくて。昨日のこと」

「わざわざこんなところにまで来なくても、電話でよかったんじゃない？」

「直接、顔を見て言いたかったんだ」

「……そう。でも、ハルはボクに何を謝りたいの？　ボクが気に障ることをしたから、ハルは――」

唐突に、螢が固まった。視線は僕から外れて、僕の背後に注がれている。

「何？」

言いつつ振り返った僕は、やつれた面差しに険を滲ませ、どこか神経質そうな足取りでこちらへ真っ直ぐ向かってくる痩身《そうしん》の中年男性に気づいた。

誰？　という念を込めて螢を見ると、彼女は男性を見据えたまま、ぽつりと答えた。

「……父さん」

男性——螢の父親は僕たちの前で立ち止まると、表情をさらに険しくして、

「……来なさい」

とだけ言い、さっさと踵を返した。

螢が黙然とその後についていく。

呼ばれたのは間違いなく螢だけだろうと理解しながらも、僕もつられるようにして、ふたりを追った。


案内された先は、どうやら螢の父親が使っている研究室か何からしかった。

ドアを開けた螢の父親は中に入らず、無言で螢に先に入るよう促す。

ついてきたまではいいものの、どれくらいぶりかもわからない親子の対面に同席するのはさすがに遠慮すべきだろうと、僕はドアから少し離れた位置で足を止めた。

しかし、

「入りなさい」

「えっ――」

「あまり時間がないんだ。早くしてもらえるかな」

「は、はい」

あまりの威圧感に僕はすっかり縮み上がって、「ただの付き添いですから」と遠回しに断ればいいものを、つい頷いて室内に駆け込んでしまった。

中はずいぶん散らかっていて若干ほこりっぽく、コーヒーの苦い香りが充満している。方角の問題か日光もあまり入ってきていない。

「適当なところに座ってくれていい」

と僕たちに着席を勧めた螢の父親は、自分の定位置なのだろう事務椅子に腰を下ろすと、さっさと済ませようという意思を隠そうともしない態度で、「それで？」と言った。

「何の用かな。……聞いているかい」

「――え、あ……僕？　ですか？」

「そうだ。さっきも言ったが、時間があまりないんだ」

「あの、違います。僕はただの……付き添いみたいなもので。用事があるのは螢――螢さんのほうです」

誤解を解こうと慌てて僕がそう言うと、螢の父親は鋭い溜息を吐《つ》いて、ひどく面倒くさそうに娘を睨んだ。

さっきのように話を促したりはしない。それさえ億劫だと言うように机に肘をつく。

想像以上に刺々しく冷徹なその態度に僕は怒りと怯えを同時に覚えたけれど、螢はまったく怯むことなく、淡々と話しはじめた。

「訊きたいことがあるんだ。……父さんは、ボクが母さんとの離婚を勧めたとき、どんなことを感じたの？」

「――――」

ヒュッ……と、僕は息を呑んだ。

さっきまで古写真のような静謐《せいひつ》さだけを湛《たた》えていた室内の空気が一変し、瞬く間に全身にナイフを突きつけられているかのような緊張感に満たされる。

余計な口出しでもしようものならズタズタに切り刻まれるような気がして、僕は視線を動かすことも思うようにできない。

そんな空気を醸し出している張本人――螢の父親は、ここでようやく、はじめて娘に対して言葉を紡いだ。

「そんなことをいまさら訊いて何になる」

「……また、似たようなことになったから」

昨日のことだと、僕は瞬時に理解した。

「苦しんでるのがわかって、何をどうすればその苦しみから解放されるのかもわかったから、楽にしてあげようと思ったんだ。父さんと母さんのときみたいに。……少し前に本心を引き出したけど、ボクから離れていかなかったから、大丈夫だと思った。なのに、また同じようになった。どうしてかわからなくて、だから、父さんのときは何がいけなかったのか、訊こうと思ったんだ」

父さんはあのとき、何に怒ったの？　と。

螢は尋ねた。何の悪意も、とぼけている様子もなく、ただ純粋にわからなくて知りたいからというふうに。

――正直、ぞっとした。

螢の父親が何に怒ったのかは僕にもわからない。ただ、そのときに生じた亀裂《きれつ》が今日《こんにち》までまったく修復されずに続いていることを思えば、螢がとんでもない逆鱗に触れたことは想像に難くない。

そしてそれさえわかったなら、何年越しであろうと、その傷にはおいそれと触れられはしないはずだ。

しかし螢は、当時のことを謝ろうというわけでも、反省しようというわけでもなく、ただ「あのときと同じようなことをまた経験したから、何がいけなかったのか知りたい。そのヒントがほしい」と、両親に刻んだ傷に触れたのだ。

あまりにも怖れ知らずな行為に背筋が寒くなる。

昨日のアレはやはり僕を救おうとしてくれたのだとわかったときは胸がじんとしたけれど、その喜びは、親との確執を踏み台にしようとする行為への畏怖《いふ》でほとんど味わう間もなかった。

絶句する僕。一方螢の父親は、ますます低く、さっきよりもいくらか荒んだ声で、

「お前はまた、他人の人生を踏み荒らしたのか」

と凄《すご》んだ。

そして僕をじろりと見つめて、

「きみだろう、いまの話に出てきた『楽にしようとした』相手は。悪いことは言わない、さっさとそれと縁を切りなさい。でないと、またやられるぞ」

——まるで、害獣《がいじゅう》のような言い草じゃないか。

ふつふつと怒りが湧いてくる。螢の父親が言い放った言葉が脳内で反響して、頭が熱くなっていく。

僕はぐっと拳を握ると、精一杯気を張って言葉を返した。

「……お気遣い、ありがとうございます。でも、そんな言い方はないでしょう。確かに螢さんがさっき言ったのは僕のことで、僕の日常はいま、それをきっかけに揺らいでいますけど……でも、螢さんは螢さんなりに、僕を助けようとしてくれたんです。確かにちょっと乱暴だったけど、見方を変えれば、変わるチャンスをくれたんです。それに、傍にいるって、約束しました。だから僕は……螢さんを、遠ざけたりしません」

「……ふん」

螢の父親は、僕の反論にも眉ひとつ動かさなかった。

ただ、僕を愚《おろ》か者だと思っているのがはっきりわかる冷え切った目で、僕を睥睨《へいげい》した。

「好きにしなさい。私には関わりのない話だ」

——べつに、これから起こるかもしれない螢と僕との問題の責任を、このひとに問うつもりは微塵もない。

しかし『関わりのない』という言葉は聞き捨てならなかった。

「父親でしょう」

「親子だろうとそれぞれ違う人間だ。それに私は、妻との離婚を勧められたときから、それが自分の娘とは思っていない。……思えなくなった」

「な……」

「子どものきみにはわからないだろうけどね。……親に向かって『お父さんもお母さんも、一緒にいるのがつらいなら、別れたらいいんじゃないの』なんて、さも簡単なことのように言う子どもを、自分の娘だとは思いたくないものだよ」

子どものきみにはわからない。

そう言われてしまったら、もはや何も言い返せなかった。

僕は渋面で黙り込む。しかし螢は食い下がった。

「ボクの質問に答えて。あのとき、何が駄目だったの」

「まだわからないのか」

怒りに震えながら、螢の父親は言った。

「私たちは確かに上手くいってなかったが、それでも完全に終わっていたわけじゃなかった。私が仕事ばかりで妻《あいつ》を蔑ろにしていたのは事実だが、それでも大事に思っていたんだ。あいつだって、私を愛してくれていた」

「でも母さんは不倫して、父さんは」

「それはいいんだ」

螢の反論が遮られる。

「あいつが男をつくったのは、私が寂しくさせたせいだ。お前は知らないかもしれんが、あいつは不倫していることを、自分から打ち明けたよ。散々に泣きながら謝って、『でも別れないでほしい』とな。そのとき私も自分の仕打ちを謝って、不倫したことを許した。それから話し合って、お互いそのままでいようと決めた。私たちは私たちなりに愛し合っていたんだ。――なのにお前が、さも正論を語るかのような顔で、私たちを終わらせたんだ」

螢の父親の目つきが、ますます険しくなる。口調に憎しみが滲む。

「お前の行為は独り善がりで、当人の気持ちを何も考えちゃいない。お前が見ているのは当人が苦しんでいるという事実だけで、なぜそいつがその苦しみに耐え続けているのかをまるで無視している。だからお前は駄目なんだ。――話はこれで終わりだ。さっさと帰れ」

いよいよ我慢がならなくなった様子で一気にまくし立てた螢の父親は、有無を言わせぬ威圧感で僕たちを急き立てた。

これで終わりで本当にいいのか、僕にはわからなくて、螢の様子を窺う。

螢は父親の言葉を噛みしめるように数秒間微動だにしなかったけれど、やがて、

「……わかった。ありがとう、父さん」

と、何の感情も見えない口調で言って、席を立った。

しばらくの間、僕も螢も無言を貫いた。なんとなく、言葉を交わすときではない気がしていたのだ。それに心の整理が、すぐにはつかなかった。

ようやく口を開いたのは大学の敷地を出てからで、先に声を発したのは僕だった。

「……ごめんね、親子だけで話すはずだったのに。それと……改めて、昨日は、本当にごめん。僕を助けようとしてくれたのに、僕は……怖かったんだ。あそこで螢の指摘を正しいって認めたら、ただでさえ七桜を貶めて、いまよりもっと紫理に申し訳が立たなくなるって思って——否定するしかないって、逃げたんだ」

「気にしないでいいよ。ボクと父さんの一対一だったら、話にもならなかったかもしれない。ハルが間に立ってくれたから、辛うじて、父さんと話ができた気がする。それに昨日のことも。……ボクは、考えが足りなかったんだね。確かに父さんの言うとおり、なんでハルが苦しいのを我慢してるのか、全然考えなかった」

螢の声は落ち込んでいなかった。むしろどこか晴れやかですらあって、でも反省の色も確かに滲んでいて、僕はそのことにほっと胸を撫で下ろす。

それからまたしばらく、しかし気まずさのない沈黙が続いて。

駅が遠目に見えるところまで来たとき、少し先を歩いていた螢が不意に足を止め、僕を振り返って、言った。

「ねぇ、ハル。……ボクは、ハルに傍にいてほしい。ハルが望むなら、ボクは——綾坂紫理の信じている現実を受け入れて、それに合わせるよ。この間彼女に言ったことも全部撤回して、謝るよ。もう彼女に近づくなっていうなら、それでもいい。全部、ハルがしてほしいようにする。だから……、……どう？　ハル」

じっと僕を見つめる螢の瞳は淡々としているようでいて、奥深くには微かな不安と、切実さが揺らめいている。

「だから」と言った後、螢は一瞬、何かを言いかけて呑み込んだ素振りを見せた。

きっとそれは、「離れていかないで」というひと言だと思う。

僕は少しだけ考えて、それからわずかに口角を上げた。

「…………いや、紫理には、ちゃんと話すよ。僕は七桜を大事に思ってるけど、それは従妹《いとこ》としてであって、恋人にしたい『好き』は螢に向いてるんだって」

「……じゃあ」

目を瞠る螢に、僕はそっと手を差し出した。

「うん。――これからも、ずっと一緒にいよう。螢」

エピローグ

「よし、できた」

腰に巻いた帯を貝の口結びに仕上げた僕は、ふうとひと息吐《つ》いて立ち上がり、こちらに背を向けていた悠一郎の体をくるりと反転させた。

改めて、数日前に新調した浴衣《ゆかた》をまとった悠一郎の姿を、じっと見つめる。

「……やっぱり、なんか新鮮だな」

「でも似合ってるでしょ？」

悠一郎が間髪入れずに返してくる。

そのどこか晴れ晴れとして得意げな笑みに、僕の胸も軽くなった。

「うん。似合うよ」

悠一郎が選んだ新しい浴衣は、白地に紺青《こんじょう》の太い線が入った、シンプルで古風なデザインだった。巾着も同じ柄で、帯は薄い藍色《あいいろ》。玄関にある下駄は全体が黒で鼻緒《はなお》だけ白い。

女性用でこそあるけれど、ピンクも桜も、どこにも入っていない。

なんだか久々に悠一郎自身の『らしさ』を見たような気がして、少しだけ胸が詰まる。

悠一郎が、あらかじめ浴衣姿に合わせて結っておいたウィッグを被る。

その様子を惜しく思いながら見つめているうちに、悠一郎は慣れた手つきでウィッグを整え、仕上げに青く透き通るとんぼ玉の揺れる簪《かんざし》を挿し、巾着を腕に通した。

「さて、じゃあ行こっか」

リビングでは、僕たちと同じように浴衣に着替えた紫理が待っていた。

悠一郎は紫理に新しい浴衣を見せていなかったらしい。紫理は、七桜ならまず選ばないような渋めの装いに目を丸くした。

「七桜ちゃん、その浴衣……」

「この間買ったの。こういうのも似合うでしょ？　ね、お姉ちゃん」

——そう。

結局、七桜の死の真実は、今後も当面は伏せたままにしておくことになった。

いつかは紫理にも受け入れてもらわなければならないだろう。けれど、いま強行すべきではないんじゃないか……という僕の考えに、悠一郎も賛同してくれたのである。

これからも七桜のフリをし続けなければならないのは苦痛だろうと、僕はそこを一番気にしていたのだけれど、当の悠一郎はあっさり「べつにいいよ」と肩を竦めた。

ただ、

「でも、そうだな。せっかくちょっと状況が変わったし、これからは少しずつ七桜《あいつ》らしさを削《けず》って、代わりにオレらしさを混ぜてくくらいは、してもいいよね？」

と、少し意地悪そうに笑って、その翌日に僕を連れてこの浴衣を買いに行ったのだ。

紫理はしばらく意外そうに目を瞬いていたものの、違和感を抱いた様子も、気に入らない素振りも見せず、やがて穏やかに微笑んだ。

「そうだね、大人っぽくていいと思う。似合ってるよ、七桜ちゃん」

「ありがと。じゃ、行こ」

悠一郎が玄関の方へ踵を返す。

その後を追おうとしたとき、「……ねぇ」と、紫理の控えめな声が僕を引き留めた。

「七桜ちゃんのあの浴衣、ハルちゃんが選んだんじゃ……ないの？」

こちらをおずおずと窺う紫理の瞳には、僕と七桜の関係を諦めきれない内心が透けていた。

すぅと心が冷めていくような感覚。すっかり馴染み深くなった罪悪感がじんわりと胸に広がっていく。……それでも、僕はもうこの件に関して嘘は吐《つ》かないと決めた。

「違うよ。あれはあいつが自分で選んだんだ。僕は口出しもしてない」

「そう……でも、着付けはしてあげたのね」

「帯だけだけどね」

「………」

僕の淡々とした返しに、紫理が落胆した様子で目を伏せる。

——僕が好きなのは螢で、七桜のことは従妹《いとこ》としてしか見ていないと正直に告げたとき。紫理はずいぶんショックを受けて、僕が将来的には七桜から離れるつもりだと誤解してパニックまで起こしかけたものの、最後にはなんとか理解してくれた。

けれど……やはり、すぐには呑み込めないのか。

もう一度念を押しておくべきかと、僕は紫理に手を伸ばそうとする。

しかし紫理は、もう少しで僕の手が触れるというところで、痛みを堪えるような笑みを浮かべてみせた。

「ごめんね、わかってるよ。……ちゃんとわかってる」

「……うん」

「……行こっか」

紫理の笑顔に、苦いものはもう見えない。

僕が頷くと、紫理は「朝からりんご飴《あめ》が待ち遠しかったの」と言って歩き出したのだった。


夏休みが終わると、秋の気配を仄かに感じるようになった。しかし気温はまだまだ三十度を下回りそうにない。

早く涼しくなってくれと、僕は舞台袖から役者陣を見つめながら切実に願った。

この学校の体育館にクーラーは備わっていないので、当然暑い。しかも演劇部の活動スペースであるステージは、壇上を照らすいくつもの白熱電球と下ろした緞帳《どんちょう》のおかげで、とくに熱気がこもるのだ。

そんな中で全身にライトを浴びながら声を張り動き回る役者陣は、みんな額に玉のような汗を浮かべている。

丁度いま見せ場を演じている螢の頬にも、ときどき汗が伝う。

「そうかい、それは悩ましい話だね。いいだろう。お前の願い、このわたしが叶えてやろう。ただし、対価といくつか条件がある」

夏休み前と比べて、螢の演技は劇的に変わった――わけではない。不慣れな感じは抜けきっていないし、表情の動きももう少しほしい気がする。

ただその一方で、どこか『迷いがなくなった』ような雰囲気が感じられるようになった。

何か吹っ切れたような、そんな雰囲気。何にかはなんとなく想像がつくけれど、きっと言わぬが花だろう。

やがて、魔女の登場シーンが終わる。照明が消えて、螢が舞台袖《こちら》に戻ってくる。

僕はタオルを彼女に差し出すと、「休憩がてら、飲みものを買いに行こう」と誘った。

外は風がある分、館内よりいくらか涼しかった。思わず深い溜息を吐《つ》くと、不意に螢が手を繋いでくる。

壇上にいたせいか、螢の手は僕よりも熱かったけれど、振りほどく気にはならなかった。

指を絡め、他愛ない雑談を交わしながら、東校舎のロビーにある自販機を目指して歩く。

昇降口の脇に面した通用口から校舎の中に入った——そのとき。

突然横合いから、ひとが飛び出してきた。

ぶつかりそうになって、慌てて足を止める。

飛び出してきたのは男子生徒で、やけに顔色が悪かった。電話中らしく、スマホを耳に当てている。彼は「すみません」と言うように会釈して僕たちの前を抜けると、もどかしそうに靴を脱ぎ、スリッパに履き替えることなく、校舎の中に消えていった。

どうしたんだろうと思いつつ、僕は歩みを再開しようとする。

しかし一歩踏み出した直後、螢が動かないことに気づいて、僕は彼女を振り返った。

「螢?」

螢はさっきの男子が消えていった方向を凝視して、何事か考えているようだった。

嫌な予感がして、僕はおそるおそる引き返し、螢の顔を覗き込む。

「……螢、まさか」

「行こう、ハル」

螢は猛禽類を思わせる瞳を真っ直ぐ校舎の奥に定め、僕と手を繋いだまま、僕の意志などまるで頓着せずに走り出した。

九条 時雨

●くじょう しぐれ

千葉県出身。
犬、ブランコ、ベビーカステラが好き。
声優さんの素敵な声を聴き、犬を愛でることで健康を保っている。

創作以外ではとんと筆不精なのをなんとかしないと……と思っているうちにどんどん時が流れていってしまい、頭を抱えています。
「今年こそファンレターを書きたい！」と言いつつ、いざペンを取ると、まず書き出しの時点でつまずく。そんな日々です。

本作が、読者の皆様の中に『何か』を残すものでありますように。

カオミン

ゲーム会社勤務を経て現在はフリーのイラストレーターとして活動。

直近の仕事履歴は
『冬の朝、そっと担任を突き落とす』（著：白河三兎／新潮文庫）
『#指令ゲーム』（著：明利英司／双葉文庫）など

本書は書き下ろしです。

傷口《きずぐち》はきみの姿《すがた》をしている

2021年6月25日　初版発行

著　者　九条時雨《くじょうしぐれ》

発行者　鈴木一智

発　行　株式会社ドワンゴ
〒104-0061
東京都中央区銀座4-12-15歌舞伎座タワー
IIV編集部（メールアドレス）：iiv_info@dwango.co.jp
IIV公式サイト：https://twofive-iiv.jp/
ご質問等につきましては、上記メールアドレスまたは公式サイト内「お問い合わせ」より
ご連絡ください。※内容によっては、お答えできない場合があります。
※サポートは日本国内のみとさせていただきます。※Japanese text only

発　売　株式会社KADOKAWA
〒102-8177
東京都千代田区富士見2-13-3
https://www.kadokawa.co.jp/
書籍のご購入につきましては、KADOKAWA購入窓口
0570-002-008（ナビダイヤル）にご連絡ください。

印刷・製本　株式会社暁印刷

ISBN 978-4-04-893080-2　C0093

定価はカバーに表示してあります。
この物語はフィクションです。実在する人物・団体等とは一切関係ありません。